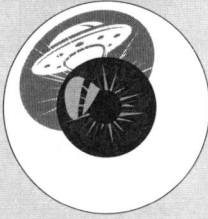

华语实力科幻作品
群星奖大满贯

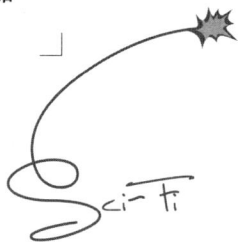

Sci-Fi

子虚峡大坝兴亡记

潘家铮——著

山东教育出版社

图书在版编目（CIP）数据

子虚峡大坝兴亡记 / 潘家铮著 . — 济南：山东教
育出版社，2021.6
（科幻文学群星榜）
ISBN 978-7-5701-0569-4

Ⅰ . ①子… Ⅱ . ①潘… Ⅲ . ①幻想小说－中国－当代
Ⅳ . ① I247.5

中国版本图书馆 CIP 数据核字（2021）第 065835 号

ZIXU XIA DABA XINGWANG JI

子虚峡大坝兴亡记   潘家铮　著

主管单位：山东出版传媒股份有限公司
出版发行：山东教育出版社
　　　　　地址：济南市市中区二环南路 2066 号 4 区 1 号　邮编：250003
　　　　　电话：（0531）82092600　　　　　网址：www.sjs.com.cn
印　　刷：三河市冠宏印刷装订有限公司
版　　次：2021 年 6 月第 1 版
印　　次：2021 年 6 月第 2 次印刷
开　　本：880 mm×1300 mm　1/32
印　　张：8
印　　数：1–10000
字　　数：174 千
定　　价：29.80 元

总 序

想象新时代

《科幻文学群星榜》是由中国科普作家协会科幻专业委员会联合其他科幻组织，共同推出的一套科幻书系。这是一个规模庞大的工程，目前来看也是独一无二的工程，基本囊括了中华人民共和国成立以来老中青几代具有代表性的科幻作家的佳作。这些作家以年龄看，最早的是20世纪20年代出生的，最晚的是"90后"。

这套书系的出版，恰逢中华民族实现第一个百年目标——全面建成小康社会。因此，它呈现了百年未有之变局中，中国人对一个崭新时代的想象。随后陆续推出的作品，还将伴随中国迈进基本实现现代化的伟大进程。

科幻文学作为一种年轻的文学品类，本身就是现代化的产物。1818年，世界上第一部科幻小说《弗兰肯斯坦》诞生在第一个实现产业革命的国家——英国。此后科幻文学在法国、美国、日本等工业化国家繁荣起来，进入蓬勃发展的黄金时代。科幻作品反映着科技时代人类社会的变迁和走向，反思当代人类面临的多重困境，力图打破所谓世界末日的预言，最终描绘出一个五彩斑斓、生机勃勃的新未来。

如今，地球上正在发生的最具"科幻色彩"的事件之一，便是中国的崛起。这个进程不仅改变了这个文明古国的命运，也影响着全人类的走向。中国奇迹般地成了拉动世界经济增长的有力引擎。人类历史上首次十亿以上人口的国家将要集体迈入现代化的门槛。中国科幻文学正是中华民族伟大复兴进程的见证者、参与者与推动者。

早在20世纪初，中国的一些有识之士便把科幻作品译介进来，掀起了第一次科幻热潮。它承载起"导中国人群以行进""改变中国人的梦"的使命。20世纪50-60年代，随着中国自己的工业和科技体系的建立，科幻作家们以满腔热情擘画了一个欣欣向荣的新世界。1978年改革开放后，中国再次向现代化进军，科幻迎来新的勃兴。作家们满怀豪情地书写科学技术为实现现代化、为谋求人民的幸福生活所创造出的神奇美景。进入21世纪，尤其是随着新时代的来临，这个文学门类也进入成长的新阶段。随着《三体》等作品的问世，中国科幻迎来了新一轮热潮。作家们描绘着古老的中华民族在实现全面小康和建成现代化强国的过程中所面临的新机遇、新挑战，谱写着中国走向世界、步入太阳系舞台中央并参与宇宙演化的新篇章。

科幻文学的发展折射着中国国运的巨大变迁。当今，海内外不同领域的人们对中国的科幻文学的空前关注，实际上是关注中国的未来，关注世界第二大经济体将如何持续演进，关注14亿人的创造力将怎样影响乃至重塑这个星球。从现实意义上来说，这套书系不但包含这些丰厚的信息，而且集中梳理了新中国科幻文学取得的辉煌成就，整理出新中国科幻文学发展的宽阔脉络；从一个特殊的侧面，还反映了中华民族从站起来、富起来到强起来的进程，见证中国走向更加灿烂辉煌的未来。

这套书系具有以下三个特点：

一是权威性。它由中国科普作家协会科幻专业委员会主持编选，并与国内多个科幻组织合作，其中包括得到了中国科普作家协会科学文艺专业委员会、科幻世界杂志社、南方科技大学科学与人类想象力研究中心、未来事务管理局、八光分文化、重庆钓鱼城科幻中心等的鼎力相助。编者从中华人民共和国成立以来的海量科幻文学作品中，精选出足以体现时代特征的作品。收入书系的作者，涵盖了雨果奖、银河奖、星云奖、晨星奖、光年奖、未来科幻大师奖、引力奖、水滴奖、冷湖奖、原石奖、坐标奖、星空奖等中外各类科幻大奖的获得者。

二是系统性。它收集了中华人民共和国成立以来不同时期作家的代表作。作者中有新中国科幻奠基者和老一代作家如郑文光、童恩正、萧建亨、刘兴诗、潘家铮、金涛、程嘉梓、张静等，也有改革开放后崛起的新生代作家刘慈欣、王晋康、何夕、韩松、星河、杨鹏、杨平、刘维佳、赵海虹、凌晨、潘海天、万象峰年等，以及以"80后"为主体的更新代作家陈楸帆、飞氘、江波、迟卉、宝树、张冉、程婧波、罗隆翔、七月、长铗、梁清散、拉拉、陈茜等，还有在21世纪崛起的全新代作家杨晚晴、刘洋、双翅目、石黑曜、王诺诺、孙望路、滕野、阿缺、顾适等，从而构成比较完整而连续的新中国科幻光谱，是对中国科幻文学发展历史的一次系统检阅。

三是丰富性。它比较全面地展现了广域时空中新中国的科幻生态和创作风格。这里面既有科普型的，也有偏重文学意象的；既有以自然科学为主体的核心科幻，也有侧重社会现象的"软"科幻；既有代表科幻未来主义的，也有反映科幻现实主义的；既有传统风格的写法，也有实验性质的探索。作品的主题涵盖了中国科技、社会、文化和民生的热点。从中可以看到，一个曾经积弱的民族，如今正活跃在地球内外、大洋上下、宇宙太空、虚拟世界、纳米单元、时间航线、大脑意识等各个空间。这里有中国政府和人民引领抗击全球灾难的描述，有脱贫的中国农民以新姿态迈出太阳系的故事，也有星际飞船和机器人在银河系中奏唱国际歌的传奇。

这套书系力求构建起一个灿烂的星空，并以此映射人们敏感而多样的心灵。爱因斯坦说，想象力比知识更重要。科幻是相伴人类发展进步而产生的新兴事物，是一个民族想象力的集中反映，是科技创新的艺术表达，在人们面前呈现出一幅幅奔向明天、憧憬和创建未来的美好画卷。许许多多杰出的科学家、工程师和企业家，在年轻时就受到科幻文学的熏陶和影响，因此走上了创造神奇新世界的道路。中国正在稳步建设创新型国家，需要更多富有创造力的人才脱颖而出。科幻文学也肩负着实现中国梦的责任，在点燃青少年科学梦想、激发民族想象力和创造力方面，起着不可或缺的作用。

这套书系将为广大读者尤其是年轻人打开中国科幻和未来世界的门户，有助于人们拓宽视野、开阔思想、激发灵感、探索未知、明达见识。它也将进一步促进中外科幻、科技、文化和文明的交流，为人类的共同发展做出中国的一份独特贡献。

中国科普作家协会科幻专业委员会

2020年10月1日

潘总为什么写科幻

李永利

　　我曾经是潘总的秘书，并陪伴他老人家将近20年。潘总比我大30岁，在我心里他是知识渊博的总工、慈祥的长辈。因为相处日久，我有足够的时间细细感受潘总的勤奋、博学、慈悲、包容，在他老人家身边工作如沐阳光，明媚温暖。我在这儿所说的潘总就是这本小说集的作者潘家铮院士。在水利和水电行业的老人都习惯这么称呼潘院士，水利部的老部长汪恕诚在一本潘院士的纪念文集上曾题过这样的话："国家大坝建设交响乐团第一提琴手，中国水利水电工程建设终生总工程师。"潘院士虽然已经离开我们很多年，但熟悉潘院士的人回忆起他老人家的往事时，仍会顺嘴说出"潘总那时候……"。为了方便叙述，在下面提到潘院士时，我还延续原来的习惯叫潘总吧。

　　凡看过潘总写的自传体散文《春梦秋云录》的人，一定都知道潘总是有文学情结的。他从少年时就喜欢"舞文弄墨"，写诗填词，考大学时最初想学的专业是中国文学，虽然遵从父亲的指令报了工科，并最终成长为"新中国水利、水电事业的开拓者"，世界知名的坝工权威，所从事的专业成就卓著，著作等身，但是在专业之外、工作之余，用文字抒发情感、创作文学作品的欲望始终伴随着潘总一生。潘总说文学是他的初恋，我虽没体验过初恋，可设身处地仔细揣摩，觉得初恋应该是最纯净、最不功利、怦然心动、梦绕魂牵、终生难忘的吧。潘总如此形容对文学的情感，可想而知他对文学的眷恋有多么深。

潘总爱读文学作品，可以说潘总是博览群书。诗词歌赋、经史子集这都是童年时，父亲板子下的学习教材；《牡丹亭》《西厢记》……话本杂剧一切能找到的书，都是"课外读物"。"文革"时，潘总被从"牛棚"里提出来，借调到水利电力部。那时候除了《毛泽东选集》之外找不到什么书可看，潘总就借图书馆的《辞海》读。因为借的书终归要还的，潘总就利用春节不能探亲的时间，一个人在单身宿舍围着被子，一边不断给手哈着热气，一边将《辞海》中重要的解释抄录到小本子上，以备将来翻看查阅。可惜的是，这些带着当时时代色彩的笔记本在1988年办公室从白广路搬到府右街时，被工作人员当废纸拉到造纸厂去了。每当我想起此事就心疼得不行，那些都是多珍贵的资料啊！我到潘总身边工作后，有时也会跟潘总一起逛书摊或聊天。20世纪八九十年代的年轻人喜欢看的书，潘总都看过，琼瑶、金庸，言情、武侠的书都是成套地看。一次潘总让我帮他到书摊上去买一套《金庸全集》，潘总说他问过了，那套书600元，看起来印刷质量还不错，估计错儿会比较少。因为此前我跟潘总说过，我买了一套《金庸全集》200块钱，错字太多。过了段时间，我问潘总："您买的那套《金庸全集》看得怎么样啊，是不是正版啊？"潘总大摇其头："哪里，一样是盗版，错字连篇，有时看得莫名其妙。"还有一次和潘总去广州出差，当地领导带我们顺道去了从化温泉，看了看毛主席在广州开会休养时曾住过的一个房子，卧室里有一张毛主席睡觉的木板床，比单人床宽三四十厘米，一侧有护栏，白茬没漆。潘总跟我说："我就希望有这么一张床，一侧睡觉，旁边放书，想看哪本拿哪本。毛主席当年就这样。"后来回想那次参观，我好像就记住了那张床，其他什么都没记住。有一年，伯母去法国看女儿，在国外住了三个月，这段时间家里成了潘总的自由世界，再没人唠叨他乱放书了。三个月后伯母回家一进门就大发雷霆："看你把家里折腾的，乱七八糟，到处是书，都摆到厕所去了。"潘总自由自在的好日子就这样眨眼之间结束了。

潘总读的书范围很广，文学、历史、科技学术、数学难题、红学研究……他的书柜里不仅有专业书籍，也有张恨水的全套小说、《福尔摩斯探案全集》、全套的《宋史》《明史》……

爱读书使潘总积累了丰厚的文学、史学和科学的知识，再加上他几十年来撰写学术专著、会议发言的文字功底，写小说、搞文学创作可以说是顺理成章、水到渠成的事，再次拥抱他的初恋——文学，只是在等一个时候罢了。

1993年4月，电力部成立，潘总改任电力部的技术顾问，这相当于让潘总退居二线，我就是在这个时候给潘总当秘书的。这时候三峡工程的论证已经结束，1992年七届全国人大五次会议已经批准这项工程，1993年12月工程正式开工建设。那时候潘总已经66岁，他想退居二线后不再负责具体工作，工程技术上的事也不会再去直接领导和管理，工作会轻松下来，多出来的时间还能为国家做点什么呢？

"伏虎降龙事已终，秋云春梦两无踪。余生愿乞江郎笔，撞响人间醒世钟。"这是《春梦秋云录》再版时，潘总在书的结尾写的一首诗。我想潘总已经为余生找到了要做的事。

潘总原本以为退到二线就轻松了，可以有时间专心写小说了。可是没想到，1994年国家成立了中国工程院，潘总被选为首批院士并被推举为副院长。这下潘总管理的工作反而更多了，舞台也更大了，从过去某一领域和专业的总工程师的位子到了参与全国工程技术荣誉及咨询管理的位子。尽管潘总的工作更忙，写小说的时间更少，但是要用笔"撞响人间醒世钟"的念头更强烈了，想做这件事的愿望也更迫切了。

20世纪90年代初，非法出版物、盗版出版物、不健康的出版物充斥着大街小巷，封建迷信、气功等伪科学在社会上横行。我们每次去水科院开会都会路过百万庄，那时候整整一条街都是书摊，描写色情、暴力的杂志挂满了柜台上方的空间，盗版书在里面书架上陈列着。书很便宜，内容庞杂。爱淘书的人都愿意到那儿逛逛，潘总也抗拒不了那么多书的吸引，有时路过也忍不住下车转转。看到这么多乌七八糟的东西充斥着人们的耳目，看到当时出版界的乱象，潘总更坚定了要拿起笔向年轻一代宣传和普及科学知识、书写健康文学作品的念头。

潘总主意已定，要写小说。写什么内容的呢？以前潘总也尝试着写过一些情感类和批判类的短篇小说，比如在《春梦秋云录》第一版中收录的《走资派尹之华》，潘总说这是他小说中的处女作。第一个读者是他的女儿，潘总形容他女儿读时的表情是苦着脸，勉强翻完了稿纸，说了句"这也算作小说？"，潘总当时的得意和自信大受打击。后来女儿一见潘总写小说就说"走资派尹之华"，潘总都快被叫成尹之华了，哪还有写这类小说的情绪呀。

最终潘总选择了科普、科幻内容进行文学创作的道路。究其原因，一方面是因为潘总作为一个科学家，宣传科学思想、普及科学知识是他的社会责任；另一方面是当时的社会风气促成了潘总的这一选择。

1993年8月，潘总出版了第一本科幻小说集《一千年前的谋杀案》。这是我到潘总身边工作后不久的事。那时北京科学技术出版社有个叫胡晓华的女编辑经常到府右街潘总的办公室来送校对稿。潘总的书稿都是自己手写的，字写得工工整整。可是由于改来改去，手稿被红笔划得乱七八糟，我看着觉得挺可惜。后来这部手稿也不知去哪儿了，也许出版社存档了吧。

有人问潘总："您工作那么忙，那么多技术、管理方面的工作要做，哪来的时间写小说呀？"这个我可以作证，这些小说都是潘总用休息时间写的。1993年我刚到潘总身边工作时，每次开会或出差，按那时的条件都是我和潘总住同一个房间。上午开完会，吃过饭，中午休息时潘总就让我睡觉，他写小说。我说："您开了一上午会，多累呀，中午就休息会儿呗，下午还要开呢。"潘总说："我这就是休息，写小说脑子可以放松。"潘总就是这样挤时间写作的。潘总不仅勤奋，而且写得特别快。有一次不知为何在潘总家提起写文章，伯母说："你们潘总写文章快得很，像扫地一样，划拉划拉就一簸箕。"这让我想起了那个成语"斯文扫地"。写作，多斯文的一件事，就这样和扫地连在一块儿了。要是用在我身上那就变成了"撕"文扫地，因为脑子里没货，写一张撕一张，扔得满地都是，那地是必须得扫的。可是用扫地形容潘总的写作，让我感觉到了一种霸气，因为这让我想起了李白的"日试万言，倚马可待"。潘总就是用这种"扫地"的速度，高速地创作着他的科幻小说。

在出版了第一本科幻小说集之后，潘总的科幻作品跟井喷一样，一篇接一篇地在我们水利和电力行业的一些报纸和杂志上陆续发表。1997年科学普及出版社出版了潘总的第二本科幻小说集《偷脑的贼》。2006年中国少年儿童出版社将潘总所有的科幻小说汇编成了《潘家铮院士科幻作品集》。从此，潘总的科幻小说创作封笔。从1993年到2006年潘总共创作科幻小说30篇，70多万字。

在这套科幻书系中，我只选了潘总的7篇作品，它们是《子虚峡大坝兴亡记》《晶晶的抗议》《时空神梭和薄命红颜》《古墓沉冤》《UFO的辩护律师》《沉默的橡胶树》《地下忠魂》。这几篇在潘总全部的科幻作品中也许并不是最有代表性的，但我是这样想的：第一，潘总一辈子都在建大坝，作为一个工程师，他一定是希望既要用好大自然赠予我们人类的资源，让它为祖国的发展和人类的美好生活服务，又希望尽可能地保护好大自然的美好环境，与自然和谐相处。因此选了《子虚峡大坝兴亡记》《晶晶的抗议》。第二，潘总是个情感丰富而又细腻的人。他喜欢诗词歌赋，尤其对中国历代著名女诗人，对她们的才华欣赏赞美，对她们坎坷的人生经历充满同情。他在自己创作的《积木山房诗话》中单辟一卷"闺秀"，记述这些才女们的人生经历和作品。他在这卷开篇中写道："呜呼，神州女子之磨难何其酷也，神权、君权、族权之外复有夫权，三从罩顶，四德缚身。人权之不存遑论其余。是故历代诗作浩如烟海，而女子之章凤毛麟角。岂才华之未逮，实境遇之不容耳。"他收集她们的作品，记述她们的身世，同情她们的境遇，其中就有李清照和贺双卿。他用时光穿越的科学幻想和技术去探望她们，为她们鸣不平。因此我选了《时空神梭和薄命红颜》与《古墓沉冤》。第三，因为此书系是科幻作家作品汇编，我想还是从潘总的作品中选择科学幻想成分更浓的作品比较好，毕竟潘总的作品大部分写于20多年前，那时的幻想到今天也许已经成了一种技术，因为世界科技发展太快了。另外，潘总是福尔摩斯迷，而且又极爱数学，这使他在科幻创作中多篇作品都有思维缜密的推理和破案的内容。因此又选了《UFO的辩护律师》《沉默的橡胶树》《地下忠魂》。

过去人们创作，主张"文以载道"，现在再这样想一定会让很多人嗤之以鼻。现在的人们更倾向于文章的自我表达。但我想，写文章先不谈要不要教育人，但是总应该传达出一些善良、正义的正能量。潘总在《偷脑的贼》这本书中写了一段"作者的话"，列出了他写科幻小说的几条原则。因篇幅所限，不做细述。其中他对每篇小说都陈述了作品的科技意义和社会意义：科技意义就是写科幻要靠科学的谱；社会意义就是要传达出正能量。但愿我选出的这几篇作品能表达出潘总的意愿。

附：作者的话

我写科幻小说的几条原则和几点说明：

1.少写太离谱的内容（如在银河系外与外星人战斗等等），那些有点接近空想，给孩子们的帮助不大。较喜欢从身边现实生活中去找科幻题材，使作品具有更多的真实感和亲切感。

2.科幻应该有一定的理论根据，今后（哪怕要在极其漫长的时间后）确有可能实现的。但也不赞成完全写"硬科幻"作品，最好是"软""硬"交接式的。对幻想中有悖基本原理的地方，最好能予以点破。

3.通过科幻小说，尽量使人了解一些科技发展的前沿和一些具体的科技常识，哪怕只是用了一些名词和概念也好。有心的、有兴趣的读者会自动去找参考书看的。

4.注意在小说中描写一些人间真情（而人和机器间是不可能有感情的），以及善恶间的斗争，针砭时弊，寓教于乐，使读者特别是青少年了解，科技发展能造福于人类，也能引起巨大灾害；幸福和成就只能通过勤奋求得，宇宙间不存在不劳而获的事实。

虽然有以上想法，但由于在科技和文学上素养太差，写作中总感到眼高手低，有待专家斧正。

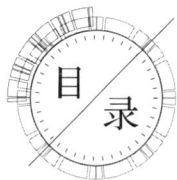

目 录

Catalogue

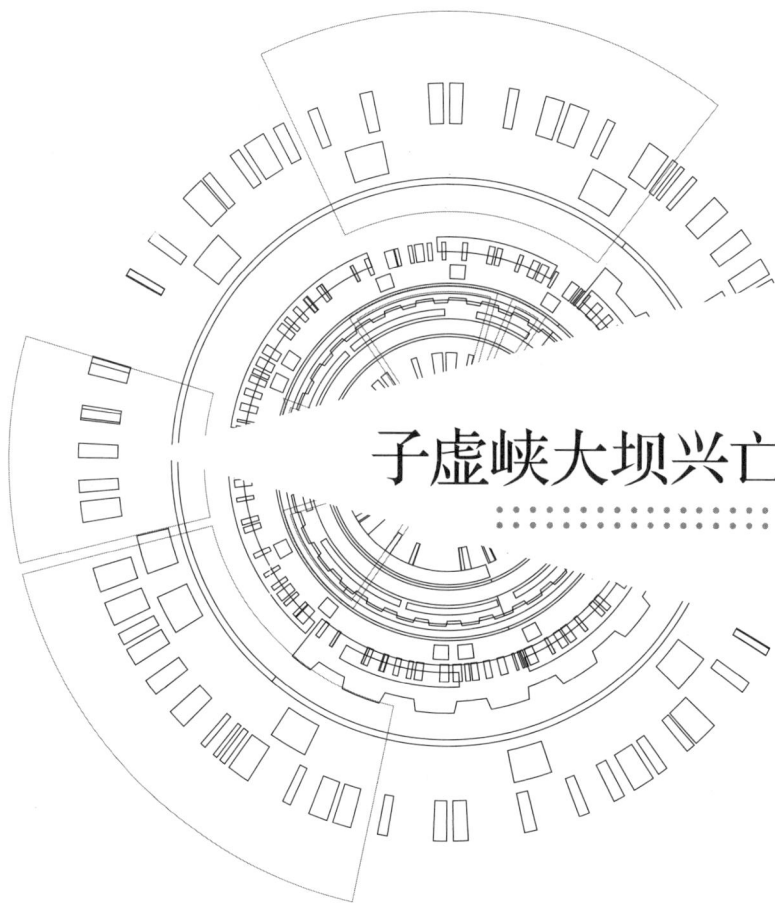

子虚峡大坝兴亡记

斯密司中尉的困惑

斯密司中尉自幼是UFO（飞碟）迷，他曾希望成为一个宇航员，飞向UFO，会见外星人，但命运却安排他进了中央情报局当遥感片的解译员，这使他心中很不舒服。不过，作为一个负责的军人，他还是勤奋地工作着。

星期五下午，斯密司中尉在中央情报局卫片解译室内紧张而熟练地工作着。一切都很正常：没有出现新的导弹发射基地，没有大规模军事调动迹象……中尉哼着轻松的家乡小调，自言自语地说："看来今天可以提早结束任务，回家去和新婚的安妮亲热一阵子，过个愉快的周末了。"

在检查到中国西部的图幅时，中尉突然怔住了。他揉了揉疲倦的眼睛，重新审视，但屏幕上还是出现那个现象——在那荒凉的无是河上，在那中国人称之为子虚峡的深谷中，出现了一座大坝和水库。中尉又将数据输入计算机中处理，结论还是一样，而且查明这座坝有400米高，体积大约是500万立方米——问题还不在于坝的体积，这里的地质条件特别复杂，是坝工上的禁区。要在禁区建一座史无前例的高坝，基础处理工作的难度和工程量之大是不可思议的。可是这一切都像是在几天内发生的。中尉调出了20天前卫星摄下的同一幅图，可不是，从那幅图上看，中国人除架了几条输电线和跨江缆索、修了个水池、盖了几幢房子外，什么也没有干。当时中尉的判断是：中国人可能要开展对这条河的查勘工作。他的上司汤麦斯少校完全同意他的见解，并没有给予注意。"是中国人发疯了，还是卫星发疯了？要不然就是我发疯了。"斯密司中尉擦掉额上沁出的汗珠，喃喃自语，"我们回到了天方夜谭的时代，这是阿拉丁神灯的杰作。"

斯密司中尉只好放弃提早回家的念头，迅速把这个重大发现写成特急报告，让机要秘书送走。深夜，上级指示来了，要他重新分析、核实，提出"合理的、可以接受的初步解释"，供国家安全委员会研究。

"中国人老是给我们添麻烦。"斯密司中尉咕哝了一句，又坐到工作台前，启动一些按钮。

破天荒的试验

如果斯密司中尉能参加一星期前在子虚峡中进行的新技术筑坝试验，他就会知道这座大坝是中国一个特殊攻关小组的成就，而不是阿拉丁的奇迹，虽然这个攻关项目的代号凑巧也是"阿拉丁计划"。

试验是在4月5日清晨开始的。往常渺无人迹的子虚峡里，汽车成行，红旗招展，国家有关部委和地方政府领导云集，都要亲眼看看科学家怎样用最新技术筑坝——筑一座规模空前的高拱坝。

虽说建坝工程即将开始，可是工地上既听不到轰轰隆隆的钻机声、爆破声，也看不见挖掘机、汽车和起重机，更没有什么混凝土拌和楼、砂石料系统和水泥库、钢筋厂，工人也少得不容易找到。人们看到的仅是架在坝址上空的几条跨江缆索，上面有一些小车在来往移动，右岸山头上修了一座小水库，两岸山坡上建了一些工厂，里面安装着各种奇形怪状的搅浆机、高压泵以及中子发生机和增益放大器。当然还有些房间装着精密的计算机。此外就只有些常规的材料试验设备了。江水滚滚地流着，山坡上的青松翠柏和灌木丛在晓风中摇摆作姿，完全没有察觉到即将出现的巨大变化。

攻关小组的骨干成员只有四人：组长是劳以培总工程师，副组长兼技术总负责人是他的学生钱惟明博士，另外两位是他的忠实得力助手纪本仁高工和他最疼爱的独生女儿劳惠恩小姐。此刻，劳总正在总调度室紧张地指挥部下对所有环节进行最后一次检查。控制台上红红绿绿的小灯忽明忽灭，报话筒中不断传来检查成果。

"01、01，02报告，XO-F606系统全部复查完毕，一切正常，可以投入，等待指令。"这是钱惟明充满自信的声音。

"01、01，03报告，WK-3-3系统全部复查完毕，配方正确，浓度超临界，三向控制，可以投入，等候指令。"这是纪本仁沙哑、沉重的嗓音。

"报告爸爸，哦，不，报告01首长，激震系统全部就绪，频率调至第一特征值，精度百万分之一，功率安全度4，完了。"惠恩姑娘的声音是特别清脆悦耳的女高音，"01、01，供水系统报告，可以按计划供应600万立方米，备用系数2，一切输水管道正常。"

……

控制盘面已出现一片绿灯，劳总兴奋地向指挥台上的省长汇报："一切系统都经过三次复查，完全正常，可以开始，等候指示。"

指挥台上闪起了绿色灯光，劳总毅然按下电钮，并大声宣布："所有系统注意：现在我命令，开始执行阿拉丁计划，各自按设定的程序启动！"劳总一面说，一面注视着控制盘面，突然在WK-3-3系统上有一个小红点一闪即逝。劳总惊疑地重新检视了一回，未发现什么异常，他心中仍疑虑重重，但是各项操作都已开始了。

巨大的压浆机开始转动，从地下库中吸取乳白色和粉红色的浆液，泵送到架空缆索的小车上，小车在计算机的控制下，在预定的大坝位置上空来回移动，洒下烟雾般的溶液。中子工厂中的机器在震耳欲聋的噪声中启动，发出强烈的射线。

大江中咆哮奔腾的洪流，在进入预定的范围内后忽然像白漆一般地变稠了，并迅速变成水晶般的闪光固体，形成了大坝的基础，并把江水逼高。抬高了的江水流入坝体范围内又变稠和凝固……大坝就这样冉冉升起，3个小时后，大坝已升高了80米。

随着水库的扩大，坝体上升的速度放慢。劳总下达第二条指令，坝头小水库以每秒50立方米的流量，向大坝灌水，灌在坝体范围内的水又变成了水晶。

经过24小时不间断的奋力搏斗，大坝终于在次日凌晨到顶了，坝高共有401米，总体积432万立方米，厚度5～10米。于是，一座白似玉、亮似晶、坚如钢、外形优美、高与天齐、薄如蛋壳的大坝就这样矗立在人们的眼前了，人们情不自禁地欢呼起来。劳总还在执行最后一套检测工序。精密测形仪测得坝体外形距设计要求的最大误差是1毫米，材料试验室送来报告证实坝体强度达500兆帕，抗剪强度达180兆帕，容重3.0，离差系数0.001，线膨胀系数10—12，弹性模量20000兆帕，材料完全呈各向同性。地基勘测成果表明，坝基渗透系数、漏水量和扬压力都是0。

总之，一切正常，比设想的还好，劳总这才宣布试验完全成功，抹着汗从总调度室下来，预备回城去主持第二天举行的技术报告会。

　　"爸爸，"惠恩顾不得脱下工作服就赶了过来，"我坐您的车回去吧。"她一面说，一面摸出个黑皮本，"爸，这是您掉的吧，我在地上捡到的。"

　　劳总接过黑皮本翻开看了一下："这不是我的，好像是惟明的，你还给他吧。"劳总正要把本子递过去，他的目光在本子上面记的密密麻麻的数字上扫了一眼，忽然改变了主意："我自己交给他。"

在技术报告会上

　　劳总回城后病倒了。第二天的技术报告会只好由钱惟明博士主持。会场中座无虚席，钱博士容光焕发，口若悬河，滔滔不绝地向听众介绍："我们为攻下阿拉丁计划，已经进行了10多年的艰苦拼搏，攻克了一个又一个难关，成果嘛，大家都亲眼看到了。

　　"我们的基本思路就是：水坝应该由水来筑成，水是最方便、最廉价、取之不尽、用之不竭的材料。为此，我们必须改变水的种种性质：容重、熔点、强度……把它变成另一种物质，这种新物质我们暂时称之为水晶土。其实，最好称为钱克里特，因为我是这一发明的主要技术负责人——当然，我的工作是在劳总的指导下进行，而且得到许多同志的协助。

　　"怎么改造水的性质呢？我们都知道水的分子由两个氢原子和一个氧

原子组成，原子之间依靠特定的力维持着平衡，保持着距离。在这种天然条件下，水是一种几乎没有抗剪强度的流体。

"我苦心研究发现，如果在水中加入一种XO-F的改性剂，情况就会发生变化。现在采用的XO-F606是第606次研究产品，这种改性剂具有极强的亲水力，它会迅速均匀地渗到水的每个分子中去，然后在一种触发力的作用下，氢、氧原子间的距离和位置就会发生变化，变成一种异构体——水晶土，它虽仍由氢氧原子组成，但已是一种物理性质完全不同的材料，就像金刚石和木炭不同一样。这种触发力是一种能引起水分子结构共振的、具有特殊频率的中子射线振荡。这方面的工作主要是由我亲密的同志、未婚妻劳惠恩女士完成的。"钱惟明说到这里，彬彬有礼地把惠恩介绍给听众，使劳小姐粉脸通红，羞得抬不起头来。

"剩下的问题就好办了，我们设计好拱坝的体型，由架空缆机洒下改性剂，喷洒范围严格限定在坝体轮廓内，这是由计算机数控的，同时用专门频率的中子射线进行扫描式激荡。这样，流入坝体轮廓中的江水就立刻转变为水晶土，大坝也自然形成。这过程是最简单不过的了。"

满堂鸦雀无声。忽然一位搞高分子材料的教授提出疑问："钱博士，你所发明的XO-F606是不是长期稳定的？有些材料经过一定时间要蜕变的呀。"

钱博士淡淡地笑了一笑："这个问题提得好，XO-F606确实是一种不稳定材料，寿命期很短，但是我们已在其中加入一种称为WG-3-1的稳固剂，就是大家在工地看到的那种粉红色的浆液，这样，水晶土就能长期稳固，至少在1亿年内不会有变化。纪本仁同志在研制稳固剂时，做出了有益的贡献。"钱惟明慷慨地把一部分功劳划分给纪工。

"高坝应建在微风化岩基上，你们怎么没有清基，好像也没有见到你们进行地基处理。"又一位工程师站起来提问。

钱博士向他望了一眼，依然微笑地说："你是地基处理研究所的张工程师吧？在新的时代，要用新的眼光看待事物。带有改性剂的水，在受到激震前，具有极强的穿透力，它可以毫无困难地渗入到风化破碎岩层，以及一切裂隙、节理和断层中去，达到设计需要的深度。它甚至也能渗入植物的细胞腔内。在激震稳固后，便化为极其坚固的材料，所以不需要任何开挖和处理。对地基内的激震，我们用的是中微子射线。"

搞材料试验和结构分析的小王又提出要求："钱博士，请介绍一下水晶土的特性，可以吗？"

"可以，水晶土是一种绝对均匀和各向同性的理想弹塑性材料。强度和弹模大抵和高强钢相当。比重是自然水的3倍，所以坝体可以做得像蛋壳那样薄，它没有胀缩变化和流变性能，所以不存在恼人的温度应力和松弛现象。"

"试验坝应该循序而进，一下子建400米的高坝是否冒进了一点儿，下游有几万人呢。"一位老成持重的专家"开了一炮"。

"我们不做冒失的事。水晶土筑坝技术已在实验室进行了无数次试验，又在乌有溪里建过100米高的中间试验坝，取得绝对成功后才进行了这次正式试验。不过，为了研究和保密的需要，以前的试验都没加稳固剂，所以它们都不存在了。"

钱博士从容不迫地回答了所有提问，听众深为叹服。报告会结束时，会场爆发出了经久不衰的掌声。钱博士微笑着一再鞠躬答谢，他的姿势比歌唱明星毛阿敏的谢幕还要优美动人。

失踪的总工

天有不测风云，正当人们筹备进行总结、颁奖和研讨下一步计划时，劳总突然失踪了。这事不仅震动了研究院，也惊动了省市领导。市警局李处长受命侦破此案。

李处长是位精明能干、经验丰富的探长，可是对这件棘手的无头案也感到无从下手。经过几天来的周密侦查，他查明了不少情况，但劳总仍杳无音讯，好像已从大气中消逝了似的。李处长万分焦灼。晚上，他把有关的人都请到会议室。

"劳总已失踪一周了，"李处长语气沉重，"他很可能处于危险之中。劳总是国家级有突出贡献的科学家，我们每个人都有责任保护他。现在案情尚未大白，根据我们的经验，依靠群众就有办法。今天我把掌握的情况和大家说说，请大家提供线索和意见。

"我们已查明，4月5日试验时，劳总下达启动令后，曾经惊呼过一次，这是总调度室服务员小贾听到的。他说劳总还在控制盘右上部分检查了一番。我们曾设想，是否在启动后劳总发现了什么差错——但后来试验成果正常。

"劳总回城后就患病静养，谢绝一切探望。但据调查，劳总直到回城前一小时，身体精神都很好，上了汽车就一改常态。即使是生病，劳总也不会这样做，这是个疑点。

"我检查了劳总家的电表，发现这几天他家用了很多电。劳家不用电炊具，也没开空调，唯一的可能是，这些天他日夜在开动他房中的巨型计算机。因此我设想劳总是否突然发现一个重大问题，所以没日没夜研究突破，我又猜想他也许去了实验室做验证工作——许多科学家都有过这种事例。但是钱博士带我查看过所有的实验室，没有踪影。难道他去搞什么神秘的地下试验了？这不可思议。

"还有重要的一点，我们确切知道直到7日晚上10时，劳总还在他的房中，因为总机间黄玲玲同志清楚记得，10点钟有一个外线电话打给劳总，两人谈了很久。她还听到几句，都是用外语讲的，但不是英语，小黄懂英语。据说语调很特别，我们放过法语、俄语、德语唱片给她听，她说都不像。

"而在第二天清晨劳总就不见了，房间内很整齐，没有打斗行凶迹象。房门是锁上的，有可能是劳总自愿出走的。现在我请大家仔细回想一下：

——在工地试验完成后，发生过什么事件，使劳总的精神受到很大刺激？

——劳总躲在房里究竟在干些什么？

——深夜打电话给劳总的是谁？

——谁能讲英、法、德、俄以外的语种？劳总过去学过多少种外语？

——劳总计算机上存有多少程序，他最后调用的是哪个软件？"

……

一片寂静。大家低下头苦苦思索。特别是攻关组三位成员都陷入深思之中，但他们的情态各不相同。

在这次会上，李处长并没有获得有用的线索，但他并不灰心，他请大家回家后继续思考，有任何触发，可以随时打电话给他。

情场和事业的败将

惠恩从警局出来，无目的地在街上走着。她心中又急、又愁、又惊慌。李处长的话不断在她耳边荡漾，她不敢去想，又不得不想。

她记起了4月5日试验完成后，攻关组的人集中在总调度室里，兴高采烈地互相祝贺，她在地上捡到了一个黑皮本，她爸爸看了一下本子，突然变了脸色，说是惟明的东西。

她记起爸爸在房中"养病"时，她推不开房门，曾在钥匙孔里窥探了一次，爸爸正在全力以赴操作计算机，小台子上摊着的正是那个黑皮本。

她记起7日晚上，她心绪不宁，曾去找过惟明，在房门口听见惟明正在打电话，讲的是葡萄牙语，听到她敲门，慌忙挂断了电话。

她还看到，今天李处长讲话时，惟明的手在微微颤抖，脸上没有焦急悲痛的表情，有的是恐惧和歇斯底里的神色……

一切都说明惟明和爸爸的失踪有关，但她无法接受这个事实，也不敢在会上讲出来。她猛一抬头，发现自己快走到家门口了。她咬了咬牙："找惟明去问个清楚！"她回转身子要走，忽然蹿出一个人影拦住了她。

"恩恩，请等一下，我有话同你说，回家去谈谈好吗？"

惠恩吓了一跳，看清是纪本仁后，她皱了皱眉头："有什么话明天讲吧，这么晚了，我头很痛，而且还有事情要做。"

"恩恩，没有机会呀，我在这里等了好一会儿了，你不肯进屋，外面谈谈也可以。"

"好吧，你有什么事？"

"你看钱惟明这个人怎么样？"

"你这是什么意思？"

"恩恩，我观察了很久，忍耐了多年，现在已到了非说不可的时候了。钱惟明这个人虽然有才华、有成就，但是城府太深、度量太窄、私欲太盛，他说你已经是他的未婚妻，我诚恳劝你千万慎重，仔细考虑……"

"你要说的就是为了诋毁惟明？"尽管惠恩的理智告诉她纪本仁的话有道理，但感情上她仍无法接受。"'金无足赤，人无完人'，惟明当然有他的缺点，但是你说这样的话，恐怕是醋酸作用吧！我爸爸尚无下落，我心中忧急万分，在这种时候你还来吃醋，好像也太过分了吧！"

"恩恩，"本仁激动了，"这不是吃醋，是为你的终身幸福着想。我不否认，我和你自幼青梅竹马，情胜手足，我爱你、疼你，长大后痴心恋着你，希望和你结成永久伴侣。可自从钱惟明来后，一切都变了，你也改变了。你认为我的一切都比不上他，这个我也承认，我已失败了。我虽然痛苦，但我知道爱情不能强求，只要他真能永远对你好，使你幸福，我也高兴，我愿为你们祝福。但这些年来，特别在最近一段时期中，我愈来愈发现他的品质有问题！他太骄傲、太自私、太追求享受。他追求你是为了取得劳总的信任，最后取而代之。他千方百计用物质来引诱和迷惑你……"纪本仁看到惠恩不耐烦地用鞋子踢着地面，又指着她的皮鞋说，"像他送你的这双高跟鞋，是西洋贵妇人穿的，哪里是我们能穿的。你可能不知道价钱吧，880美元，他是在科研经费中开支的，说是什么'机房特别用鞋'。恩恩，你跟他走，将会走向哪里？这可是影响你一辈子的大事，你千万要自重。'一失足成千古恨！'我不想成为你的丈夫，只想成为你的哥哥，才对你说这些话的，良药苦口利于病……"

"够了！"惠恩面色惨白地尖叫起来，"我不要听，你走吧，我讨厌你，我讨厌一切人。希望你不要被妒忌之蛇咬伤！"

惠恩发泄了一番后，头也不回地走了。留下纪本仁呆呆地站在路灯下面。事实很清楚，不论在事业上，还是在情场上，他都已成为钱惟明的手下败将。

地窖中的辩论

深夜，钱惟明溜出住所，直奔研究院。他打开一道又一道的门，走进一间小储藏室。这里有一条通向地窖的甬道。钱惟明走到甬道底，拉开一扇木门，里面还有一扇锁着的铁栅栏门。钱惟明低声喊道："老师，你睡了吗？我是惟明。"

地窖中传来低沉微弱的声音："惟明，是你吧？你想通了，来放我出去的吧？"

"老师，这话得由我来问，你想通了吧？下决心执行我的'神灯计划'吧，我们会有想不到的名誉地位和富贵荣华！"

"哎呀，惟明，你还这样说，叛逃的事，刀架在我头上也不干。惟明，你已经站在功成名就的大门口了，国家不会亏待你的。我老了，我不要任何名利，水晶土的一切成绩功劳都归你。你会得到一切，只求你留在中国，快让我出来。我会说自己突然想到一个重大技术问题，连夜钻进地窖中做试验，别人不会知道真相，我决不会计较你一时的冲动——你还是个孩子呀。"

"不是一时冲动，"钱惟明忽然叫了起米，"我已经苦心经营了10多年，也殊死拼搏了10多年，现在曙光在望，我要收获我的果实。国家？国家给了我什么？一张奖状，1万元钱——还不到1500美元，只够买一个高级轿车的轮胎！给我越级晋升？哼，每个月长了500元工资，不够上一次酒楼！我买不起房子，还住在豆腐干似的宿舍里；买不起车子，每天要挤公共汽车，年年向基金会乞求一点儿经费。我受够了，看透了，这里没有我的前途。老师，你的情况又比我好了多少？老师，快快同意我的方案，趁下个月出国开会的机会一起溜吧——我、你和恩恩。我们的发明在工程上、军事上都有巨大影响。只要到了国外，我们就会得到世界级的荣誉，就会有20万美元的年薪而不是现在的2万人民币。我们将拥有别墅、飞机、游艇，我们会有用不完的钱、钱、钱！老师，你再想想！"

地窖中传来一声长叹："惟明，这是你说的话吗？你是我一手培养教成的，最后竟是这么个结果吗？我后悔没听本仁的忠告，光注意你在科技上的进步，没察觉到你思想的蜕化。"

"还提这些干什么？我本来打算到了国外再说服你，不想我的黑皮本落入你的手中，你又破译了我的密码，发觉了我的全部计划，还约我谈心，做我的工作。我只好出此下策，骗你到这里了。现在不是鱼死，就是网破，你失踪后警方正在缩小包围圈，时间不多了，你快拿主意吧！"

"你要我答应什么？"

"还是那三条：第一，同意我的神灯计划，一起外逃；第二，把你和纪本仁在稳固体方面的最后成果告诉我，我只剩这个问题还未掌握；第三嘛，告诉我黑皮本是谁交给你的，还有谁接触过黑皮本？"

"你要了解这个干什么？"

钱惟明又激动起来："干什么？我的神灯计划在实现前不能有第二个人知道。现在你已经知道了。我必须知道还有谁接触过。如果纪本仁看过，他也可能破译，如果曾落入公安人员的手中，他们可能会复制，这些都会成为我的致命隐患，我必须拔掉一切祸根。快说，黑皮本是谁交给你的？"

水晶棺中的活化石

"是我！"通道顶上忽然飞下一个女人的叫声，钱惟明和劳总都猛吃一惊，惠恩像一尊希腊女神似的站在上面："惟明，黑皮本是我捡到交给爸爸的。我没有本事破译你的密码，但是，一切我都听到了。惟明，'苦海无边，回头是岸'，为了国家，也为了你我，快听爸爸的话。我们会原谅你的，会保护你的，我仍会……爱你的。快让这场噩梦过去吧！"她的眼泪滚了下来。

钱惟明的眼中露出凶光，他提起放在门边的铁栓，走向甬道。劳总大惊失色，竭力大叫起来："恩恩，快逃，他要杀害你。快去报告李处长，逮捕他，不要管我。他还有个十分恶毒的最后计划，但是不要怕……"

钱惟明回过身，从栏栅缝中将铁栓打了过去，劳总跌倒在地上，仍然拼命地、含糊不清地叫喊："不要怕，告诉本仁……他还不知道是三向……牛顿……双曲线……"

惠恩呆了一下，猛然拔腿就跑。不幸脚下的尖底高跟鞋坑害了她，一失足从甬道顶摔了下来。钱惟明揪住她的领子，恶狠狠地向她狞笑。惠恩惊恐地望着他的脸，这已经不是那张多次热烈地亲吻过她的清秀、白皙、书生气的脸，而是一张扭曲了的、杀气腾腾、狰狞恐怖的脸。

"好呀，你一切都知道了，那么让你和老顽固一起见上帝去吧！"钱惟明打开铁栅门，用力把惠恩推了进去，重新关上铁栅和木门，然后走向实验室，拧开一些阀门，启动了电机……

李处长被一阵剧烈的敲门声惊醒，还没有开大房门，纪本仁就像一头发了狂的公牛冲了进来。他急匆匆地叫道："快快快……快派人去研究院地下室……劳总和惠恩被钱惟明关在那里，也许有生命危险。快点呀！多去些人，带上武器，他手里有凶器。"

李处长感到莫名其妙，请他安静下来慢慢地讲，本来拙于言辞的纪本仁，现在更是结结巴巴了。

"罪犯就是钱惟明，他要独吞科研成果，他胁迫劳总和他一起叛逃，他还策划了一个可怕的'最后计划'！"纪本仁早就发现钱惟明品质不好。今夜，他去劝惠恩对婚事要慎重一些，惠恩非但不听，反说他在吃醋，把他赶了出来，自己却去了钱惟明的宿舍。本仁怕她吃亏，暗中盯着。快到宿舍时，只见钱惟明鬼鬼祟祟走了出来，直奔研究院去。纪本仁尾随惠恩一前一后跟了过去。钱惟明进了储藏室底的地下室，惠恩躲在甬道口，本仁就闪进了储藏室里。纪本仁听到了钱惟明和劳总的全部对话，心情万分紧张。惠恩当然听得更清楚，她沉不住气，不幸落入魔爪。纪本仁见情况紧急，赶忙来找李处长。李处长沉吟了一下，通知值勤班迅速出动，还带上了一条狗。15分钟后，他们包围了研究院。纪本仁一马当先冲进试验厅，厅内空无人影，只有马达还在隆隆地转着。他们又冲入储藏室。室内也寂静如死。纪本仁冲下甬道，拉开木门，忽然大叫一声，昏倒在地。随后赶到的三个人看到眼前的景象也惊愕地张大了嘴。

整个地窖已变成一块大水晶，一盏冻结在里面的电灯还在闪闪发光，年迈的劳总端坐在中央，他大义凛然、须发怒张，一双眼睛瞪视着甬道，脸上满是愤怒和悔恨的神色。美丽的姑娘——惠恩伏在他的膝上，似乎正在安慰着爸爸。显然，钱惟明向地窖中灌进了带有XO-F606和WG的水，而且开动中子机，把它们凝固成水晶土，劳总和惠恩就被冻结在水晶之中，好像琥珀中的两只昆虫一样，成了活化石。

纪本仁醒来后，发狂地用钢栓敲打着水晶土，可是对于强度达到500兆帕的水晶土来讲，连白斑都不起一个。纪本仁凄惨地叫着："老师，恩恩，我来迟了！钱惟明，你这条毒蛇、豺狼，你逃不脱法网……"他又一次昏了过去。

李处长迅速指挥他的部下围捕钱惟明。在警犬的协助下，半小时后，他们就将跌在水沟中的披头散发、全身污秽的钱惟明围住。钱惟明见脱逃无望，点燃火柴，烧掉他带走的全部资料，包括那本黑皮本。

傲慢的罪犯

钱惟明被捕后，由于罪证确凿，很快就移送至检察院和法院。审判时，旁听席上坐满了人，连地方政府、国家科委和其他有关部门的领导也

来旁听。

检察官宣读了公诉书，揭露了钱惟明为了满足私欲侵吞科研成果、蓄意谋害他的老师和未婚妻的罪行。和公诉书相比，辩护律师的发言显得有些软弱。律师承认起诉书中所述的事实，但辩解说，被告本无意杀害被害者，由于劳惠恩的突然介入，他在精神紧张、分裂的情况下害死了两个人，与蓄意谋杀还有区别（经查，钱的父母都死于精神分裂症）。被告被捕后认罪服法，过去在科研上有过卓越贡献，这些都请法庭在量刑时考虑。最后律师还提出："被告现患严重冠心病和三期高血压，请容许判罪后保外就医……"

"律师先生，请不要说了，"钱惟明忽然不耐烦地打断了律师的话，"你无非向法庭哀求减刑，该判死罪的判个死缓，我不需要这种恩赐。"

"被告，这是法庭，你未经允许不得发言。"审判长制止了他。

但钱惟明淡淡一笑："法官，收起你那一套吧。不错，对于普通犯人，这里是可畏的法庭，但对我来说，似乎称为交易所更恰当些，我们还是谈谈条件吧。"

"被告，你有确凿的犯罪证据，实事求是说明真相，配合法庭是唯一正确做法，不得胡言乱语、干扰审判秩序……"

钱惟明不加理睬，仍不慌不忙地公布他的条件："我方的要求很简单，请你们提供一架飞机，在明天8时前将我送到美国。"

全场哗然，审判长强按怒火问道："如果我们不同意呢？"

"那么将发生一场人类历史上罕见的惨剧。子虚峡大坝即将崩溃，下游数万生灵要遭灭顶之灾！"

法庭里寂静无声，钱惟明看到他已掌握听众的情绪，颇为得意，像发表科学演讲那样滔滔不绝地说下去："我承认自己犯罪，但是像我这样的第一流科学家犯罪和一般的流氓盗贼不同。我经过多个方案研究，落实其可行性，进行了优化，考虑了细节，计算了概率，最后还留有安全措施。我又担心我的计划可能出错——不幸事实发展确实如此，所以留下了最后一手。你们不少人听过我的学术报告，知道水晶土中要掺入稳固剂才能永久稳定。但是我没有说穿另一点，稳固剂的浓度一定要达到某个临界值以上才行，在修建子虚坝时，我有意把稳固剂浓度降到临界值以下，所以这座坝是不能永久留存的。明天午夜，稳固作用就将消失，大坝又将化成水，洪水将横扫下游7个县，除非再用某一高阶特征频率的中子射线重新激震，变动临界值才行。这个频率只有我知道。我到达旧金山机场后会立刻告诉你们这个频率。你们现在可以先检查启动中子装置。时间不多，请迅速决策。"

"钱惟明，你罪行严重，不思悔改，还敢向国家、人民讹诈！"审判长气得全身发抖。

"哎呀，说话文明一些。把我们的谈判说成是一场交易，不是更妥当点吗，也符合经济规律和改革精神咧。如果达成协议，我不过仅免一死，你们却保住了数万生命和一座大坝，究竟谁合适？你们为了一架飞机上旅客的安全，也允许飞机按劫机者要求飞外国去哩，怎么在这个问题上小气起来了？"

法庭上顿时议论纷纷，审判长虽然是位有经验的法官，却从未经历过这种场面，不知所措。这时站在证人席上的纪本仁要求发言。他指着钱惟明的脸，愤慨激昂地说："钱惟明！过去我在佩服你的才华的同时，也发现你思想上的一些问题，但没想到你竟会堕落成十恶不赦的杀人犯和丧心病狂的卖国贼。我最后劝你一句，赶快认罪服法立功自赎，否则你将彻底毁灭。"纪本仁转向审判台，"法官，不要被他的讹诈吓倒，不要答应他任何条件。我可以担保不会出现惨剧，下游数万生灵绝无危险。"

场上的气氛顿时松动了，钱惟明像一条被刺了一刀的狗跳起来嚎叫："不要相信他的话，他是个低能儿，什么也不懂，在学校里连偏微分方程论都考不及格……"

审判长制止了钱惟明的嚎叫，让纪本仁继续讲下去："钱惟明为了在阴谋败露后保护自己，想出了一个罪恶方案。他利用技术负责人身份，在试验启动前突然偷偷改变了稳固液的浓度，打算拿下游数万人民作为人质。但是他不知道，劳总在最后几天通知我，把原设计的WG-3-1系统改成自动反馈、三向控制的WG-3-3系统。改造后，如果由于任何原因稳固剂浓度低于临界值时，这个系统不仅会报警，而且能自动调整，使X、Y两方向的稳固性仍能保证而放弃Z方向的控制。这样，万一供浆系统出现故障或遭到人为破坏时，大坝不致瞬时解体。所以钱惟明的破坏活动立刻被自动系统发现报警，这是引起劳总惊呼的原因，但最后只会影响Z方向稳固。换句话讲，子虚坝要解体，只会慢慢变矮，不会变薄，解体过程从顶部开始按牛顿消散定律进行，是一个双曲型微分方程，这是劳总最后传给我的信息，我也是直到最后一刻才猜破这个哑谜。"

场上一片静寂，钱惟明气得面红如火，口齿不清地咒骂着。法官们和领导们商议了一下宣布：由于出现了新的情况，本案待补充调查后延期审理。接着省长又通知有关同志留下开紧急会议，研究钱惟明提出的挑战。

恢复了洪荒面貌

第二天黎明，一队小车满载着领导、科学家、工程师和公检法人员风驰电掣地驶向子虚峡，其中包括戴上手铐的钱惟明。经过一夜的讨论，大家为纪本仁的详尽论证所说服，但为了防止万一，还是连夜布置，让住在下游最靠近江边的人民群众撤退。

入夜，强大的探照灯照得大坝闪闪发光。大家坐在坝肩的调度室中，紧张地注视着大坝的变化。

广播喇叭中传来嘟嘟的报时声，北京时间24点到了。报时声尚未消散，忽见大坝的表面升起冉冉的烟雾，顶部的水晶土融化后还原为水，沿着坝面流淌下来。瓦解的过程逐渐加速，大坝的轮廓一步一步地降低。岩坡又逐渐露出青绿色的灌木和松柏。冻结在坝体里的两条中华鲟也恢复了活力逐波而下。一切都按照纪本仁计算的规律进行。大坝降低到库水位以下后，水库里的积水也开始下泄，于是河中又出现了汹涌澎湃的洪流，但最大流位没有超过洪水期中的洪峰流量，沿河居民又已及时撤离，所以没有造成任何损失。整座大坝在8小时内完全消失，子虚峡又恢复了它急滩相接、猿啼鱼跃的自然景观。

一直坐在纪本仁旁瞪视着大坝消亡的钱惟明，突然嚎叫了一声，跳起身来，高高举起戴着手铐的双手，向纪本仁猛砸了下去，并且咯咯地怪笑着："我完了，也不让你活！"他的面孔红得可怕，满嘴淌出鲜血，然后像一座被拉倒的石膏像一样，倒了下去。由于心脏病的突然爆发，他逃脱了法律的制裁。

纪本仁只比他多活了半个小时。他正在全神贯注地注视着江中的鲟鱼，在遭到钱惟明的袭击后，他顾不得抚摸一下头颅，拼命拉住李处长的手，断断续续地叫道："我忘了……我只想到大坝……快回去……地下室……实验室中WG液的浓度是劳总自己控制的，也许在临界值以下……他们也会醒来的……"话还没有说完，他就闭上了眼睛。

李处长也猛然惊觉，带了几个人又以最快的速度赶了回去。当他们重新站在地下室门口时，水晶土果然也已全部蜕变成水，从下水道流走了。劳总和恩恩安静地倒在地上。他们经受不住两天的冻结，再也醒不过来了。

斯密司中尉提出解释

这几天，美国的报纸和期刊上爆满了有关UFO的种种扣人心弦的新闻：据说在中亚细亚地区发现特大飞碟，一些地球人被吸了进去，又放了回来，飞碟正在向中国境内飞去，可惜中尉没有时间和情绪详细阅读研究。

自从发现中国西部的那座神秘大坝后，中尉的工作量增加了不少。他已两周没有回家吻吻安妮了，安妮已经提出三次严重警告。今天又是星期五下午，他发誓，这一次即使外星人来到他的面前，他也将不屑一顾地回家去度周末。

中央情报局已经命令所有间谍卫星在飞过中国西部地区时都要摄像，这样就大大增加了图像数量，缩短了遥测周期。但是毕竟不能拍下连续的画面，特别是没有拍到子虚坝消逝时的动人场面，所以当斯密司中尉在进行例行判读，发现这座神秘的大坝已经消失、子虚峡又恢复原始形貌时，他不由地跳了起来。他不断地揉眼睛、揩汗水，一遍又一遍地检查、分辨……但结果无可置疑：根本不存在大坝的任何踪影，在存在过大坝的基础面上，是表示长满植物的暗红色——怎么能设想在这里曾经存在过一座高与天齐的巍巍大坝呢？

斯密司中尉尖叫一声，向墙上的耶稣像求援。他觉得自己一定是发疯了。他一面打着自己的头，一面喃喃自语："上帝啊，阿拉丁的神灯又行动了，冰宫融化了，他们确实生活在天方夜谭中了。神秘的中国、不可知的中国，该诅咒的中国人，你们从哪儿搞到了神灯？你们要困扰我到几时？"

这天晚上斯密司中尉又没有回家，安妮夫人怒气冲冲地打电话给律师，委托他办理离婚手续。不过中尉还是有收获的。他又起草了一份紧急报告，报告神秘的阿拉丁大坝已经消失，在报告末尾，他提出一个合理的解释："……很明显，中国人没有能力瞬时建成一座大坝，更不可能顷刻令其消失。因此，种种迹象表明，这是外星人的杰作，他们来到地球，预备进行投资。为了显示他们的技术水平，偶然地选择了中国西部地区，以目前我们尚未掌握的技术，修建了这座大坝。但是，由于某种未可知原因，他们又收走了这座大坝。"

斯密司中尉写到这里，咬着笔杆沉思了一下，又奋笔疾书："兹建议加强和UFO的联系，做好一切准备，赶在中国人的前面，欢迎外星人到西方世界投资，我愿意担任联络员。"

一天后，他的上司在报告上批道：

提出的解释是合理和可接受的，立即转报局长。

勃莱姆·汤麦司少校

斯密司中尉的解释确实是太合情合理了，遗憾的是外星人一直没有再次显示他们的技术水平，而所谓中亚上空的UFO也被查明只是一种光学幻象。但是，无数架强大的射电站，还是昼夜不停地向宇宙空间发射着2+2=4的讯号，斯密司中尉和他的上司们一天又一天地等待着从太空中发回的某些善意的回应。他们已没有多少兴趣再去检查中国西部的遥感图像了。

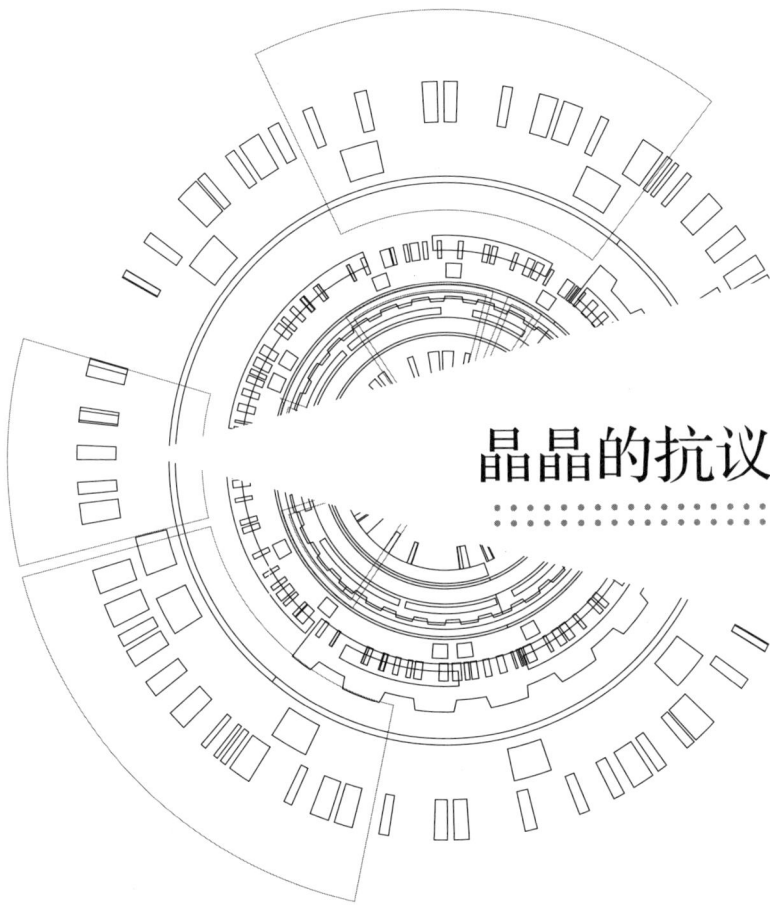

晶晶的抗议

在能源科研大会上

能源科研会议正在进行大会发言。白发苍苍的郝老坐在发言席上吃力地念着发言稿。主席台上的郭副总理皱起眉头努力辨听着老头子的南方官话。良久，他不禁向旁边的谢局长轻声抱怨起来："这位老人家讲的都是些尽人皆知的空话，毫无自己的见解，更不要说有什么新意了。他还要讲多久？如果你们会上发表的都是这种'高见'，就趁早提前结束，让大家去干点实事为好！"

谢局长的脸孔微微泛起红色，向郭副总理附耳细语："郝老强烈要求发言，出于礼貌不便深拒。快了，你看他不是已念到最后两页了吗？下面这位发言者丁慧珠可是位了不起的中青年专家，是能源研究一院的骨干，在新能源开发方面做出过巨大贡献呢。我想她的发言会使你耳目一新的。这个人呀，什么都好，就是脾气古怪，人无完人啊！"

"丁慧珠？是不是荣获科技攻关特别奖的那位女科学家？她的脾气古怪吗？"

"正是她。"谢局长把声音压得更低，"她今年30多岁，是我国最年轻的一位院士。事业心特强，人也很泼辣。她的部下和研究生都怕她，背后叫她'铁女人'。还有人说她为了开发新能源哪怕要她宰了丈夫都会干——好在她还没有丈夫，到现在也没有结婚。"

副总理扑哧一声几乎笑了出来："有这么厉害？难道就没有人敢摘这

朵刺玫瑰吗？"

"谁说没有？她的得力助手秦复基就一直追求着她，但被她骂了个狗血喷头。听说，她最精彩的一句话是：'秦复基，你别猪油蒙了心窍，在我眼中，你永远是一台驯服的计算机罢了！'所以秦复基有了一个绰号：驯服机。"

"有意思。那么说，你和她很熟悉了？"

"见过几次面，说不上熟悉。不过她所在的院是我的重点联系单位，所以听到的花边新闻也就多一些。老实说，我并不认为她真的有那么冷酷。半年前我在她们能源研究院搞蹲点调查时，亲眼看到她把一只因受伤跌落在地上的小鸟捡了起来，小心翼翼地给它包扎哩……噢，她上台了。"

这位丁院士的身手作风果然不凡，和郝总可以说是完全相反的两极，没等到执行主席报完她的名字和头衔，她已经跳上了讲台。一开口，爆黄豆似的京片子就飞满大厅。她的发言毫不拖泥带水，处处充满挑战意味：

"……我不同意郝总的发言。他把新能源的意义、作用和地位贬低得不成样儿，而把所有的希望寄托在发展传统能源上。我要对他和一切抱有同样见解的人大喝一声，此路不通，赶快改变立场！"

全场鸦雀无声，京片子的频率和音量就更高起来："……烧煤！烧油！现在光在中国每年就要烧掉30亿吨原煤、5亿吨原油。大气中和地面、地下一片漆黑，而且它们是地球在亿万年时间中积累遗留给人类的有限宝藏，衣食住行的资料都可取之于斯，你们只知道烧、烧、烧，真是不肖的子孙啊！"

会场上不少听众开始交头接耳，但京片子不予理会，她在进一步批评了核能、水能等等之后，说出了她的中心意思："其实，地球上一切形式的能源归根到底来自太阳，太阳是一切动力之母。现在，这位母亲还在毫不吝惜地每时每刻放射出它的能源，总功率达到3860万亿亿千瓦。至少在几亿年内不会有变化。这是最干净、最直接的能源，为什么要舍本求末、舍近求远呢？"

台下的嘈杂声扩大了，丁院士拿起一个小木槌敲敲台面："安静、安静！请允许我把话讲完，我知道你们要讲点什么，譬如利用太阳能代价昂贵啦，效率太低啦，容量太小成不了气候啦，占地面积太广啦，等等。但是现在我可以简单地回答一句：所有这些问题我们都已完全解决了。改变地球上能源供需的伟大时代已经到来。

"我们已经拟订了一个'夸父计划'上报国家了。可惜半年多来未见下落，大约又在经历漫长的公文旅行了，我要利用这个机会，对这种十足的官僚作风表示强烈的抗议。"

丁零零的铃声响了起来，下午的大会结束了。郭副总理在走向餐厅的路上郑重地叮嘱姜秘书："回去后一定要尽快查出那份'夸父计划'送给我看，并通知有关部门进行研究，准备意见，开一次专门会议讨论。"

夸父计划

半个月后，在郭副总理的会议室中，丁慧珠又站在小讲台上了，"驯服机"忙着在墙上张贴挂图和准备多媒体。这次她是奉命向国家领导和科学院权威层阐述她的"夸父计划"。她仍然是那样信心十足、旁若无人地发挥着。不过，这一次她讲得更加具体和深入："许多人认为大规模利用太阳能不现实，这是囿于成见和早期的科技水平。现在，一些关键性障碍都已被我们扫除了。

"首先，我们已发明了一种十分廉价的特殊材料，我们暂称它为LET。它在接收到太阳射来的光线后，以光量子表现的能量便立刻转化成电能，其转换效率接近98%。形象地说，太阳光放射出一系列的光子，光子打击到LET上后立刻'湮灭'而转化为电子的运动。"慧珠像魔术师那样摸出一块轻纱似的小手绢，"驯服机"把手绢上引出的两根电线接在一台电动机上。慧珠把手绢迎向透过玻璃窗射入的阳光，顿时电动机就轰隆隆地转动起来。

"第二个问题是在哪里接受太阳能？地球外层包着100多千米厚的大气层，能量损耗很大。要在地面上直接接收巨量的太阳能，就需要广大的地表面积，这是不现实的……"

"我们可以利用沙漠呀。"一位听众提出建议。

"是的，我们也想到了这点。可是，如果我们采集了10多万平方千米面积上的太阳能，经分析计算，就会扰乱目前地球上的平衡状态，引起气候和生态环境的巨大变化，因而是不可行的。何况改造沙漠的计划即将在我们这一代实现。所以，唯一的办法是将太阳能聚集站放到宇宙空间中去。

"我们现在已经有能力发射巨大的宇宙飞船，也有能力在宇宙空间构筑一座太阳城，但这样做毕竟耗资太大，需时过长。所以我们走了一条捷径：利用小行星。这样我们只要发射一座聚能塔，把它固定在小行星上就行了。

"感谢天文所同志的协助，他们发现在距太阳1.1个天文单位的地方，也就是1亿6400多万千米的轨道上，有两颗小行星在运行着，它们的平均轨道半径比地球只远了1495万千米，它们绕日一周的周期是421.37天，它们对称地分布在轨道两侧，它们的自转轴垂直于轨道平面，所以没有四季之分。它们自转速度等于公转速度，所以星球的一面永远朝着太阳，另一面永远是漫漫长夜。它们的直径只有85千米，表面没有大气层，当然也不会有生命。它们的组成物质很奇特，似乎以镍、镉、锂、锰为主。这两颗小行星是怎么形成的，现在还是个谜，但正好可供我们实行'夸父计划'，所以我们将它们定名为'夸父1号'和'夸父2号'。

"将聚能站设在小行星上，还得解决一个宇宙空间输电问题，这个难题也被我们攻克了。我们设计的聚能站在汇集了阳光转化的电能后，可以输往塔顶以微波能方式发射出去，在太阳系范围内进行定向传输，毫无问题。

"我们的具体计划是这样的：在我国新建的XC-2号空间站发射配套的宝塔形的聚能站，直飞'夸父1号'及'夸父2号'。在小行星的向阳面上软着陆后，它的基脚就自动钻进岩层并牢固地附着在行星面上。接着，根据地球上发出的指令，聚能塔的底部喷出LET薄雾，逐渐扩大，形成一张半径达50千米的抛物线面的网，好像在小行星上张开一顶翻转的伞。所有照射在这张伞上的光能都直接变为电能，并以微波形式从塔顶的天线尖端发射出去，功率约为80亿千瓦。

"这根天线始终自动地指向地球。我们在地球的北极和南极分别建造两座接收塔，接收从小行星上射来的微波，然后转化为常规电能，并分配给地球各地。"

"丁院士，为什么要在南北两极各建一座接收塔呢？为什么要在两颗小行星上都设置聚能塔呢？这不是要增加一倍的工程量和资金吗？"

"这是为了保证我们在任何时候都可以接收到所需的电能。要知道小行星绕太阳运行的周期和地球并不同步。一颗小行星有时和地球位于太阳的同一侧，有时却位于其两侧。我们在两颗小行星上都建聚能站，在任何时候总可以从一颗星上或同时从两颗星上取得能量。那颗暂时不向地球送电的小行星仍吸收光能，转化为电能后贮存在星球上，它本身就是一只天然的无比巨大的蓄电池呀。另外，地球自转轴并不垂直于黄道平面，而呈 $23° 26' 21''$ 交角，所以我们有时要利用北极站，有时要利用南极站，使小行星射来的微波可以不受障碍地直达接受站。请看看这张示意图。"

"丁院士，你认为实行'夸父计划'需要多少时间？什么时候发射第一台聚能塔最合适？"

"两年后的国庆日，'夸父1号'正运行到最接近地球的位置处，那时候准备工作也可以就绪，只要政府批准我们的计划，两年后就可发射，运行半年后如无故障就可发射第二台，而地球上的火电、核电、水电站都可以陆续退役了。郭副总理，您究竟同意不同意实施'夸父计划'？"

郭副总理沉吟了半晌，迟疑地说："实施'夸父计划'需×××万亿元投资，关系太大。在技术上虽说基本可行，但是否每一个关键都查清摸透了呢？有许多事往往出乎意料，'智者千虑，必有一失'！慧珠，你应该再研究一遍。"

"绝对没有问题，我们对每一个环节都反复研究了几百次，请信任我们吧。"

夜深了，会议室中仍然灯光通明。各行各界的权威人士——天文、宇航、微波、电工、结构、生态环境等方面的专家不断地提出质疑，慧珠和秦复基胸有成竹，对答如流。

飞向夸父星

在郭副总理的支持下，中国政府终于批准了实施耗资×××万亿元的"夸父计划"第一期工程。丁慧珠和秦复基被任命为正、副负责人。她们和全体工作人员陷入亢奋的状态，没日没夜地奋战和拼搏着。特别是慧珠，她明显地消瘦了——她几乎不知道什么是休息和睡眠，以至党委书记不得不经常强迫她服下镇静剂去休息，为此，总要发生一场激烈的舌战。

两年以后，一座300米高的聚能塔已矗立在XC-2号基地上。它全部由特殊材料制成，外表涂上抗高温、高速的保护层，它的全身捆满了密密麻麻的高效火箭。2×××年10月1日上午8时整，慧珠坐在发射大厅总控制室内，得到国务院的授权，以"夸父计划"第一负责人的身份按下第一个启动键。火箭喷出橘黄色的火焰，聚能塔在烟雾和闪光中冉冉上升，钻入太空。全国人民在电视机前观看了这一激动人心的场面。

火箭一批又一批地发动、喷射、脱离，直到聚能塔进入离地1000千米的高空，然后在地面控制站的精密导航下飞向"夸父1号"。在飞行中，聚能塔伸出LET翼网，吸收光能，加快飞行速度，一直达到500千米/秒的高速。这样，在下午4时左右，聚能塔就飞完了1500万千米的旅程到达夸父星。所需时间大致相当于在20世纪末人们乘坐波音飞机从北京飞到巴黎。在接近小行星时，LET网收进塔体，一些掣动小火箭启动减速，聚能塔先绕小行星旋转一圈，然后逐渐颠倒过来，它的16条粗壮的基脚朝向小行星表面缓缓下降，直到停妥在星面上。

慧珠像一尊大理石像似的端坐在控制台前，整整8个小时，她几乎一动不动，全神贯注地注视着屏幕上出现的种种景象。当聚能塔落在星球面上，轻微地震动了一下，然后稳稳地立在星面上时，慧珠才喘了一口气。得到郭副总理的同意后，她按下了第二排按键中的第一个。16条基脚中喷出强烈的等离子流，熔化了星面的岩层，聚能塔缓缓下沉，在插入星面30米后才停止，熔融的岩浆冷却凝固后紧紧地箍住了基脚。在这颗遥远的小星球上立起了人类制造的第一座丰碑。

以后的工作进行得更为简单顺利。在慧珠的操纵下，聚能塔内各个部件都逐一启动，塔顶伸出高达150米的天线，缓缓地旋转着，对准了早已建成的地球北极接收塔，一切准备工作均已就绪。

下午4时30分12秒，慧珠按下最后一个按键，聚能塔底部散发出一层薄薄的LET网，这张网不断扩大，最终将形成一张半径达50千米的大网。阳光照射在LET网上，发出闪闪的银光，在黝黑的太空中显得特别耀眼。

电话台上的红灯突然闪烁起来，慧珠开通送话器，话筒中立刻传来北极接收站站长兴奋的叫声："报告总站，我站已于北京时间16时31分52.16秒收到第一批微波电能，试验成功了！"坐在控制室中的专家、领导和贵宾立刻发出欢呼声和掌声，人们拥到控制台旁，热烈地向慧珠和复基表示祝贺。秦复基笑容满面地忙着应付，但慧珠却呆呆地望着控制台不言不语，甚至客人们向她致贺词也充耳不闻。

"这铁女人真傲慢。"不少人气愤地议论着。

出现异常情况

　　北极站收到的微波电流，随着夸父星上LET网的渐渐展开而相应地增大。它的发展过程和预测值精确相符，两天后将达到最大值，转入稳定输电。根据分工，秦复基全力以赴地负责电流换流及分配输送，还负责检测所有主要设备的运行状态。他废寝忘食、夜以继日地工作着，直到第二天黄昏，一切转入正常运行后才如释重负地喘了一口气。这时，他才猛然想到慧珠这两天都没有露过面。复基打电话去她办公室和家里，也无人接听。他好生狐疑，挟了一张图纸就出去寻地，最后在发射站的中控室找到了她。

　　当复基推开控制室的门时，发现慧珠仍然端坐在控制台前，保持着两天前的姿势——仿佛她已凝固成一尊石膏像了——不由得吃了一惊。他走上前轻轻地唤道："慧姐，你怎么还坐在这里？身子不舒服吗？"

　　慧珠茫然地抬起头，用充满血丝的眼睛望了他一眼，摇摇头。"慧姐，你太辛苦了，要注意休息呀。好在我们的'夸父计划'——不，应该说是你的'夸父计划'已经完美无缺地完成了。你看，这是两天来的受电实绩，和预测曲线精密相符，现在已进入稳定运行了，所有主要设备工作状态都良好，这不是最大的喜讯吗。来来来，我扶你到隔壁值班床上去休息一下。"

　　慧珠推开了他的手，取过图纸摊在台面上，冷静地说："完美无缺？

精密相符？这条曲线我早已看过了，你难道没发现有一些难以解释的异常现象吗？"

"异常现象？哪里有的事？"

"请注意这条时间轴，"慧珠伸出纤指点点图上的坐标原点，"我们的聚能塔是在10月1日16时飞抵夸父星的。我在16时30分12秒启动按键，下达打开LET的指令。

"指令信息应该在16时31分01.83秒抵达夸父星，LET网启动还要延滞0.6秒，就是说，在16时31分02.43秒LET网才逐渐张开，产生电流。电流送回地球，应该是在16时31分52.26秒。然而，根据北极站的接收记录，却是在16时31分52.16秒开始受电，提前了0.1秒，请你说说，这是什么道理呢？"

复基顿时怔住了。未及回话，慧珠又开了口："再说，LET网是逐渐扩大的，那么我们收到的微波电流强度也应该从零开始逐渐加大，可是我分析了受电实况，并不如是，而是在16时31分52.16秒时有一个不等于零的初始值，然后慢慢增加。这个初始值虽然不大，但是它是从哪里来的呢？复基，我真被搞糊涂了。"

复基沉吟了一会儿，吞吞吐吐地说："我想这也许是计量上的问题，也可能是仪表灵敏度不够。再说，误差值如此微小，画在曲线图上根本看不出来，可以忽略不计嘛，现在一切都运行正常，你又何必钻牛角尖呢？"

"秦复基！"慧珠的火气上来了，她变了脸色，厉声说道，"你是一名科学家，我不希望你在讲话中出现'也许啦、可能啦、忽略不计啦'这类话，更不允许你把清查这些疑点讲成是钻牛角尖。"慧珠看到复基的脸已胀成猪肝色，就放缓了语气："复基啊，这不是小事，你明知我们的测量水平和灵敏度绝对不会出现这样巨大的差异，所以这是一个矛盾！这个谜像毒蛇似的缠住了我，使我两天来吃不下，睡不稳。不揭开这个谜，我决不罢休。也许这里埋伏着什么重大隐患呢。郭副总理不是一再告诫我们务必步步谨慎吗？复基，让我们再共同对'夸父计划'进行逐项全面检查吧！"

复基被说服了。他们锁上门，亮出"请勿打扰"的灯，共同逐项复核所有的计划和数据。但是从黄昏忙到黎明，仍是一无所获。最后复基提出用激光射线对地球和小星球间的距离再作一次精密的复测。慧珠虽认为距离上的误差不可能解答所发生的问题，但还是同意复测一次。他们启动发射源，向小行星发射讯号，然后进行回收，但没有查出任何问题。

复基烦躁地、无目的地转换着波段开关，扩音器中顿时发出杂乱的来自太空的各种噪音，一会儿，他忽然皱着眉头说："啊，慧姐，你听听，在这个波段里有很奇怪的杂音！"

慧珠也听出话筒中发出一些极为轻微并有节奏的声音，顿时提高了警惕性。她接上了增益器和滤波器，进行细致处理后，杂音就明晰可辨了。这声音近似地可以用地球上的语音表达为"Gala-Anta-Gala-Partoo-Duoka"，而且是反复不断地出现。

"见鬼，这是什么讯号？是从小行星来的吗？难道那颗小星是颗脉冲星？"

"脉冲星的射电现象绝非如此，也是收听不到的，而且在太阳系内根本不存在脉冲星。这是一种行星射电。但是太阳系内的行星射电一般很微弱，怎么会直接听到？啊呀，复基，"慧珠的眼睛忽然睁大了，"莫非这是从夸父星上发来的信息吗？来，让我们试它一试。"

慧珠调整了发射功率，以同样的频率和波形向夸父星发去了相似的"Gala-Anta-Gala-Partoo-Duoka"的讯号。一分多钟后，有节奏的声音突然消失，改成另一种波形："Tata-Nana-Larsaku，Tata-Nana-Larsaku……"

慧珠和复基相互呆视着。最后，慧珠以战栗的声音喊道："夸父星上有智慧生物。这是离我们最近的地外文明。复基，快快启动'万译通'软件，我们要破译他们传来的信息，要和他们交流对话！"

神秘的晶晶

晚上，时钟刚敲过9点，郭副总理屋里的红线电话铃急剧地响了起来。姜秘书报告说，能源所的丁院士有重要情况要紧急汇报。接着话筒中就响起慧珠急迫的、尖锐的声音。郭副总理把话筒离开耳朵一点儿，乐呵呵地问道："哦，是慧珠吗？有什么重要事要深更半夜打电话来呀？关于'夸父计划'庆功颁奖的事我已经安排……"

"不是的，不不不，郭副总理，我们不是为了庆功，而是在执行'夸父计划'中出现了意外的情况，得采取紧急调整措施。我们要求立刻向您汇报。"

"哦，'夸父计划'要调整？这可是一件大事。但是，我想还是明天上午开会研究吧，我通知有关专家来参加，你知道我并不是这方面的行家里手。"

"啊，不行。现在情况紧急，一秒钟也不能拖延了。这将影响百万生灵。郭副总理，问题很紧急、很复杂，电话里说不清，请允许我们立刻前来向您当面汇报。"

"有这么严重？百万生灵？"郭副总理大惊，"好，我马上派车去接你们，你们不要离开。"

20分钟后，慧珠和复基已经坐在郭副总理的会客室中了，两人都形容憔悴，喉咙喑哑。郭副总理好生惊讶，亲自为客人们冲上两杯咖啡，然后亲切地问："到底发生了什么事？"

慧珠用手指掠了一下散乱的头发，就急促地进行汇报。她从她在受电记录中发现矛盾说起，谈到他们接收到了从夸父星上发来的奇特讯号。郭副总理全神贯注地倾听着，不禁插话道："讯号？我们并没有派人登上那颗小星球呀，哪里来的讯号？难道其他国家的科学家已先我们登星了吗？"

"副总理，这不是地球人在夸父星上给我们发来的讯号，而是夸父星上的土著居民，一种智慧生物发来的信息。这颗星球虽然小，同样存在出色的文明！"

郭副总理凝视着他们："智慧生物！你们不是测定过，这颗星球表面没有大气和水，面向太阳的一面温度高得足以使铅熔化，而背阳一面又永远是零下150℃的奇寒，生物又怎能生存呢？"

"副总理，我们测定的数据并没有错。正因为如此，我们也认定了那星球上没有生命，更不要说智慧生物了。这就使我们从一开始就走错了路。唉，我们总是习惯于用地球上的标准去衡量遥远的星球！"

"请你们详细说说，到底是什么生物？它们又是怎样生存着的？对'夸父计划'有什么影响？"

"好的。这两颗小行星的形成时间大约与地球相当，我原来怀疑它们是从地球上飞溅出去而成的，所以在地球上就留下了太平洋和大西洋两个洼陷，但后来又觉得不像。它们的形成之谜还有待解开，但是形成后的演化过程还是清楚的。开始时，它们也是炎炎的火球，逐渐冷却下来，同样经历了地球迄今为止所经历过的各个阶段。只是由于它们体积小，所以这一过程进展得很快，目前它们的情况大致上相当于20亿年后的地球。

"它们原来也拥有过大气和海洋，可是因为星球体积太小，其引力不足以吸住和捕获气体分子，大气和水分很快消失了，变成一颗静寂的星球。但是，我这里说的'很快'，是以宇宙尺度衡量的，实际上的演化过程也经历了几千万年。在这期间，曾经有过一段时间，小星球上的各种条件也是适宜生物生息和演化的，正像今天的地球一样。所以在小星球上也出现了千姿百态的生物，同样从低级向高级进化，和地球是类似的，当然星球很小，这些生物的绝对尺寸也是很小的。

"这些生物中最智慧的一种，就演化成那里的'人'，他们自称为'晶晶'。晶晶经过千万年的进化，已发展出高度的文明。在小星球的条件逐渐变得严酷时，他们利用科学成就开展了一系列的努力，以争取能够生存下来。现在，他们携带了许多物种全部转入星球内部了。说得通俗点，就是打'地道战'。

"上面讲的情况，在夸父1号星上是确切无疑地存在着。夸父2号上的情况还有待考察。不过，同样的'因'导致同样的'果'，所以我认为夸父2号上也是这种情况。"

"慧珠，如果晶晶们已有这样高度的文明，为什么不飞到地球上来生活呢？"

"副总理，他们的星球死亡时，地球表面还全被熔岩包围着，不能住人呀。另外，宇宙对他们非常苛刻，小星球不但小，而且拥有的元素很不齐全，开发重工业和制造宇宙飞船所需的几种主要元素都一无所有。还有个大问题，他们长期居住在小星上，体质难以适应迁到大行星上之后所承受的巨大引力，这些条件将他们牢牢锁定在小星上。在这样苛刻的条件下他们能够顽强地生存下来，真是奇迹啊！"

"慧珠，他们到底已发展到什么阶段了？"

"他们的发展很不平衡，他们在数学、天文等方面的研究比我们高明多了，但在工业和工程方面显然落后，他们有极其美妙的文学和艺术成就。严酷的条件限制他们飞离小星球，可是在宇宙通讯和探测方面远远走在我们前头。不消说，他们早已发现地球上存在生命和人类，他们一定研究地球很久了，也许今晚他们正在监测我们的谈话。一句话，他们对这颗离他们最近的大星球的一切都了如指掌，只是无法登上地球罢了，对我们是又敬、又畏、又羡慕。"

两个世界的对话

"听上去神奇极了。"郭副总理取出一支烟点燃，"但是请问一句，这些你们是怎么知道的呢？我简直怀疑你们是在编天方夜谭。"

"这是几天来我们和晶晶进行对话，一步一步查清的呀。"

"对话？难道晶晶也讲汉语、懂汉语吗？"

慧珠用手帕掩住嘴，努力咽下了笑声以免失礼。她用手推推复基，复基在旁边进行解释：

"晶晶们当然不会讲汉语，也不懂地球上的任何语言，他们有自己的晶晶语，我们对此也一无所知，我们是经过几天的紧张努力，并依靠'万译通'才达到勉强可以沟通的程度。"

"万译通，不错，我看到过你们发明万译通的消息，可以使地球上任何两个人直接对话，但我想那不过是事先设计好的翻译机罢了。"

"万译通不是普通的译话机，要比它们高几个层次呢。副总理，地球上的语言虽然成千上万，宇宙间更不知有多少，而且不同语言的构造和法则各不相同，但其形成和发展都遵循相似的原理，万译通就拥有高速查明两种语言对应关系的能力，只要输入一些'结合点'，也叫'结点'，万译通就能分析和推测某些对应关系，试探性地扩展结点，经过反馈、调整及一定的磨合后，就能沟通了。"

"简直不可思议。"

"并不神秘，其实普通人都能做到这点。让一个只会讲汉语和一个只会讲英语的人住在一起，几年后他们一定能够交谈的。开始时，他们一定要寻找一些'结点'——就是同一概念在两种语言中的各自表达方式。譬如说，你可以伸出1个手指，嘴里讲'1'，他会讲'one'，于是'1'='one'，就成了一个结点。这种结点逐步增加，扩大到简单的'句子结点'，再发展到'文法规律结点"，最后就能对话。当然，会不断发生误解，需要长时间的反馈调整，我们称为'磨合'。万译通也是一样的，只是它的分析、扩展、判断功能特强，磨合时间特短而已。"

"咱们和晶晶住在两个星球上，怎么去找最初的结合点呢？"

"我们互相发射电磁波讯号，包括电视和声音，就不难找到结合点了。最初的讯号就是我们接收到的Gala-Anta-Gala-Partoo-Duoka。副总理，你猜猜，这是什么意思？"

"小鬼头，考起我来了，唔，我来想想……这该不是2加2等于4吧？"

"啊呀，谁说不是，副总理，你是怎么猜到的？"慧珠像小孩子一样欢呼起来。

"这还不是听你们说过的，2加2等于4是宇宙间一切智慧生物的共同语言吗。"郭副总理面孔微微有点儿发红。

"是啊，我们也是这么考虑的。所以我们回了它一个Gala-Anta-Gala-Partoo-Duoka的讯号，还附去我们的语言'2加2等于4'，接着，他们马上送来一个新的信息'Tata-Nana-Larsaku'。"

"我想，这也许是'朋友们好'的问候话了。"郭副总理自作聪明地说。

"唉，副总理，我们也是这么想的，所以回答他一句'朋友们你们好'，还送去两张'笑脸'以助说明。可是这一次，我们弄错了。人家返回一个大'×'符号，这个符号一般都表示不对头。我们磨合了很久，最终才弄清，他们的意思是'我们抗议！'"慧珠伤心地说。

"抗议？他们抗议什么呀？"

"能源，抗议地球人掠夺了他们的能源！"慧珠的声音近乎呻吟，"在这颗小星球上，没有煤，没有石油和天然气，没有铀，更没有河川瀑布。他们唯一的能源来自阳光。他们早已发明了高效的换能材料，看来比LET还先进。从太空望远镜中拍到的照片来看，这颗小星表面光洁晶莹，实际上这是他们张开的吸收太阳能的网罩。从光谱分析上发现，这颗小星似乎全由镍、镉、锂、锰这些稀有元素组成，使我非常惊讶，这是晶晶们千万年来的劳动成果，他们把星球内部这些元素提炼出来，运到星面上，修筑了无数的巨大的蓄能放能电池。总之，他们在星球向阳的一面尽量吸收射来的太阳能，转化为电能输入星内和送往蓄能池，用以生存和发展。

他们搞成这套系统，而且生存下来已有千万年历史了，那时地球还处在混沌状态呢。

"现在，祸事发生了。地球上的人类出现而且发展了，挟着他们特殊的优势赶了上来。最后从地球上飞来了一座聚能塔，落在他们的星面上，张开了巨大的LET网，像张开一张无比巨大的伞，吸收了几乎绝大部分的入射太阳能，并转送到地球去了，小星球顿时陷入黑暗、寒冷和孤寂之中，现在只靠蓄能池中残存的能量维持最低生存要求——最多只能再维持数天。他们的Condor——就是政府的意思吧，虽然有本质的不同——开了紧急会议，决定向地球发射紧急抗议和呼吁，要求立刻撤回强加于他们的聚能塔。

"我们的聚能塔在星面上着陆而且钻入岩面时，有一条基脚离它们的一个蓄能池特别近，所以没多久，绝缘就被击穿，蓄能池中的电流短路进入聚能塔提前射向地球。这个时间刚巧比LET网展开的时间早了0.1秒，使我们察觉到了异常情况，要不然，我们可能到现在还不知道已闯了一场大祸呢。"

大同社会

"晶晶们为什么不直接炸毁我们的聚能塔呢？他们就生活在那颗星球上，这不是举手之劳吗？"郭副总理沉思良久后，问了一句。

"他们在星面上生活和修建工程，还是遥远年代以前的事。那时，小星球表面还能生活，只是条件愈来愈不利。所以他们一面在星面上努力建设，一面进行大规模的转入星球内部的迁移工作。在'晶晶史'中，他们称之为'大转移世纪'。时到今天，他们要登上星面活动也像我们登上天王星一样艰难了。我估计他们现在无力炸毁聚能塔。也许他们能，也不敢炸，因为担心引起地球人的报复。我们用核弹开挖喜马拉雅隧洞的场面一定被他们接收观看到了。要知道，一颗10亿吨级的核导弹完全可以毁灭他们。他们实在是太小了。"

"晶晶们到底有多大？长的什么样子，和人一样吗？"

"晶晶告诉我们，他们成年后平均身长40000aku。开始我们搞不清aku是什么单位，估计是宇宙中某种较稳定的量。复基和我都猜想是某种光波长，很可能是红光波长。后来证明不错，这种波长大约是0.6微米……"

"啊，那么他们只有2.4厘米长，真是小极了。"

"哦，那不止，我忘记告诉你了，晶晶们用的是16进位制——他们每只手有4个手指，比地球人合理得多，所以他们的10000相当于我们的65536呢。实际上，他们的平均身高是16厘米左右。"慧珠伸出大拇指和食指比画着，"至于形状么，他们也发来一个电视信号，但很模糊，反正也有头有四肢。头部特大。这也符合进化规律。"

慧珠把一张模糊不清的照片递给郭副总理，那上面隐隐约约有个类似小熊猫般的影子。郭副总理看了又看："啊，真是可爱的模样，比峨眉山上的墨猴还逗人。慧珠，礼尚往来，你们也把地球人的形象送过去了吗？"

"我把慧姐的形象传去了。"复基抢着回答，"我觉得传去的第一个形象应该是位漂亮的女性——爱美一定是宇宙间所有生物的共性，所以不应把我这副丑模样传去。"

"你坏！"慧珠捶了他一拳。

"哈哈哈，复基干得对，应该把地球人的美丽形象传过去。我再问一句，那颗星球上有多少人口——应该称为'晶口'吧？"

"在星球内部共生活着10万晶晶——化成10位制就是104.8576万个。晶口是稳定的，不增不减。一个晶晶死亡了，就有一个晶晶诞生。"

"看来他们的计划生育搞得不错，他们是有性繁殖吗？"

"当然了。不过它们有三种性别，＋性，－性和0性，有些像俄文名词或者蜜蜂。具有＋、－性的晶晶有繁殖能力，0性的没有，他们已经摆脱了怀孕、分娩的痛苦，繁殖后代是在工厂里进行的。他们的医疗水平很高，基本上消灭了疾病。用的是'预防法'，现在只有极少数晶晶在负责运行预防机和进行极为少见的治疗活动。他们的寿命都是50晶晶年，哦，用10进制是80晶晶年，折成地球年就是92.3年，按照他们的绝对尺寸和细胞老化过程来看，这已接近生命极限，所以每个晶晶都是享尽天年，寿终正寝，好像灯油耗竭后灯火自然熄灭一样。"

"他们是怎么生产生活的呢？"

"他们完全在星球内部活动。他们建立了大批工厂，利用电能分解岩石取得有用成分，再制成空气、水、食品和各种必需品。这也是它们的能耗惊人巨大的原因。他们根据每个晶晶的特长，分别在四个领域工作，那就是生产域、服务域、研究域和文艺域。他们从诞生到12晶岁，属成长期，由服务域抚养教育；从12晶岁至45晶岁，属贡献期，进入各领域工作；45晶岁至50晶岁是休息期，安享晚年。他们的社会是平等的，没有阶级和等级。"

"这一切又是谁管理的呢？他们有政府、官员吗？"

"由Condor管理。Condor也不是我们意义上的政府，是一个庞大的管理系统，由少数'管理晶晶'和复杂先进的电脑系统结合而成，是'晶机合一''软硬合一'不断自我优化的系统工程。一切管理都自动进行。每个晶晶从诞生日起，就由Condor记录在册，抚养、教育、分配工作、调整岗位、提供必需品，直到退休和死亡。晶晶的行为如果违反晶晶宪法，Condor会及时送出纠正讯号。所以那边的司法、警察功能已在500万年前蜕化消失了。"

"啊，多么美妙呀！"这些天来郭副总理由于待业和治安问题正受到攻击和质询，所以听了后无限神往。"你说他们也有文化艺术和科学研究吗？"

"在他们的四个领域中，从事研究和文化的更受爱戴些，所以科技文化水平很高，尤其是数学。像哥德巴赫猜想早被他们证明，而且列在初等教育教材中。他们虽离不开小星球，却已制成极高级的射电望远镜，所以对天文、宇宙方面的研究极为深入。特别对近在咫尺的大星——地球，更可以说了若指掌，洞察一切。我怕地球上几次大战役他们都已发现和记载了。有些我们无法弄清的历史问题也许可以在他们的文献中找到答案。在化学上，他们能从矿石中制造空气和食物，其水平也可想而知。但更发达的是文化艺术。他们的文献著作浩如烟海，真是宇宙宝库。去年他们还评出两部优秀作品。一本是科幻小说，书名是《巨邻的入侵》，描写低级的地球生物如何入侵有高度文明而弱小的夸父星，毁灭了他们的一切。由于写得十分生动又有非常可靠的根据，所以轰动了晶晶文坛。还有一本是学术著作，书名是《地球上智慧生物的自相残杀行为分析和后果预测》。这是他们的中央科学院天文研究所地球研究室的最新研究成果。"

"但愿地球上的政治家们能够读到这部大作。"郭副总理从喉咙深处咕噜了一句。

百炼钢化作绕指柔

"副总理，关于晶晶的情况，恐怕谈到天亮也讲不完，这里有我们的对话记录，供您参考。"慧珠把一大包记录稿放在台上，"晶晶要求我们立刻停止聚能站的工作，让他们能生存下去。我们回答说，这要报告上级决定。为了有说服力，我们要详细问清小星球上的情况，要求他们回答我们的提问，这样才取得如此丰富的材料。现在最紧急的事情是：对于晶晶们的抗议和要求，我们究竟怎么办？时间已经不多了，再拖下去晶晶肯定就要灭绝。"

副总理和秦复基都沉思不语，出现了几分钟的冷场。最后郭副总理抬起头望了望两位科学家："这件事关系重大，我想先听听你们的意见。复基，你先说说。"

复基皱起浓眉，犹犹豫豫地说："这个吗，让人左右为难，我简直拿不定主意。按理说，晶晶的要求是合理的。可是，为了实施'夸父计划'，我们停止了其他建设，把一切力量都投了进去。我们几乎耗尽了国家的财力和物力，全国的水、火、核电站都在按计划退役和解体。突然停止'夸父计划'，全国的生产和生活马上要受到严重影响。国家的发展速度在很长时间内都将下降甚至负增长。这个影响和责任太大了，我们怎么向政府和人民交代呢？所以，所以……"复基沉吟了半晌，才吞吞吐吐地说："恐怕'夸父计划'还得执行，是不是分一小部分能源给晶晶。当然，这就维持不了百万'晶口'，只能养活一小部分。如果他们已无法再在夸父星内生存，为了保留物种和文明，也可考虑派一艘宇宙飞船去，接回少数晶晶和他们的科技文艺成果，我们可以在地球上创造一个类似夸父星条件的封闭区，让他们生存下来，正如美洲的印第安人保留区一样。"

郭副总理一字一句地仔细倾听复基的意见，然后把目光转向慧珠："慧珠，你的意见呢？"

"我不同意这种做法。"慧珠咬咬牙，开了口，"我们无权剥夺晶晶生存的权利。照射到夸父星上的太阳能，是宇宙给他们的，是属于他们的，我们不能掠夺他们。晶晶在那样严酷的条件下拼搏了几千万年才生存下来，而且发展了极高的文明。他们先我们创造了理想的文明社会，这是宇宙间的奇迹和光荣，我们怎么能为了自己的私利而消灭这一文明呢？

"晶晶是优美、和平、善良的智慧生物，他们没有对近在咫尺的地球造成任何伤害，进行任何掠夺，他们是我们最亲密的堂兄弟。不，应该说是同胞兄弟，我们怎么能扼杀自己的同胞兄弟！物质的损失总是有限度的，而高尚的精神道德是无价。我们不仅要在地球上实行国际主义，也应该在星球间实行星际主义。我们的条件比夸父星优越了不知多少倍，我们只有保护和帮助晶晶的义务，没有任何掠夺的权利。

"复基说，为了保存物种，可以接一些晶晶到地球上供养起来。这不但使人回想起17世纪中叶白人在美洲诛杀印第安人的惨景，而且我想问复基一句话：如果晶晶比我们强大，占领了地球，灭绝了人类，只保留少数人作为'物种'送到遥远的星球保留下来以供展览，你和我又都有幸选留在这些样品中，你会有什么想法？你会赞同这么做吗？何况，夸父星上的生物不止晶晶一种，他们在迁入星球内部时把成千上万种生物都带了进去，我们能都带回地球繁殖吗？

"是的，为了实施'夸父计划'，几乎拖垮了国家，一旦中止，损失和影响是无法估量的。这是我的疏忽造成的，我应负全部责任。我愿意接受任何处分，请国家和人民审判我，处我极刑，我毫无怨言，只求不要伤害那些无辜的晶晶。副总理，请接受我的请求吧，请同意我的意见吧，请您下命令撤销'夸父计划'吧，我求您啦。"慧珠边说边站起身来，走到郭副总理前面，似乎要跪下去。这位平常坚强泼辣的女子，此时神情激动，双颊飞红，眼光中流露出只有女性才具有的柔情和母爱，两粒钻石似的泪珠在她眼眶内打转。

郭副总理的眼睛也红了，他伸出手把慧珠拉了起来，扶她到沙发上坐下，款款地说：

"我想慧珠的意见是对的。我们怎么能伤害如此善良可敬的晶晶呢。不过这件事关系太大了，我没有权做出决定。'夸父计划'怎么处理，得把新出现的情况和我们的建议提交给最高国务会议讨论决策，并报请立法机关审议，可能还要进行全民公决。我现在能做的，是马上报请总理同意后暂时停止从夸父星上获取能源，同时暂时中止一切水、火、核电站的退役，静待最后的决策。我相信中国政府和人民有正义感，会做出正确的决定，会实行'星际主义'的。

"这件事也不应由慧珠负全责，本来在'夸父计划'中你们也提过先发射一艘宇宙飞船登上小星球实地考察一下。但由于人类要登上夸父星面临的难度和代价太大，同时大家都深信依靠我们的探测手段，对这颗星球的情况已掌握得非常清楚，就取消了这一步骤。你们能在实施过程中抓住十分微细的征兆，破解了哑谜，避免在宇宙史上留下一个不可弥补的悲剧，你们是有功的。

"'夸父计划'若停止实施，我们确实会失去很多，但也有巨大的收获，那就是发现在离我们不远的小星球上存在着我们的兄弟和如此悠久的高级文明。晶晶的进化史对我们有重大价值，也许可以大大加快地球文明的发展速度，这种收获的意义是难以估价的，而且'夸父计划'在技术上是出色的、成功的。今后地球上的能源肯定可以直接从太阳光中取得。我们从夸父星上取得的能量仅仅是太阳发射总能量的48万亿分之一罢了。放弃这个据点，完全可以另找一颗确实无生命的死星球做新的据点嘛。再不然，无非在宇宙空间中构筑一座能源城就是了。有你们这样出色的科学家，这个愿望定能实现。

"慧珠，不要再哭了，我还是第一次看到我们的铁女人流泪呢，谢局长的话一点儿不错。你比平常更美了。复基，你扶慧珠到隔壁房间休息一下。我这就去总理那儿。天亮以后我回来送你们去控制站。你们就发指令收拢聚能塔上的LET网，让阳光仍然普照夸父星吧。你们还可以先向晶晶们发报，就说'地球人向晶晶致意问好，聚能塔立刻暂停运行。一切事以后协商解决。地球代表丁慧珠、秦复基'好吗？"

慧珠顺从地让复基扶着走向休息室。她挂满泪珠的脸庞上露出欣慰的笑容。这确实是宇宙间最美丽最善良的一张笑脸。

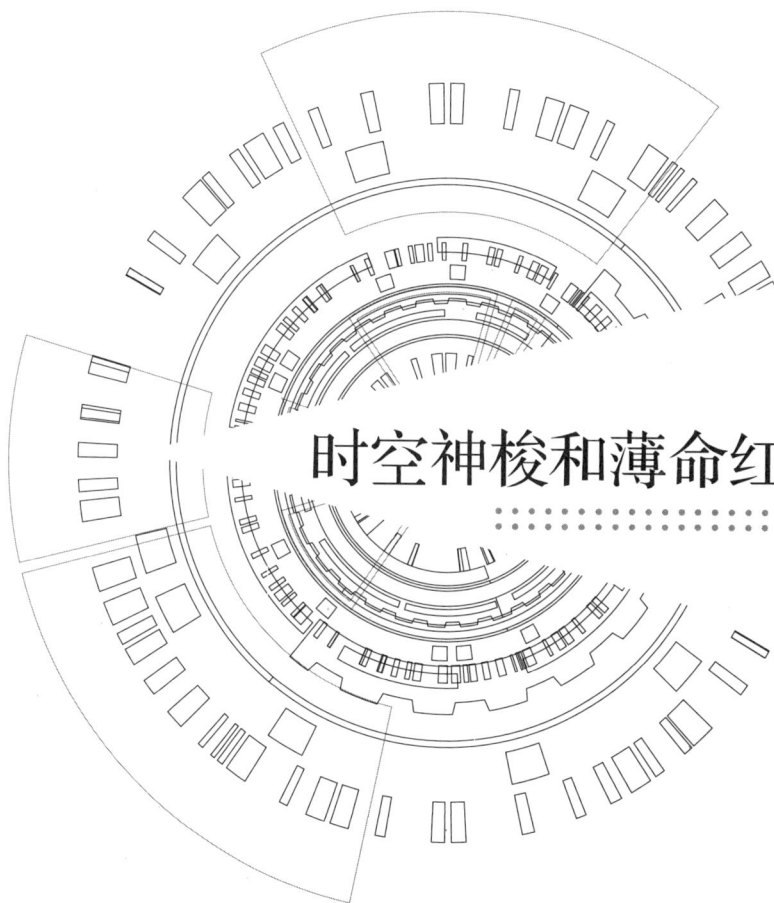

时空神梭和薄命红颜

超光一号时空神梭

一辆漂亮的旅行车在江南平坦的高速公路上飞驰着。汽车完全是自动驾驶的，所以坐在驾驶座上的方绍曾院士显得很轻松。他只是偶尔向显示屏望上一眼，做些调整，大部分时间都在和坐在身边的小妹萦曾以及坐在后排的萦曾的四个知心同学——被绍曾称为"狐群狗党"的冯朝晖、陆黛、张袅丹和杨美霁说话打趣。这些小客人都是才进高中的女学生，个个正值豆蔻年华，全身散发着青春的气息。

方院士无疑是位500年才出一个的奇才。他幼年时就是公认的神童，12岁在天才学校中念完了大学物理系的课程，16岁陆续取得天文学、应用光学和材料学的博士学位，同时又成为一名优秀的机械制造专家。然后他到航天局任首席专家，迅速使中国的航天科技水平跃登世界前列，因而又被推选为航天集团公司的董事长兼总经理。他在很多领域中获得国际最高荣誉和奖励，成为世界级的顶尖科学家和传奇人物。但5年前他忽然辞去一切公私职务，从报刊、电视上消失了——为此还引起不少谣传。其实，那只是他决定全力投入时空旅行机器的研究开发罢了。他在山清水秀的故乡金坛的乡下购地建房，修了一幢别墅，盖了一座研究所，夜以继日地奋力钻研。制造时空旅行机器的困难确实不是一般的星际飞船可比拟的，以方院士的绝顶聪明和强大实力，也花了5个年头才制成第一艘样机——"超光一号时空神梭"。

方院士的人生旅途并不幸福平坦。18岁时父母因飞机失事同时遇难，丢给他一个三岁的幼妹。第二年，他为之倾注了无限情意的女朋友又叛离而去。方院士以坚强的毅力，熬过灾难，告别情场，把自己献给了科学和事业，并且无微不至地照顾和抚养幼妹成长。兄妹俩相依为命、形影不离。直到他闭门研制时空神梭后，才将妹妹寄宿在学校里，只有在寒暑假才接她回乡团聚。今年"超光一号"落成，绍曾特别高兴，比往年提早几天去了学校，把萦曾接回家来，还额外开恩同意把她的"狐群狗党"们也带了回来。

汽车驶过金坛不久，就到达了方院士的家乡洮湖。绍曾的别墅依山傍水而筑，显得十分幽雅洁净。他把车停在前院，招呼小客人们进屋，稍事盥洗休息后，就兴致勃勃地带她们参观时空神梭。

"这就是我费尽心力研制出来的时空神梭，"绍曾的脸上流露出无限的自豪和喜悦，"这是人类历史上第一艘真正可以在时空域内旅行的神梭，可不是科幻小说中的虚构！你们仔细欣赏一下吧！"姑娘们发现这神梭大约有一艘游艇那么大，停在微微倾斜的发射台上。它的外形真的像一只梭：中间宽、两头尖，基本对称，只是在尾部伸出几片翼片。梭的全身呈银白色，在太阳照射下闪闪发光。女孩们欢呼着，观赏着，惊叹着。红枣（冯朝晖）大声问道："方大哥，舱门在什么地方呀？我找不到，人从哪里进去？""别急嘛，舱门马上就打开。"绍曾微笑着答道，然后抬起头向时空神梭打起招呼："超光一号，您好。请开门吧。"

在靠近梭尾处，一块矩形舱壁突然应声翻了下来，变成一座登梭的梯子。女孩们目瞪口呆，好一会儿才回过神来。绿豆（陆黛）赞赏说："真神啊，方大哥，你这是从《天方夜谭》里的'芝麻开门'中学来的吧？"

"不完全一样，"绍曾回答，"在《天方夜谭》里，无论是谁，只要说句'芝麻开门'，洞门都会打开，而这艘时空神梭只在听到我，或者我指定的人的命令后才会开启。你们如果不得到我的授权，哪怕跪在它前面叫上三天三夜，它也不会理睬的。"

绍曾一面说，一面带领姑娘们跨进时空神梭。神梭分为前、中、后三舱，布置得十分紧凑精巧。中舱较宽，中有一条走道。走道右侧是两间乘员的房间，室内各种设备应有尽有，女孩们赞赏不已。鸟蛋（张袅丹）拉开一个抽屉，看到里面放着一套衣服。"这是宇航服吧？让我试试。"她取出衣服，不想这衣服猛然挣脱她的手飞贴到天花板上了。众人费了好些劲才把它拉了回来，仍锁在抽屉里。鸟蛋又想拖过一张靠在舱壁处的大椅子坐下来，这一拖却使她大吃一惊，这张外表很结实的大椅子竟轻若游丝，一动它就飘了过来。"啊，方大哥，这里的东西都稀奇古怪，这椅子是用什么东西做的呀，这么轻啊！它结实吗？"

"时空神梭要以极高的速度航行，必须千方百计减少它的质量。为此，我研制了当前能够制取的密度最小的材料，我暂时称它为'Q'。Q的密度是0.001克/立方厘米，是水的千分之一。那张椅子如果用实木制作，大约为5000克，用了Q就只有5克，吹口气就可以移动它。所以房间内不必移动的东西我都用胶水粘住的。Q虽然密度极小，但具有惊人的强度和抗磨损、抗高温的能力。在那张椅子上放上一头大象也是绝无问题的，不要说你这个小丫头了。"

走道左侧也有两间房，小一些的是绍曾的工作室，塞满了仪器书本，姑娘们对此不感兴趣。在另一间较大的房内，存放着各式各样的物资和奇形怪状的机械，像一间微型制造车间。这次是羊肚脐（杨美霁）发问了："方大哥，这是仓库，还是车间？哦，这儿还有食品柜，只有这么点儿食物和水？方大哥，我想时空旅行要花很长时间吧，这点儿食品是不是太少了？在时空旅行中恐怕找不到超级市场可以采购补充的吧。"

"时空旅行当然要花很长时间喽——甚至要耗尽你的一生。如果你要把旅程中所需的一切消耗品都在出发时备足带走，恐怕需要一艘航空母舰来装它，那是不现实的——食品可不能用Q来制造。因此，这里不是物资库，而是样品库和再生车间。时空旅程中所有消耗品都是严格的再生和重复利用的。"

"重复利用？我可不愿意喝自己的尿！"鸟蛋低声抗议，但被绍曾听见了，他面色一正："排泄物也必须全部再生利用，但没有要你去喝尿。大家想，我们每天吸进的空气、喝进的水和吃进的食物，最后都化成能量被我们耗用了，就剩下一些废弃物。在时空神梭里，我们把废物集中在这里，补充上能量，再根据需要和按照样品模式由这些机械制造出再生品来，完全和原来物资一模一样。需要补充的只是有限的能量，和航行中需要消耗的能量比，只是个小数，完全能解决。物资再生问题的解决是实现时空旅行的三大突破之一啊！"

接着，绍曾又带她们去看了前舱，或可称为驾驶舱。那里最吸引人的是中间的一块巨大显示屏和两侧密密麻麻的仪表和控制器。绍曾兴致勃勃地介绍："这就是时空四维自航设备，这个大家伙是时空四维坐标显示仪。你们都知道，在时空中，有三个大坐标规定了我们所处的位置，再加上时间大坐标，这四大坐标确定了任何事物所处的状态。"他开启电源，显示器上方立刻出现四个0。"如果我们选择以出发点的状态作为参照原点，那么出发时这四大坐标都是0。我们要把预定的时空旅程精确设计好，输入时空四维自航仪中。自航仪将严格按照设定的时空行程执行，而且实时在显示屏上反映出来。如有偏差，会自动调整或警示。如发现紧急情况，它会根据设定的原则处理，先斩后奏的。这边是预留的手控驾驶设备，实际上它的使用概率是很低的。"

当他们正要从驾驶舱中走出来时，绿豆突然提出一个问题："方大哥，你刚才说，解决了物资再生问题是实现时空旅行的三大突破之一，那么，另外两大突破又是什么呢？"绍曾高兴地笑了起来——他最喜欢孩子们动脑筋了："问得好。你们还记得吧，上个月我写给你们的信中建议你们在来这里参观之前，抽空多读一点儿关于宇航和物理方面的科普读物。现在，这个问题请你们自己来回答一下好吗？"这使得姑娘们搔头抓耳苦苦思索起来。一会儿，萦曾开了口："哥哥，前些日子我们在电视上看到发射宇宙飞船，那仅仅是飞往火星，但用了那么大的火箭，烧了那么多的燃料。你的时空神梭该要多少燃料，用多大的发动机呀？你是怎么解决的呀？这是不是第二个突破呢？另外，我们在神梭里怎么没有看到火箭发动机呢？"

绍曾兴奋地拍拍她的肩："好妹妹，你猜对了——不，是说中了，能源和动力正是第二个大问题。来，都随我到后舱，到那边去回答这个问题。"

与驾驶舱比，后舱显得很简单。打开隔舱门，里面有一间很浅的房间，设置了一些仪表，房间的后壁是一块椭圆形的密封板，与周围的舱壁紧固密封。这块密封板的中间有一条水平横梁，将密封板分为上下对称的两半，每一半密封板的中间都有个小小的凸出的盒子，约莫有一只火柴盒大小。绍曾指着上面的那只小盒子说："你们说的'燃料'就贮存在这只盒子里，后面是一台质能转换器，或可称它为'质能炉'，也就是你们说的火箭发动机了。"

"天啊，这只火柴盒中能装下多少燃料？你的燃料是液体还是固体啊。"红枣简直不相信自己的耳朵了。

"这只'火柴盒'的容积是12立方厘米，如果装煤油，大约可装10克，那当然只够点燃一盏古老的煤油灯，照亮几分钟。但是我装的是一种特殊的超固态物质，它的密度是水的10000倍，我称它为W材料。这一小盒的W就有1.2吨呢。密度可不能再提高了，否则，它会变成一个小黑洞，破坏一切的。"

"就算这小盒子可装下1.2吨燃料，好像也不够呀？我记得一支宇航火箭也要装上几十吨、上百吨的燃料啊！"

"问题的关键在于这些W不是通过'燃烧'释放出化学能的，而是进入'质能炉'后按照$E=mc^2$转化为能量的。你们不妨算算，这1.2吨W可转化为多少能量呀？"

女孩们真的用笔算了起来，c是个很大的数值，使她们经常出错，最后才得到一个答案：1080亿亿亿尔格①。她们简直弄不清这是个多大的数字。绍曾解释说："1080亿亿亿尔格就是10800亿亿焦耳，大致相当于30亿立方米的原油，也就相当于我们把全世界一年用的石油都带上了神梭。当然，尽管如此，还是满足不了神梭的超光速要求，我们还得想点其他更巧妙的办法。好，我们对时空神梭的参观就到此吧，大家跟我回到客厅中再好好地谈一谈。"

零不等于没有

大家回到客厅后，绍曾煮了一壶浓香扑鼻的咖啡，又拿出了许多精美的糕点，让孩子们享受了一顿标准的英国下午茶。孩子们吃着、笑着、吵着，好像一群小麻雀。绍曾一面啜着咖啡，一面微笑地说道："姑娘们，对于时空神梭，你们有什么问题，尽量提出来，我会努力解释的。"他这么一说，立刻引起了一阵喧哗：

"方大哥，你这艘神梭有多重啊？"鸟蛋首先开腔，那一只小'火柴盒'中可装1.2吨W着实震撼了她。

"方大哥，神梭的最大速度可以达到多少？最远可以飞到什么地方，能去银河吗？"这是红枣的问题。

---

① 1尔格=1.0×10^{-7}焦耳。

"方大哥，神梭真能回到过去的年代吗？能回去多久？可以看到三皇五帝、秦皇汉武吗？"绿豆问。

"方大哥，回到过去，能和古人说话、握手、交朋友吗？"羊肚脐充满怀疑。

"也许羊肚脐还想找个古人做丈夫，和他结婚呢。"鸟蛋讽刺说。羊肚脐立刻在她肩上击了一拳："你才整天想男人嫁老公呢，提的问题也总是黄色的！我是想，我们多带几把手枪去，看到希特勒、东条英机这些坏蛋就把他们一一打死，就可以避免第二次世界大战，也不会有南京大屠杀了，我们不就立了大功吗？"

"方大哥，如果羊肚脐回到过去，看到她祖父祖母正在议论结婚的事，她故意勾引她祖父，把这婚事给搅黄了，那么还会有她爸爸、妈妈和她自己吗？"鸟蛋又故意想出一个促狭的问题，引得大家哈哈大笑，只有杨美霁气得说不出话来，她捡了一块蛋糕，向鸟蛋劈头掷去。

"哥哥，"萦曾是最后发言的，"我从科普书上知道，要回到过去，速度必须超过光速，而根据爱因斯坦的理论，光速又是不能被超过的，因为速度接近光速时，质量会无限地增大，你是怎么做到这一点的呢？这是不是你的第三大突破呢？"

绍曾认真地听她们提出问题，等她们安静下来后，微笑地说："你们提的问题都很重要，其实这些问题是分不开的，是一个事物的不同方面，而关键性的问题是如何使神梭超越光速，这正是第三个突破，最艰难、最伟大的突破。和它相比，第一和第二突破就不算什么事了。萦曾还是抓住了问题本质的。这个问题不容易说清楚，让我一步步回答你们吧。"

"鸟蛋问我神梭有多重，在时空旅行中不要再用'重量'这个概念。我理解你的意思，但正确的提法应该是这艘神梭有多少惯性质量。这问题我可以简单回答：神梭的质量包括航行员在内是600千克加0。"

"方大哥，你在胡诌些什么呀，只有600千克？光火柴盒中的燃料不就有1.2吨吗？"鸟蛋立刻反驳。

"我没有说只有600千克，后面还加有0呢！"

"方大哥，你真会开玩笑，0还不是等于没有，600千克加0不还是600千克，真是'脱裤子放屁——多此一举'。"红枣跟进，她为自己说了一句粗话微微面红。

"你们听我解释嘛。神梭总质量就是600千克加0。600千克是神梭结构、设备、消耗物资和乘员的质量。由于结构和设备主要都用Q制造，物资又是再生循环的，所以才这么少，如果是普通的航天梭，恐怕要达几百吨了。至于600千克后面的0，那是绝对不可少的。0只表示这些东西的质量为0，并不等于没有东西。"

"0不等于没有东西，这倒真是我第一次听到的宇宙话。方大哥，我真搞糊涂了，你让我们开开窍吧。"

"打个比方吧，如果我有600元存款，另外在保险箱的上层抽屉中有1200元股票，下层抽屉中有1200元欠人的借条，你们说我有多少元财产呢？"

女孩们犹豫了一会儿，都回答说："只有600元财产，保险箱里的股票和债务不是互相抵消了吗？""光说600元存款，不提价值1200元的股票和债务，你们不觉得有些不妥吗？如果说：我拥有600元存款加1200元股票加1200元债务，也就是600＋0的财产不是更全面一点儿吗？总之，0不等于没有，它的内涵是十分丰富的。"绍曾坚持说。

"但是，花了那么大的劲，0还是0，你还是只有600元财产，这又何苦来呢？""孩子，你不能这么说。如果你只有600元，没那个0，你只能是个穷人。有了那个0，你将拥有1200元的股票和1200元债务，你的活动机会就大多啦，譬如说，你的股票会涨成天价……"

"哥哥，我明白你的意思了，神梭本身的质量是600千克，相当于你说的600元存款。后舱上层盒子里的1.2吨W相当于你说的保险箱中的1200元股票，那么，1200元债务又相当于神梭中的什么东西呢？"

"小妹，你问到点子上了，"绍曾又一次夸起妹妹来，那种疼爱的模样让"狐群狗党"们有些妒忌，"这1200元债务，就是放在后舱下面那只小盒子里的东西，你们可以称它为－W，它的绝对值也是1.2吨，只不过是个负数罢了。它和上层中的W加在一起就变成了0。"

"－W？－W是什么东西啊？"女孩们又一次大吃一惊。

"它也是一种物质，和W完全一样，只是质量是负数罢了，我称它为负物质。"

"负物质，多么神秘！怎么可能？"

绍曾在纸上画了条线，并点上一个原点0。"这条线代表一条数轴，数有正数、负数，画在这条数轴上，右边是正数，左边是负数。如果只有正数没有负数，数学大厦还能建成吗？数学还能对人类文明发展提供这么大的支撑吗？再假定这条线代表空间的一根轴线，向左向右都可以延伸到无穷。如果只准有正的方向，不准有负的方向，这个空间就变得残缺不全、不可思议了。我们还可设想这条线代表时间轴，向左就是未来，向右就是过去，也是有正负方向的。当然时间轴也许不能向过去无限延伸，而有个起始点，但至少在一百几十亿年范畴内这个问题并不重要。总之，事物有正必有负，这是大道理。那么质量呢？物体的质量有大有小，但小到0，似乎就到头了，这也是不完整的。我们不应该给质量人为地规定这个限制，应该承认存在负的质量！"

"听上去倒像有点道理，可是我实在想象不出负物质是个什么样的东西，方大哥，你拿一点儿出来让我们看看吧。"

"你们刚才看到的宇航服，就是主要用负物质做的啊。如果你们承认有负物质存在，不妨想象一下它应该有什么性质？"

"我希望在我的书包中，有几本书是负物质做的，那样就可以减轻背包的重量了。"鸟蛋说。她是个懒姑娘。

"我想，牛顿第二定律是F=ma，如果m是负数，F和a的方向就相反了。就是说，你用力去推一个物体时，它不但不向前加速，反而会减速倒退的。"

"啊，那倒好，踢足球一定是踢进自家的大门了。"

"哥哥，万有引力是宇宙间的一种基本力。如果有负物质，它和正物质之间不是相吸，而是相斥，所以鸟蛋在取出宇航服时，它就飞走了。鸟蛋，你在打开书包时要小心，那几本负书可能很快飞上天去见不到了。"

"啊，怪不得在我们的世界里找不到负物质，它们都被赶得远远的了。"

"也许在我们这个正宇宙外，还有个遥远的负宇宙吧？方大哥，你是怎么弄到这么多的负物质的呀？"

"这是个核心机密，暂时没法给你们说清楚。有了负物质这个宝贝，实现时空旅行就有可能啦！"

克服光障

"现在我们要谈谈事情的关键点了，就是怎样使神梭达到和超过光速，这叫作突破'光障'。你们听说过'声障'和'热障'吗？"

"我知道，飞行器在大气中飞行，当速度接近声速时，稀疏的大气竟会产生极大的阻力，好像碰到一道墙壁似的，这叫声障。"绿豆回答。

"对了，后来人们发明了喷气式飞机，又采用了流线型机身，经过几十年努力，顺利地克服了声障，现在在大气中以几倍音速飞行已经是简单不过的事了。接着，又遇到第二道障碍——热障。绿豆，你接着说吧。"

"飞行速度愈快，大气和机身的摩擦愈厉害，转化为热能，就会使舱壁的温度升得很高，一般材料都将熔化，光靠加大推力无济于事，这就是热障了。"

"说得好，但后来人们制成了能耐特别高温的材料，把机身保护起来，从而又突破了第二道障碍——热障。飞船从此就可以摆脱地球，进入太空。然后就遇到最后也是最大的一道障碍——光障。谁能说说光障？它与声障、热障有些什么不同？萦曾，还是你来说吧。"

"我怕说不好。我觉得光障和声障、热障完全不同。后两者是飞行器在大气中飞行时遇到的困难，只要加大动力或改进材料就可解决，而光障是飞行器在真空中飞行时遇到的，在真空中不存在阻力和高温问题，但是当飞行速度接近光速时就遇到了障碍，这个障碍是由物理学的基本定律确定的，因此，似乎是不可逾越的。

"我们都知道要使物体加速，必须施加外力，以克服其质量的惯性。但物体的质量不是个常数，我们平常说的质量都指物体在静止状态下的值，即静质量。物体的速度越快，其动质量就按 $\dfrac{1}{\sqrt{1-\dfrac{v^2}{c_2}}}$ 的比例增大。当速度达到光速c时，它的动质量就达到无穷大，无论再增加多少力量都不能令速度增加了。哥哥，光障是不是这么回事？如果真是这样，又有什么办法能克服它呢？"

"妹妹，你说得很对。要克服光障，只有两条途径：或是施加无穷大的力；或是使质量为零。我选择的就是后面这条途径。

"现在我简单描述一下时空神梭的飞行过程。时空神梭的静质量是600千克，启动后，尾舱中的W将按每秒30克的速率注入质能炉，转化为能量推动神梭前进。1秒钟后速度就达到约3000千米/秒的量级，几秒钟后神梭就摆脱地球引力进入到太空。

"随着W不断地注入质能炉，神梭也在不断地加速，W和－W就不再平衡了。W每消耗1克，神梭的总质量就减少1克，同时，由于神梭速度的增加，动质量又在增大，神梭就在这两种因素控制下航行着。5个多小时后，已有600千克的W转化为能量了，神梭的有效质量下降为0，速度就达到光速，神梭的航行进入一个新的阶段。

"速度超过光速后，随着W进一步注入质能炉，神梭的静质量将变成负数，但 $1-\dfrac{v^2}{c^2}$ 也成为负数，所以神梭的动质量仍是正数，我们可以以超光速在现实世界中航行。

"当神梭的速度愈来愈快时，时间的流逝也就愈来愈慢。神梭中过了一天，已相当于地球上的两天、三天、一年甚至一千年，这就是'梭中方一日，世上已千年了'。"

"啊呀，那在梭中喝一口水也要花几个小时，这也太不方便了。"

"红枣，你误会了，这种比较是地球和神梭间的比较。一个人在地球上观测神梭中的情况时——如果他能看到的话，确实会感到神梭中的人一举一动都缓慢无比，但梭中的人根本不会感到有任何变化，手表还是正常地走着。只是他们观测地球上的情况时，会发现一切活动都在以发疯似的高速进行着。当速度达到光速后，时间就会停止流动，成为一潭死水，相对于地球来说，我们就长生不老了。而当速度超过光速后，时间开始倒流，向过去的时代退行，我们也就返老还童！这就是我最初设计的时空旅行方案，可以称为第一方案吧。"

"太神妙了！方大哥，神梭在越过光障后是否能无限制地加速，甚至达到无穷大呢？神梭能回到多么遥远的时代呢？"绿豆问。

"很遗憾，按照上面的方法去做，神梭的负质量会越来越大，要使它进一步加速也越来越难，我们又遇到第二次障碍。我发现，无论携带多少W和－W，神梭的极限速度只能达到1.414c。"

"多可惜啊，方大哥，看来神梭不能去恒星旅行啦！有没有办法突破这第二道光障呢？"

"我当然不会甘心于此的。姑娘们，你们想想还有什么办法可想啊？"

姑娘们思考了良久，但都解决不了问题。最后萦曾试探问："哥哥，你如果把－W送进质能炉，后果又怎样呢？"

"好妹妹，你也想到这点了，这正是关键的一点。把－W送入质能炉转化为能量，神梭的有效质量会增加，神梭也会加速航行，不过是按照不同的规律加速。奇妙的是，这时最高速度就不受限制了。譬如说，当有200千克的－W消耗后，神梭的质量将增加到800千克，而相应的速度就达到光速，而当有600千克的－W消耗后，速度竟能达到无穷！这可称为第二方案吧。"

姑娘们欢呼起来，但绍曾冷冷地说："你们别高兴得太早了，速度虽高，却是个虚数，神梭是以虚速度在航行，或者可说是在虚世界中航行，并没有解决现实问题。"大家听了，你看看我，我看看你，说不出话来。萦曾自言自语地说："对了，－W是负质量，化成能量也是负能量，负数开方就成为虚数，我怎么没有想到这一点。哥哥，这虚宇宙在什么地方，和我们的实宇宙有什么关系，进入虚宇宙有危险吗？还能再回来吗？"

"任何人都没有见到过更不要说去过虚宇宙了，我也不知它在哪里，但它一定是和实宇宙处处正交的，正好像虚轴和实轴正交一样。你问进入虚宇宙有没有危险，我想也不会比进行超光速航行更危险吧。你还问能不能从虚宇宙中回到现实宇宙中来，能，而且很简单，只要在达到无穷大的虚速度后，再稍微注入一点儿－W进质能炉，速度就越过奇点，发生乾坤大倒转，从无穷大的虚速度转变为无穷大的实速度，神梭就又会回到现实世界，而且以无穷大的速度航行。这个实宇宙可以称为快宇宙，在快宇宙中，最小的速度是光速。神梭刚从虚宇宙转入快宇宙时，速度是无限大，如果继续转化－W，速度会变慢，而且以1.414c为低限。在神梭后舱，我贮有各1200千克的W和－W，我们可以在2倍光速至无穷大的速度范围内航行，我们可以去到遥远的古代，这就完成了我的时空旅行之梦。我采取的就是这第二方案。当然，自航仪可以在两种方式间切换。"

不可违背的规律

"现在我们来谈谈鸟蛋提出的那个'黄色问题'吧。我们假定羊肚脐做时空旅行，回到她祖父母结婚的时候。由于羊肚脐的勾引干扰，搅乱了好事，使她的祖父母未能成婚，那么还有没有羊肚脐的父母和她自己呢？你们甚至还想回到过去，打死希特勒这些恶棍，以避免发生世界大战，都属于这类问题。其实，问题也可以提得更简单一些：一个人回到过去，打死幼时的他，那怎么还会有他自己来完成这一事件呢？这就陷入一个无法解开的佯谬之套中了。总而言之，实现时空旅行后，任何人做了任何会影响以后历史的事，都会引起无法回避的荒谬。"

"对啊，方大哥，你又怎么解释这个荒谬的呢？"

"很简单，根本不存在发生这种佯谬的可能性。羊肚脐没有办法去勾引她的祖父，任何人不可能在那时打死希特勒。事实上，你们回到过去后，无法和古人接触，或是取走那时候的任何东西，哪怕是一点儿灰尘，尽管这不会影响以后的历史发展，但违背了一条基本规律，所以是做不到的。”

“有这么一条宇宙大法啊？那到底是什么基本规律呀？”姑娘们几乎同时发问。

“在宇宙中，相应于一组确定的坐标，只能出现或存在一组事件，而不可能有多解。譬如说，在20世纪某年某月某日某时某地，希特勒是活着的，就不可能同时又是死了的。你不但不能打死他，连要和他说句话也不可能，因为他不可能同时和你说话又没有和你说话，这违反了单解律。”

“但是，如果我们确实实现了时空旅行，我们确实回到了那个时代，和希特勒站在一起，我们手中又有枪，为什么不能打死他？要是我们对他扣动了扳机，后果又怎么样呢？”

“你们伤不了他一根毫毛，他根本没有感觉到你们的存在。他照样发动啤酒馆政变，当上德国国家元首，发动第二次世界大战，直到在柏林元首府的地下室内饮弹自杀。”

“这么说，我们实际上并没有回到那个时代，时空旅行是骗人的。”

“不，时空旅行是实现了，你确实回到那个时代，站在那个地方，看到发生的一切，但是你不能对之有所作为，改变不了已发生的一切过程……你们别吵呀，等我把话说完。这是因为，时空旅行只能保证到达你指定的四维时空，却无法保证在其他的维上也一致。而根据单解律，你到达的那个状态在其他维数上肯定和已发生过的状态是不一致的。”

“其他维？听不懂。时空不是只有四个维吗？”

“时空是只有四个维，但宇宙的维数是无限的，不但有第五维、第六维……而且还有分数维、负数维。我们姑且不谈太玄的问题，只设想宇宙除x、y、z、t以外还有第五个维u吧。那么，要规定某一件事，除了有相应的x_0、y_0、z_0、t_0四个坐标值外，还有个坐标值u_0呢，只是我们不知道它是什么值。通过时空旅行，神梭把你送到x_0、y_0、z_0、t_0，但对第五维来讲，它不是送你去u_0，而且一定不是去u_0，而是另外一个u值。不论这两个u值相差是如何的小，却使你和过去那个世界位于不同的分页上。所以你可以看到听到过去发生的一切，却无法对它施加影响，因为你在不同的分页上啦。"

"方大哥，你这第五维理论我实在难以理解和接受，我们明明白白生活在时空四维中，哪里来的第五维呢？"

"这一点我很理解，人本来就生活在四维时空中，不会想到也难以挣脱这个枷锁的。比如有一种虫，只能在水面上行走和生活，我们可以称它为二维生物。如果在它周围的水面上设一个封闭的障碍圈，它就再也越不出去了，它根本没有想到可以从上面跨过去或从下面钻过去嘛。红枣，我希望你不要像这种虫一样才好。尽管现在我们还没有办法进入第五维，但思想上完全可以超越的嘛。"

"方大哥，你是说我们即使回到过去，由于第五维数值的不同，是没法和古人接触的吗？"鸟蛋郑重地再次提问。

"我已说过几次了，所有违反单解律的事都办不到。我们回到过去那个时代后，由于第五维有区别，我们就像是一组幽灵，古人看不到我们，感觉不到我们的存在。我们的神梭可以停在他们的任何地方，不会压垮他们的房，压死他们的人，他们毫无察觉。我们不能吃他们的饭，喝他们的水，睡他们的床，还得依靠神梭中的供应，维持我们的生命。这就是事实的真相。"

"啊呀，我本来想到古代去，捞一笔财宝回来，哪怕是偷只瓶瓶罐罐回来，也是稀世珍宝，可以拍出个天价来的。"鸟蛋不胜懊丧。

"能看到、听到古人，但不能和他们说话沟通，这不是太扫兴了吗？恐怕很多人对时空旅行都要失去兴趣了。"羊肚脐也感到十分遗憾。

"方大哥，我正在写一本科幻小说，讲的是一位中学生乘坐时空梭回到唐明皇时代的故事，他用一面只值五角钱的小玻璃镜，向杨贵妃换来了李白为她写的诗笺，然后带回来进行研究。被你这么一说，我的小说也写不下去了，真糟糕！"绿豆也大为扫兴，满面懊丧。

"绿豆，你的科幻小说还可以继续写的，"绍曾安慰她说，"甚至还可以写那个中学生躲在杨贵妃的床下，当安禄山进来时，与他展开一场生死搏斗，最后依靠一支手枪取胜。这不会有人控诉你破坏名誉或者捏造事实的。只要不写成安禄山在造反前已经被打死就行了。"绍曾的话引得大家哈哈大笑。

遴选首批乘员

"方大哥，对时空神梭的情况和道理，我们总算懂一点儿了。你这艘神梭打算什么时候实现首次航行——处女航呀？"

"神梭的所有仪表设备都已调试妥当，起航前的所有准备工作都已就绪，首航路线行程也已设计好，输进了自航仪中。我决定在一星期后，也在下午这个时刻起航。你们都是我特邀的贵宾，参加这个有意义的典礼，成为光荣的首航见证人。"

女孩们欢呼起来。"方大哥，你说首航的线路行程已设计好了，你打算回到过去哪个时代哟？"心细的绿豆问。

"我打算去6500多万年前的地球进行考察，说得精确一些是距今65023754年，我去该年的10月11日16时的墨西哥湾。"绍曾答。

"方大哥，你又在故弄玄虚了，有那么精确？你选择这个时间、地点有什么讲究吗？"

"当然有讲究啦。你们大概也都知道，6500多万年前地球是恐龙的王国。这种巨大的爬行类动物统治着全球。但是，它们和许多其他物种又像谜一样地灭绝了。科学家们为解开这个大谜，做了不懈的努力。最有说服力的是认为当时有一颗小行星与地球对头相撞，撞击区就在墨西哥湾。这一撞击造成了地球环境的大破坏和恐龙的彻底灭绝。这一理论拥有不少间接证据，但怀疑的大有人在，也始终没有确切的实证。根据我最近的研究，在我刚才说的那一年里，全球多处发生同步大地震，我敢肯定这就是小行星撞击地球引发的。所以我选择这个时间和地点，去亲眼看一下天地大碰撞的奇观，摄下这一无比壮观的景象，并考察引发的后果，确认恐龙绝迹的原因，把成果带回现在的地球，公之于众。孩子们，你们设想一下，这将引起多大的轰动效应啊！"

孩子们都被吸引住了。半晌，红枣又问："在这次航程中神梭是怎么走的？要花多长时间？什么时候回来？我们可以来迎接你。"

"神梭的具体航程很复杂，大体上分去程和返程两段。神梭启动后，−W进入质能炉，神梭顷刻间达到巨大的虚速度，驶入虚宇宙，其加速之快，任何人都承受不了，所以要穿上用负物质制成的宇航服，使宇航员的惯性质量接近0。当−W消耗到600千克时，神梭的虚速度达到无穷，再消耗一点儿−W，神梭就回到实宇宙——但这是一个快宇宙，神梭以无穷大的速度航行。我将操纵−W的注入量，调整速度，使时光倒流到6502万年前，并回到地球的墨西哥湾停下。那时，我将步出神梭，观测天地大碰撞，然后踏上返程，基本上是去程的倒演。从实宇宙进入虚宇宙，然后再回到实宇宙。在返回地球时，五个维都会相符，我就可以回到真实世界和你们重见了。

"你们问航行要花多少时间？在时空旅行中，时间这个量是相当复杂的。但我可以回答你们，按地球上的时间计，我将在60天后的同一时刻回到出发地点，和你们重聚，在畅谈离情后，刚好送你们回学校去开始新的学期，这不是很好吗？"

孩子们都听得神往。绿豆又问道："方大哥，这次处女航就你一个人去？万一有点事找谁商量帮忙啊？"

"这正是要和你们商量的事。'超光一号'处女航可以有两名乘员参与，所以我还要找一位助手同往。这位助手就在你们五个人中间挑选。这也是我把你们五位带来的原因。做时空宇航员需要具备很多条件，除了要掌握了解必要的知识外，必须对时空旅行有信心、决心，愿意献身于这一伟大事业，愿意承担任何风险，包括做出牺牲。要知道首次时空航行不仅存在风险，甚至存在很大的风险。神梭一旦启动，是无法逆转，也无法逃生的，你可能永远回不了地球，成为宇宙太空中一具飞行的僵尸！你们谁愿意做我的助手呀？"

"我愿意！"五个女孩子几乎在同一时间发出了尖锐的叫声，绍曾的警告似乎不起作用。他愣了一下，高兴地说："很好，你们都是勇敢的孩子。但是我只能选取一个。今天的参观和谈话，实际上是对你们的知识、思维、反应速度和各种素质的考察。现在我宣布我的考察结果和决定，我认为萦曾是最适当的人选。她最努力，看了大量有关书籍，做了认真准备。她的学习成绩好、悟性高、反应快，我选她作为我的助手参与时空神梭的处女航。明天就跟我进入神梭进行实习和锻炼。"

萦曾兴奋地举起了手，宣誓似的说："谢谢哥哥！我一定尽一切努力，学习好、服务好，当好世界上第一名女时空航行员。"

但是另外四位姑娘显得有点儿不服。她们虽然是推心置腹的朋友，但在争取当第一名女时空航行员的原则问题上，大有当仁不让之概。她们交头接耳了一会儿，由鸟蛋首先发难："方大哥，你的决定是不是草率了一点儿？我们哪一点比不上紫曾啊？你选她当助手，恐怕主要是由于她是你妹妹吧。如果这样，我们也没有话说，但你何必讲什么考察啊，成绩啊，反应啊，大道理一大套，假戏真做。"鸟蛋说后，另三个人频频点头。紫曾立刻面红耳赤。

"鸟蛋，那你说说，你在哪一点上比紫曾强啊？"绍曾含笑反问。

"这个，我，我……我至少身体比她棒啊。在航行中你如果要人干些体力活，我绝对比她强。"鸟蛋勉强回应了一句，可能她自己也觉得不是紫曾的对手，就抬出别人来挡驾，"另外，像红枣在医院中实习过，如果你在航行中有什么大小毛病，她就能护理你，而紫曾连阿司匹林能治什么病都不知道。"

"对，而且红枣还会唱越剧！你在寂寞的时候，听一段家乡戏该有多好，精神大振呢！"羊肚脐紧紧跟上。

红枣向羊肚脐投去感激的一瞥，而且立刻投桃报李："就成绩来讲，羊肚脐也比紫曾好一些。这次期终考试，羊肚脐的数学考了98分，绿豆是97分，紫曾只考了96分。"红枣提出铁证。

"比成绩要全面衡量。在期终考试里，紫曾的语文成绩比羊肚脐要多12分，你怎么不提了？而且紫曾最近还在研读古汉语和历史，学作诗词，就更比你们强了。"

"啊呀，我的方大哥，你们是去6500多万年前的墨西哥湾，拜访那些恐龙的，总不见得要向恐龙们朗诵一首唐诗吧！"鸟蛋尖刻的话，使大家展颜一笑，她更来了劲，"要说比文学吧，小绿豆正在写她的处女作——《一个中学生和杨贵妃的故事》，已写了五六万字啦，我们还没有听说紫曾写过什么作品啊。你带了绿豆去，回来后，她一定可以写出一部百万字的《恐龙王国亲历记》，震动全球的。"

"和紫曾比，我是比不过的。不过，我倒真希望能与你们一起参与一次时空旅行，长长见识，修改我的科幻小说。另外，方大哥，你去时空旅行，这家里也该留个人看着啊。"绿豆谦虚而羞涩地表达了自己的心愿。

绍曾没想到"狐群狗党"们会成立统一战线来与紫曾竞争，只好安慰她们说："这里的家嘛，就交给你们去管了，红枣当头头。其实，你们都很出色，都有资格当第一批乘员，只是名额有限，不得不好中挑好。紫曾还是有突出的优点，你们回想一下，我提出的几个重要问题，都是她回答的。这样吧，这次先让她去。回来后，我要将神梭改建为"超光二号"，增加三个舱位，第二次航行就有更多的人可参加了。"

女孩们还想说些什么，看到紫曾向她们丢了一个眼色，又摇了摇头，情知多说无用，也只好罢休。

首航发生紧急事故

第二天起，紫曾把全部精力和时间都花在对神梭的熟悉和操作上，达到废寝忘食的程度，往往要绍曾去把她叫出来吃饭。"狐群狗党"们的心理状态也趋于平复，嘻嘻哈哈地整天遨游山水、品尝佳肴，过着神仙般的生活。一星期的时间很快过去，绍曾兄妹就要踏上征途了。启航这天，绍曾专门准备了精美的午餐，举行告别宴会。只有绿豆据说家有要事离开了，未能参加盛典。五个人美美地吃了一顿，尝了水果和糕点，还喝了咖啡和奶茶。到时间后，绍曾兄妹换了装，和红枣她们又是握手，又是拥抱，依依作别，互祝平安。红枣她们倚着栏杆，目送两个人进入神梭，关上舱门。大家紧张地等待着关键时刻的到来。

　　当壁钟当当地敲了三下后，神梭尾部忽然射出一道刺目的亮光，发出震耳的轰鸣声，神梭的身影突然从发射台上消失，但几乎在同时又在发射台上出现，并发出第二次闪光和爆炸声，然后再次消失。这使送行的人十分惊疑，担心神梭是否发生了故障。但神梭一经启动，便和地球断开联系，无法逆转，也无从了解出了什么事。

　　在舱内，绍曾和萦曾罩上了航行服，在驾驶椅上坐稳绑好。绍曾告诉妹妹，在启动时，人将承受一次剧烈的冲击，并会瞬时失去知觉，但很快会苏醒，让她不要紧张。萦曾依言坐稳，她从自航仪的屏幕上看到舱外景象，红枣她们还在向她挥手，好生感动。接着她看到绍曾按下启动钮，立刻感到身体承受了一次猛烈撞击，但几乎在同时，又承受了另一次冲击，还没来得及反应，神志就不清了。等她醒来时，屏幕上一片漆黑，她预计神梭已进入虚世界。她定了定神，解开腰带，抬起身来，看到绍曾早已坐在驾驶椅上凝视着时空四维坐标仪。使她不安的是，绍曾双眉紧蹙，额上沁出豆大汗珠，似乎发生了重大事故，嘴中喃喃自语："误差8%，这绝不可能，一切计划全部失败，在哪里出了毛病？"他抬头看到萦曾已醒来，焦急地问道："萦曾，你是不是瞒着我带了什么东西上神梭了？情况不对头啊！"

　　萦曾的心往下一沉，看到绍曾严肃的样子，知道已不能再隐瞒，只好垂着头低声说："哥哥，对不起，我本来应该先向你说的，又怕你不答应，我把绿豆带进神梭了，她就躲在我房间的床下。你放心，我已让她穿上宇航服，不会出事的。哥哥，绿豆是个多么好的女孩子啊，她是我最最最要好的朋友。她实在渴望做一次时空旅行。我想这么大一艘神梭，也不在乎她48千克的身体，所以就擅自做主了。哥，绿豆很听话的，她能做很多事的，你就原谅了我们吧。"萦曾一面说，一面走向中舱叫道："绿豆，我已和哥哥说了，出来吧！"

　　绿豆穿着宇航服畏畏缩缩地钻了出来，和萦曾并列站在绍曾面前，她们都低着头，听候发落。绍曾被这个意外搞得心神大乱、暴跳如雷。他脸一沉，把手在台子上一拍，厉声喝道："你们这两个小混蛋，真是胆大包天，竟然做出这种事来，你们知道已闯下什么祸了吗？你们把时空神梭当作火车、轮船了，能平白增加一个人的质量？现在后果严重了。唉，真是的！"说罢连连顿足，不胜懊丧。

这可把两个女孩子给吓蒙了："哥，有这么严重吗？你别恐吓我们啊！"

"恐吓你们？告诉你们吧，这艘神梭增加了48千克的质量，会导致飞到6500万年前的时代后，就不能按预定时间返回地球，而要提前很多年了，我们回不到现实世界了！"

"提前很多年？"绿豆惊骇地说，"我希望不要提前到我太祖奶奶活着的那个年份。听我舅舅说，我太祖奶奶特别凶恶，亲手打死过两个丫头，我可不愿意见到她。"

"你不会看到你太祖奶奶的，"绍曾冷冷地说，"你也不会看见任何人的。神梭返回时究竟相当于地球上的什么时代，自航仪会告诉我们。但根据我的估计，会在250万年以前。那时候是地质年代上的新生代第三纪末期吧，地球虽然已从天地大碰撞的灾难中恢复过来，生物重新繁衍，绝大多数物种都已出现，但最进化的也不过是灵长类的古猿吧，真人还没有出现呢！"

"啊哟，那我们要和猿人、猩猩们过一辈子吗？"女孩们惊恐地叫了起来。

"一点儿不错，你们将看到猿人和猩猩怎样猎取食物，怎样和猛兽搏斗，和它们过一辈子。当然也不必害怕它们会伤害你们。我们将这样孤单地活下去，直到生命终了，然后大家遗尸在250万年前的另一个五维世界里！"

姑娘们的眼眶中立刻涌现出晶莹的泪珠："哥哥，我不要，我要回到现代地球上去，我要上学、吃饭、游戏、生活。请你想想办法吧，我真没想到会闯下这么大的祸，我好后悔呀！"

"办法也是有的，"绍曾指着驾驶舱角落里的一块密封的盖板，"那是一个紧急排放口。绿豆可以打开盖板钻进去，我一按钮，神梭立刻会把她抛离舱身，恢复到原有质量。这样，虽然受了一点儿干扰，但不至于对航程有太大影响，估计还能按时返回。"

"把绿豆抛出去？那……她能安全地回到地球吗？"萦曾小心翼翼地问。

"哎哟，我的小妹妹，你把基本知识都忘光了。你看看屏幕，现在神梭已离地球近2000万千米，很快将达到光速，你还想回地球？任何人一离开神梭进入太空，生命立刻终止，遗体会先随着神梭飞行，后来神梭就离开了她，她就成为一具在茫茫宇宙中高速飞行着的美丽的僵尸！唉，当时在地球上说的玩笑话竟会成为现实！"

泪珠像断线的珍珠那样从姑娘们的面颊上流下，接着是低低的哽咽和抽泣声。片刻，绿豆毅然挺起身来坚定地说："方大哥，祸是我闯的，后果应该由我来负。人，反正总有一死，我在世界上也没有什么幸福和留恋，除了和萦曾的友谊以外。我宁愿成为宇宙中的一具永恒的飞尸，也远比世上人们平庸地死去烧掉要强。我不后悔，只求萦曾把我的小说写完，是我们两人合著的，了却我最后一点儿心愿。"绿豆说完就走向紧急排放口。

萦曾一把拉住绿豆，尖声叫道："不行，这主意是我出的，绿豆是我昨夜骗她上神梭的，责任全在我，绿豆是无辜的。把我抛出舱去。哥哥，我走后你要好好看待绿豆，把她当作亲妹妹。她的命太苦了。两岁就父母双亡，在舅舅家里又受尽欺凌，没有过上一天好日子。但她有志气、有才华，一定会有出息的，长大后会成为一个世界级文学家的，你们回地球后先让她写出《恐龙世界亲历记》来。"萦曾推开绿豆，自己跑向排放口。

　　但绿豆拖住萦曾不放，两个女孩厮扭起来，嘴里嚷嚷，争着要做第一具飞行僵尸，都是一副慷慨就义的英雄模样。绍曾又气又笑，伸出手臂，一左一右将两个女孩拖了过来，揽在怀里，改变语调说："别犯傻了，你们都是好孩子，是无知才犯的错误。刚才你们简直上演了一出《生死牌》的穿越剧给我看，很感动人嘛。我不会把你们中任何一个抛入太空的。事情还没有绝望到只有刚才我说的两条道路，还有第三条路可以走呢。"

　　"第三条路？什么路，哥哥，快点讲啊！"

　　绍曾在妹妹苹果似的面颊上扭了一下："哈，现在又不想变成飞行僵尸了吧？这第三条路就是不改变预定的返回计划，根据神梭的实际质量和携带的能量改变访问的目标嘛。现在我们去不了6500万年前的恐龙王国了，只能去离今不远的过去了。实话告诉你们吧，自航仪已经这么做了。要知道神梭一启动，立刻达到极高的速度——一秒钟后就达到每秒几千千米的高速，如有差错，人根本是来不及反应和调整的，会'一失足成千古恨'的。所以我精心设计了自航仪，赋予它极大权力，只要一发现偏差，立刻按我规定的原则自行调整。而最高原则是实现按时回到地球。所以今天神梭一启动，自航仪立刻发现质量失常，而且瞬时拟订修改方案，按设定原则自行调整。这些操作都是在以微秒计的时间内完成的。由于航程缩短，我们也用不着去虚宇宙再到快宇宙这么转一圈再回实宇宙，自航仪改变为采用第一方案，关闭－W质能炉，启动W质能炉，我们刚才不是感到承受了两次冲击吗？"

　　两个姑娘这才定下心来。"哥哥，那么我们可以去到什么时代啊，不会真的去到绿豆的太祖奶奶时代吧？"

　　"恐怕差不多就是那个时代，自航仪会告诉我们的……唔，我们将回到300多年前的封建王朝时代。萦曾，你不妨算算，这是哪个朝代？"

萦曾伸出小手，盘算了半晌："哥哥，距今300年前，应该是清朝的雍正时代呀，对吗？"

绍曾高兴了："一点儿不错，看来你确实努力地学习了祖国历史。准确地说，我们将回到雍正十一年的初夏，这也接近雍正的末期了，他一共只做了13年皇帝。"

"我记得雍正是个残忍的皇帝，杀了很多人，包括自己的兄弟，后来被吕四娘刺杀了。我们是不是去北京的皇宫看看？"

"绿豆呀，皇帝没有几个是不残忍的，雍正只是表现突出一点儿罢了。至于说吕四娘行刺，那完全是小说家所为，雍正是多吃了长生不老丹中毒暴死的。去皇宫看不到这幕活剧的。自航仪安排我们回家乡去，我看也不必改动了，我们去看看300年前家乡是个什么面貌吧。"

"为了我，使你们看不到恐龙王国，白跑一趟，真太遗憾了。"绿豆负疚地说。"绿豆，别这么说。世界上的事物本来就是由一系列的偶然和意外决定的。而且现在想想，这也许是好事。去虚世界和快世界再从快世界和虚世界中回来，只是理论上有可能，毕竟风险太大，也许是上天不让我带萦曾去冒这个险。再说，我们虽看不到天地大碰撞，但能够挽救一条美丽的小生命是值得的。宇宙间，毕竟生命和青春是最宝贵的。"

雍正癸丑初夏

在神梭中没有昼夜和重力。为了方便生活，绍曾设置了人工昼夜和微弱的重力场。在一天的"黎明"，绍曾把萦曾和绿豆唤醒："小懒狗们，今天神梭要在300年前的地球上着陆了，快些起来，做好准备。"孩子们顿时兴奋起来，这些日子她们在神梭中的生活真过得单调极了。两个人迅速擦了脸，吃了一些东西，穿好宇航服，就挤到驾驶舱来。绍曾指着屏幕上一团云影说："这就是太阳系。"他又放大图像，指着一颗暗淡的星说："这就是地球，神梭正以光速向她奔去，很快就到，你们可以绑好保护带了。"

萦曾和绿豆咬了一会儿耳朵，两人搂在一起，挤在一张驾驶椅里，扣好腰带。绍曾也只好任她们胡闹。屏幕上的图像不断地迅速变化着，太阳系逐渐清晰，地球的光芒也不断增强，变成一颗美丽的蓝色星球。等绍曾确信一切正常也躺下时，神梭已精确地按计划的时空坐标停了下来。

绍曾招呼女孩们起身，卸去宇航服，开启舱门。熟悉的地球形象又亲切地映入他们的眼睛，萦曾甚至仿佛感到有一股沁人心脾的清香的地球空气扑面而来，情不自禁地深呼吸了几口。她们随着绍曾跨下神梭，踏上湿漉漉的地面。绍曾手中拿着定位仪，仔细地校对着："对，这就是我们起航的地方。孩子们，请看一看，我们的家乡在300年前是这个样子的啊！"

姑娘们发现神梭停在一座砖砌的小院子后面。这院子西面盖了几间草房，显然是下人所住。草房面对一道溪水，两侧种有垂柳，柳丝掩盖着屋檐，显得十分清幽。她们实在无法把当前情景与出发时的豪华别墅联系起来。这里没有高楼大厦，没有公路汽车，没有电杆电线和熙攘的人群，只有嫩绿的田野，分散的农舍，和在田地上三三两两劳动的农民。依靠附近的山丘形势和湖泊形状，才使她们相信300年后那幢华丽的别墅确实修建在这里。

三个人在田野里漫步着，欣赏起农村风光来。这约是农历四月的时光，满眼一片绿意。小桥流水、竹篱茅舍、垂柳啼莺、微风细雨，他们从来也没有看到过这么自然美丽的风光，都感到心情无比舒爽。农民们正在收割小麦和插稻秧，田垄上摆着打麦的磙子和风车。一个牧童懒洋洋地骑着牛过来，嘴中含着一根短笛，发髻中还插着一支杜鹃花。太阳已经西斜，但偶尔也飘下几条雨丝，打在脸上暖乎乎的。"好一幅农家乐的画卷呀！"绍曾感叹道。

他们看得出神，忽然草房的柴门吱呀一声开了，走出一个少妇。这女子约莫十八九岁光景，穿得甚是朴素，右手扶着搭在肩上的锄头，左手提着一只竹篮，篮中放着一些瓜秧。最引人注目的是，她长得体态轻盈，面容姣好，特别那一双水灵灵的眼睛，让人看了总想再看一次，如在300年后，绝对是当电影明星的料。那女子款款地沿着土路走上小桥，到了桥西，汲水、掘地，种瓜秧。

这时，忽然过来一个身着长袍、儒生模样的人，走到女子面前深深一揖。女子慌忙站起，低低说了声："张公子，你找我有事吗？"书生嘻嘻地笑道："双卿啊，上次我请画师给你画了张像，请你在上面题首词，你也答应了，怎么又反悔不肯还给我了？'君子一言，驷马难追'呀。"双卿低头答道："那天我在柳树下洗衣服，这位画师跑到我面前逼住我看了半天，羞煞人了。"书生哈哈笑道："看清你的花容月貌才能下笔啊。你看画得多传神。双卿啊，我请人为你画像，又请你在上面自己题词，不是戏弄你，是有道理的啊。我会把这张画裱好，还要请人题咏，永久珍藏，使后世人间，知道在这个陋乡小村中，有你双卿这么一名才女，身世又这样的凄凉困苦，使你的才华和薄命永远流传，让后世的多情种子拜之、哭之、咏之、叹之。不仅为你可惜，也为天地糟蹋了这么一件珍宝而可惜。你不要误会我的意思呀！"双卿红着脸低声说："谢谢相公的好意，我明天把画像拿给你吧。时间不早了，你看别人都在看我们呢，张公子你还是快走吧！"

三个人好像在看一出古装电视剧，兴致勃勃。紫曾皱着眉头说："这个男人在吃她豆腐，肯定不是好东西！"绍曾点点头，建议继续看下去。

他们看双卿种完瓜秧，提篮回家，还未走到门口，就听得门里有人厉声骂道："双卿，你这个贱人死到哪里去了，到现在还不做饭，要饿死我和你男人吗？"

"婆婆，我种瓜去了，我这就来做饭。"双卿赶紧回答，一路小跑进门。里面的人似乎更添怒气："谁叫你这么早去种瓜的？哼，恐怕是去和那些相公会面的吧！我告诉你，你别做梦，那些人是吊你膀子。你生是种田人，死是种田鬼。认什么字，写什么诗！你如果再跟人鬼混，弄出什么花样来，小心我剥了你的皮！还不快去淘米做饭，死东西。"

双卿红着眼睛捧着淘米箩出来，蹲在水塘边淘米洗菜，又匆匆回去。"这个婆婆太凶恶了，哪有这样不讲道理的。我看那媳妇人很好，挺规矩老实的。"绿豆愤愤不平。

"唉，在封建社会的农村里，哪家不这样啊，让我们进去看看。"

三个人像幽灵般进了屋。屋里面挂着、堆放着农具。堂屋中间摆着一张旧的八仙桌和几把椅子。那个婆婆正坐着吸旱烟，果然长相凶恶。双卿蹲在灶下生火，美丽的眼睛被烟熏得通红。偶尔有几缕烟飘进堂屋，又会引起老太婆的臭骂。

饭快熟时，门外回来一个男人，显然是双卿的丈夫了，看来要比她大十多岁，腰圆膀粗，满脸疙瘩，怎么看也和双卿配不成一对。双卿赶快上前替他卸下农具，扶他坐下，又端了一盆热水给他洗脚。然后忙着揩桌端菜，斟酒盛饭，服侍婆婆和丈夫吃饭。婆婆唠唠叨叨数说媳妇的不是，男人则阴沉着脸，闷头喝酒吃菜。

等两个人酒醉饭饱后，双卿才立在灶边吃了些残羹剩饭。男人又在粗声粗气叫她，双卿慌忙放下饭碗赶了过去，扶着男人回房去睡。绍曾等也跟了进去。那男人进屋后在一张小桌子旁坐下，又抽起烟来。他看到桌上有一块破旧的小砚台，顿时火起，拿过来就向双卿掷去，喝道："你这贱货又在弄这花样了。种田人老婆，空下来弄弄泥块儿，扒扒灶灰，还可以肥田。你整天皱着眉头，摇头摆尾地写字作诗，有什么用？是笑我不识字，想气死我吗？"双卿不敢回嘴，心痛地从地下拾起破砚，悄声说道："不要生气，你不喜欢，我不写就是。"

一会儿男人上床摊手、伸足，呼呼大睡，双卿还坐在床边替他挥扇驱蚊。直到鼾声大起，双卿才放下蚊帐走到桌边，伸了伸腰，又长长吁了口气，捏着拳头在自己腰上捶着。然后，她打开放在墙角的一只破竹箱，从中取出一支没有几根毛的笔，一小盆胭脂粉般的东西和几张干树叶，连同小砚台都放在桌上，三人甚是惊疑，不知她要做什么。

只见她在砚台中注了点水，调了些粉，用笔蘸着，在一张叶子——芍药的叶子上写了起来。萦曾站在旁边看得清楚，就边看边读：

暖雨无情漏几丝，牧童斜插嫩花枝。小田新麦上场时，汲水种瓜偏怒早。忍烟炊黍又嗔迟，日长酸透软腰肢。

写完后轻轻吟了一遍，又把东西都放入竹箱怔怔地枯坐着，两粒珍珠似的眼泪滚了下来。接着她发出一声令人心酸的长叹，自言自语地说："老天啊老天，你为什么要生我双卿？你既然生我在乡下，就应该让我蓬头垢面，浑浑噩噩地过日子岂不是好，为什么又要给我这副容貌，还要凿开我的心灵，让我从小就喜欢读书识字，偷记暗背，把诗词当作性命，而又不让我嫁给个读书人，却配给了周大哥。"她向床上瞄了一眼，"周大哥是个好人，为了养家糊口，租了张家几亩田，整天辛苦，虽然待我凶点，但我也满足了。可是他不让我看书写字啊！

"史公子、张公子、段公子，你们都是读书人，都是好人，非常怜惜我。你们总喜欢找我，要我的诗词，还写了很多诗送我。可我知道你们只是奇怪我一个乡下女子怎么会吟诗填词，又看我长得好，受着苦，可怜我罢了，把我当作一只会唱歌的八哥玩吧？你们和我不是一条道上的人啊！隔壁阿芳总讥笑我鸡毛莫想飞上天，婆婆老骂我痴心妄想。我是不会做丧失名节的事的，我是清清白白的啊，但我就是喜欢和你们在一起，和你们真说得来！你们又总缠着我不放。老天啊，叫我怎么办啊？"

她哽咽着站起身来，又去竹箱里掏摸一下，掏出一块帛来，在灯下打开看，那上面用工笔画着她的小像，果然有几分相似，只是画不出她的秀气和愁态而已。她看了一会儿，卷好塞在衣袋中，又抽抽噎噎地低声哭着。

三个人看了都有些难受。绍曾使了一个眼色，他们回到神梭中休息，并且热烈地讨论起来。绿豆说："想不到300年前的农村里还有过这样一位才女啊。方大哥，她写的是诗吗？我觉得读起来怪好听的。"

"她填的是词。萦曾，你不是在学习诗词吗？你给解释解释好吗？"

"这个我知道，她写的是一首小词，调名叫浣溪沙，七个字一句共六句，分上下两片，下片的首两句通常是对仗的。哥，对吗？她的词确实写得好，只用了42个字，就把初夏风光和自己的苦难都写出来了。很感动啊。可惜她好像一点儿也没有反抗的意识。"

"这就叫'怨而不怒'啊！中国古代诗歌中把它作为很高准则遵循的呀。双卿这样受礼教束缚、压在最底层的女子，敢于偷偷写首小词，安慰一下自己就已经出格了，要写出反抗之声更是大逆不道的事，她恐怕想也没有想到。"绍曾说。

"我不懂，双卿既然爱作诗写字，靠它来吐怨气，为什么不用墨写在纸上，而要用胭脂粉写在树叶上呢？那不一下子就坏了吗？她家虽穷，买块墨、买张纸总可以的，我看见桌子上就有白纸，上面还记着欠酒店的钱呢！"

"我看双卿是故意这么做的，她要让她的手迹早些消亡，不留痕迹。"绍曾沉吟着说，"她把诗词当朋友，当生命，一切苦难靠诗词来诉说和排遣，这是支撑她活下去的唯一力量。可是周围的世道，她的婆婆、丈夫都不准她这么做，否则她会被千人笑、万人骂，认为是个不守妇道的淫妇，会遭到杀身之祸！她的诗写成之日，就是完成任务之时。她不愿在世上留下她的痕迹，所以她选择了最易消退的粉，写在最易碎裂的叶上，让它们迅速消逝，让别人抓不住她的把柄。她是用心良苦啊！"

"可怜的双卿，竟会这样命苦。哥哥，我们难道不能帮她脱离苦海吗？"

"妹妹，我们跟她是在两个世界里呀，实际上的双卿早已化成灰尘了啊。我们只有一件事情可以帮她。她不敢把自己的苦难吐出来，不愿把自己的声音留下来，还有这么多的公子少爷打她的主意。我们偏偏要查清她的事迹，叙述她的苦难，控诉吞噬她的社会，记录她写的诗词，给她写一部《双卿传》，编一本《双卿词》，还她个清白，岂不是更好？"

姑娘们欣然同意。于是他们研究安排了一个计划，从第二天起，三人分开行动，绍曾去县城、衙门、私塾、市场调查了解政治、文化、经济、社会情况，预备编写一册《雍正时期江南社会调查报告》；萦曾跟住双卿，记录她的苦难，搜集她的全部"著作"；绿豆则负责调查那些少爷们和双卿的关系与活动，每天晚上在神梭中交流分析。

骚人墨客干卿底事

几天下来，随着调查工作的深入，两个姑娘愈来愈爱上和怜惜这个与她们太祖奶奶同代的薄命女子了。她们了解和搜集到的资料一天天地增加。每天晚上的碰头会，实际上谈的全是双卿的身世和遭遇。萦曾和绿豆的笔记本里密密麻麻地记着有关双卿的诗和事。当然，萦曾记得多是双卿本人所受的苦难和她写的诗词，绿豆则调查到双卿的许多身世和不少相公、少爷们对她的举动。

从下面这些萦曾的记载中可以看出，双卿的诗词固然写得动人，而她过的简直不是人能忍受的生活：

"双卿在一张玉簪叶上写了两首小词：

春不见　寻过野桥西　染梦淡红欺粉蝶

锁愁浓绿骗黄鹂　幽恨莫重提

人不见　相见是还非　拜月有香空蕙袖

惜花无泪可沾衣　山远夕阳低

"双卿为丈夫送饭去田头，由于婆婆要她先洗出一大盆脏衣，所以稍迟了一些，丈夫不仅痛骂她一顿，还举起锄头劈头打去，惊得双卿脸色雪白，吓倒在地，半爬半跑回来。

"双卿黄昏从田里回家，看见一只暮鸦在树上啼叫，她呆立着痴望。婆婆出来看见了，在她背后一声断喝，双卿猛然一惊，手中簸箕落地。

"双卿晚上劝丈夫别赌钱了，被男人扇了一个耳光，还拖她去柴房。她倚柴而坐，对着如豆的残灯哭泣，写了一首《残灯词》（抄入《双卿诗词》中）。

"这几天，双卿面色惨白，走路不稳，显然生了病，但仍打水、舂米、做菜、蒸饭、送饭田头。自己咽不下饭，只能躲在灶房中喝米汤延命。婆婆和丈夫骂她偷懒，她只好勉强出来，继续劳动。

"双卿的病更重了，面色蜡黄，头晕目眩，婆婆却变本加厉苛待她，不时地大声叫骂，双卿回应稍迟，就赶过去打她耳光。下午她又发寒、颤抖，看来得的是疟疾。她只好发冷时穿棉衣，发热时穿单衣；想喝水时，杯壶皆空，跑到河边掬冷水喝。婆婆跟在后面冷眼相看、冷语相讥，双卿不敢回嘴，只是默默点头应是。

"双卿的一个姓陈的表哥来看她，送她诗稿，还有手帕、耳环、绸布之类的礼物。表哥像个读书人，对双卿丈夫极为看不起，理也不理。双卿哭了，把礼物都丢还不要。表哥骂她犯贱，愤愤而去。

"婆婆命令双卿舂米，那石杵比她的身体还重。双卿每舂两下就喘上一大口气，抱着杵休息。丈夫认为她偷懒，猛力一推，她跌倒在臼旁，石杵压在腰上。她忍痛爬起来再舂，丈夫在旁怒看她，她笑笑说，马上可以舂好了。

"隔壁的阿芳和男人吵架，双卿去劝。阿芳反而骂她：'你是只死蛤蟆吗？没有一口气的！'又对她说：'你命那么苦，何必活着呢？'双卿含泪说：'这是孽债，今世不还完，下世还要还的。'阿芳说：'你男人这样没良心，你干脆再找个相好，那些少爷们不是都很喜欢你吗？'双卿吓得面色发白，说：'这种下流事我是万万不做的。'阿芳说：'那你为什么要和他们写什么诗啊、词啊的？'双卿呆了一呆，哭着说：'这也是孽缘啊，我就是喜欢诗词，喜欢读书人，我也后悔啊，可我没有法子。'

"双卿煮粥时，又发起疟疾来，火猛粥溢，慌忙取冷水浇去，被婆婆看见，猛拉她的耳环，把耳朵孔都拉裂了，双卿疼得直哭，婆婆举起水勺喝道：'不许哭！'她只好揩干血再煮。丈夫因为她溢出了粥，不许她吃饭，双卿扮着笑容在一旁舂米。隔壁的阿芳进来，问她饿吗，她说不饿。阿芳讥笑她说：'真是一只死蛤蟆！'双卿叹口气说：'让我一个人受苦，代替普天下的薄命人吧！'"

更引起绍曾兴趣的是绿豆的调查笔记，那里面记着一些文人雅士对双卿的许多举动。绍曾看了，有时笑出声来，有时掩卷沉思，还在一些在记载里画上杠杠：

"没想到围着双卿转的公子少爷们竟有一打之多，不过整天不离左右、为她颠倒的不过四五个。一个是张公子，就是我们第一天看见双卿时找她谈话的人。张公子是个地主少爷，就住在'绡山小院'里。双卿家向他家租了几亩地耕种度日，几间草房也是他借给双卿家住的，总之，是双卿的'少东家'吧。看来张公子还不像黄世仁那样残酷。第二个叫段相公，是个50多岁又老又穷的骚老头，穿得破破烂烂，还自称为'怀芳子'呢，够肉麻的。第三个是赵少爷，一脸病容，像个大烟鬼，整天给双卿献殷勤。还有位史少爷，好像在写什么散记，说是要把双卿的事写进书里。这些人都住在邻近，整天以议论和追逐双卿为事。

"双卿在溪边汲水洗衣，倦了坐在石上休息。微风吹动了她的衣服，的确很美。那位怀芳子远立偷看，点头晃脑。双卿离开后，他就去坐在石上，喃喃自语，'这是双卿坐过的啊！'自得其乐。

"赵少爷更是个双卿迷。他在双卿家门口蹀来蹀去，嘴里喃喃地吟着双卿的诗词，显然想挑引双卿出来。双卿迟迟没露面，他不死心。后来双卿开门出来，他欣喜若狂，目不转睛地看着她，紧跟其后。双卿洗衣，他立在远处攀着柳条吟诗。双卿也不理他，洗好衣低着头回家了，没回头看他一眼。姓赵的就坐在门外柳树下大声吟诗。最后双卿还是开门出来，背着他站着，悄悄地听，时时举袖揩揩眼睛，还叹了一口气说：'唉，他也是位伤心人啊！'

"张公子又给双卿画了三张像，连同一支银钗和一块蓝布送给她，要求她在画像上题词。双卿伸出一双小手给他看，上面长满老茧，隐隐布满血丝。双卿幽幽地说：'你看这双手还能握毛笔写小楷吗？'张公子又看到双卿袖中有块手帕，上面有用胭脂写的诗，死乞白赖要借去抄。双卿不肯。张公子就赌咒说：'如果借了不还，罚我下世像双卿一样薄命。'双卿就给了他，那帕上有斑斑泪痕。

"史少爷把双卿的诗给一位姓恽的看。他看了后大叫道：'世界上竟有这样的女子啊！这么有才有貌，这么又穷又病，忍受恶婆悍夫凌辱，能够不死不怨，孝顺勤劳，我要供她、哭她！'说完那人就在桌上立了个双卿的牌位，用鲜花供着，还对之吹箫痛哭。他问史少爷：'天下像我这样爱慕双卿的人还有吗？'史少爷笑道：'多呢。有位蒋先生在小船里读我借给他的双卿词，他一面看，一面大顿其脚，几乎把小船颠翻了，吓得划船的魂不附体呀！'

......

"真不懂这些少爷相公们对双卿是何用心。不敢说他们都是色狼，对双卿怀有歹意。他们好像是现代的追星族，只是雍正年代没有电影明星和足球明星可追，就追起一个可怜的双卿来了。他们求见双卿，为双卿画像，求双卿写诗，写文写诗歌颂双卿，把双卿捧上天去，但从来不伸出手援助她一下，帮她脱离苦海，似乎以看她在痛苦中挣扎为乐。我如果能和他们对话，一定要问个清楚：'你们到底关心不关心双卿呀？你们究竟要在双卿身上捞点什么呀？'"

绍曾在这段话后批了几行字："绿豆，你已经看到问题的本质了。那些公子少爷们为什么欣赏双卿？那是因为双卿有才有貌、能诗能词，却生在农家，又穷又病，嫁给粗人，受尽欺凌，仍能怨而不怒，这是多么动人的悲剧，他们欣赏这悲剧，歌颂这悲剧，用诗歌文章来拔高这悲剧，并显示出自己的情操和才华。他们追双卿，玩弄她、调戏她，但不会去救援她，否则就破坏了悲剧气氛。看双卿的样子，显然活不了一年半载，双卿死后，他们一定会写出无数哀艳动人的悼词哀歌！他们在双卿身上要捞的就是这些，他们一直要捞到双卿断气，甚至在死后双卿仍是一个可利用的资产。这和娶妾狎妓行为其实没有多少区别，都是将女性作为玩物罢了。"

时空首航的收获

在非高速运动的环境中，时光流逝得很快。这一天晚上，绍曾和两个女孩照例在神梭中用晚餐、品咖啡，神梭的报警系统忽然启动，声光并现，久久不息，把两个姑娘惊呆了，怔怔地望着绍曾，不知又发生了什么事故。

绍曾向屏幕凝视了一会儿，消除了警报讯号，回头向女孩们笑笑："我们在雍正王朝里生活得忘记岁月啦。自航仪在提醒我们，只能在雍正时代再停留20个小时了，否则回不到现实世界去，你们就不能和红枣她们回去上学喽。明天我不再出去了，检查一下神梭，做好返航准备。你们在明天上午还可活动一下，中午必须回来，下午两点前做好一切准备，三点整准时返航，听清了吗？"

姑娘们恍然大悟。想到即将返回熟悉而又有些陌生的现实世界，她们一阵激动，而面对即将告别的陌生而且慢慢熟悉起来的过去世界，又有些恋恋不舍。两张小脸上显现出又喜又悲的神色。绍曾注意到她们脸色的变化："怎么啦，舍不得离开这雍正王朝的日子了？"

"哥哥，不是舍不得离开雍正王朝。我看双卿的病愈来愈重，也没人关心她，给她治病，估计是活不过今冬明春了。看到她这种模样，又一点儿也不能帮助她，我心头好难过啊！"

"方大哥，我也一样。我对双卿身世的考证也没有结束，还有好些问题没弄清。紫曾，你的双卿词也没有搜集全吧……"

"无论你们对双卿的感情有多深，一切活动必须在明天中午结束。我们不能为了一位死在300年前的怨女，而永远留在虚幻的世界中。"绍曾打断她们的话，斩钉截铁地说。两个姑娘垂下了头，不再吱声。

……

红枣、鸟蛋和羊肚脐在数着指头过日子，好不容易等到了神梭回来的那一天。她们把别墅打扫得窗明几净，准备好美酒佳肴，挨到下午三点光景，三个人都倚在栏杆上等候神梭归来，口头心里不断默祷着：望一切平安！

壁上挂钟当当地敲了三下。钟声尚未消散，空中突然闪出耀眼闪光，并传来巨大的爆炸声，等姑娘们清醒过来，神梭已精确地呈现在发射台上，保持着出发前同样的姿势。红枣们欢呼起来，奔向前去。舱门开启，绍曾、萦曾和绿豆神采奕奕地跨出神梭，走下爬梯，踏在真实世界的土地上。接下来的是呼喊、问候、拥抱、亲吻和流泪。

六个人又团聚在椭圆形的餐桌边，享受着精美的点心和香茶。在畅谈了离情别愫后，红枣忍不住问道："方大哥、萦曾、绿豆，祝贺你们征服时空胜利回来，快快告诉我们恐龙王国和天地大碰撞的情况吧，我都等不及了。"鸟蛋和羊肚脐也随声附和。

萦曾脸一红："唉，别提恐龙王国了，我们根本没有去到6500万年前的世界，我们只回到300年前的雍正王朝，就在这个地方。"她用手往窗外一指，那正是双卿种瓜的地方。

"没有去恐龙王国？发生什么事啦？"

绿豆用歉疚的声音证实了这个事实："我们不该私下商议让我混进了神梭。由于我的意外加入，增加了神梭质量，神梭被迫修改航程，差一点儿我们还永远回不来，要和猿人们生活在一起，或者变成太空中一具飞行僵尸了！"

她们把事情真相告诉了红枣她们，后者着实惊骇了一阵子。萦曾补充说："不过，我们虽去不了恐龙王国，但也有些收获，我们遇见了清朝的一位可怜可爱的农村女词人，她叫双卿……"

萦曾和绿豆详细介绍了他们看到的一切，红枣她们听呆了。最后萦曾又取出几本小册子："这些就是神梭首航的收获了，这是绿豆写的《双卿事迹》，这是我搜集的《双卿诗词》。方大哥还有一本《雍正时期江南社会调查报告》，你们怕是没有兴趣读的。"

红枣她们就兴致勃勃地翻看《双卿事迹》和《双卿诗词》。绿豆的文笔不错，《双卿事迹》一开头就是她写的一篇《双卿小传》。那文章说：

"这本小书如实地记载了清朝雍正年间一位农村才女——双卿短暂一生的苦难历史。我们所以要花工夫记述她，不仅因为她是一位少见的充满才华而饱受苦难的女子，即所谓薄命红颜，更由于她是一位典型的被封建社会与礼教吞噬的牺牲品。

"双卿生于1715年江苏金坛的绡山，是一个地地道道的农村姑娘。尽管她生于康乾盛世和锦绣江南，却丝毫不能改变她的苦难命运。双卿从小聪明伶俐，特别喜欢书，听到读书声就嬉笑出声。十多岁时就精于女红，绣出的活儿精致绝伦。双卿的舅舅是一位乡村塾师，就在她家隔壁授徒。她天天细心听私塾里的书声，默默地背记下来。她拿自己做的绣品，去换诗词书本来诵读学习，并买来笔墨纸砚练习写字。由于她的刻苦用功和天生颖悟，她逐渐成长为一名才女。她能诗善词，写得一手好字，能在一张桂花叶上抄一部心经。人们惊叹她的绝世才华，却不知道她曾经付出过的心血和汗水。

"双卿的容貌非常秀丽。弯弯的眉毛、大而亮的眼睛，配上端正的鼻子和小巧的嘴，又安装在一张可爱的瓜子脸上，真是个标准的江南美女。总之，上天似乎是精心制作出这一位才貌双全的女郎。但上天也同样精心地在设计她的悲惨命运。

"1732年双卿虚龄达到18岁，在这一年秋天，和所有农村女儿一样，她毫无抵抗能力地被迫嫁了人。丈夫是一个比她大十多岁的农夫，粗暴、蛮横，西瓜大的字认识不到一担。更可怕的是做过奶娘的婆婆，十分凶恶，简直是双卿的克星。从此双卿就像堕入魔窟，承受着无穷无尽的欺凌折磨。她终日劳动，得不到半丝的温暖和关心，有的是无理的斥责和殴打。双卿把这一切看作是命，把冤苦埋在心里，强打笑容，孝顺婆婆，服侍丈夫，遵从三从四德之道，梦想能换来半刻安宁。

"双卿和丈夫、婆婆之间的最大矛盾就在笔墨问题上。对双卿来说，读书写诗，不仅是她天生爱好，而且是她唯一的寄托和安慰。只要留给她这一点儿自由，无论承受多大的痛苦和委屈，她都能忍受。如果剥夺她最后这点权利，等待她的只有一条死路。而丈夫和婆婆认为农家女子读什么书、写什么字，她们只应是汲水洗衣、烧菜送饭、拾禾舂米、服侍别人。他们不仅妒忌双卿的才华，更怕惹出风流事来，所以严酷地禁止双卿的文字生涯。他们摔破双卿的砚，折断双卿的笔，撕烂双卿的纸，无所不用其极。而在这一点上，却遭到双卿坚决和韧性的抵抗。她偷偷藏起破砚败笔，用胭脂当墨，树叶为纸，在深更半夜，拥衾对灯，吟诗填词。她写出她的心血结晶，又让它灰飞烟灭。双卿写诗不是为了流传，而是为了倾吐，为了自慰，一息尚存，她的努力就不会停止。我们总算搜集了她的一些作品，但更多的是随水而逝或烂在她心头了。

"双卿家种的田和所住的草房都是向姓张的地主租的。张家的少爷张梦觇是位风流才子，他发现了双卿的美貌，更着迷于她的才华。他难以相信一个农家女子会有如此的才情，而又不能不承认事实。他把这个奇迹告诉一些朋友：段玉函、赵闇叔、史震林、恽宁溪……都是臭味相投的书生。这些人听说有这么一位薄命才女，都来做'实际调查'，并一致拜倒在双卿裙下。从此，他们就像蜜蜂一样围着双卿转。他们偷窥双卿的笑貌举止，欣赏双卿的诗词歌曲，画下双卿的图像追她题词，写了许多歌颂双卿的诗要她和，还时不时送点小东西撩拨双卿。于是双卿又陷入另一种苦难和矛盾：既苦于他们的纠缠，又感激他们的同情；既怕惹出风波，思想深处还是引他们为知己，愿意和他们诗词酬唱来倾吐愁怨。这种不正常的来往被她丈夫和婆婆发觉后，暴跳如雷，他们不敢得罪公子们，把全部怒火倾泻在双卿身上：咒骂、殴打、侮辱、囚禁。压她以更多的苦役，企图切断她与书生们的联系。但形迹上的来往可以切断，精神上的交流依然畅通。而这些少爷们并不真正援手相助，只是为了写出更多的'哀双卿'一类的好诗罢了。

"双卿在身体精神的双重折磨下，走上了一切薄命红颜归宿之路：心力交瘁，身染重病，在无人照顾的草房里走完她悲惨的一生，奄然而逝，死时仅21岁（或22岁，待考）。"

在小传后面详细记载着双卿的苦难和书生们的行为。红枣她们看后不胜慨叹，还流下了泪。然后翻阅了《双卿诗词》，在这里，萦曾费尽心力录下了双卿的44首诗词和两篇写给她舅舅的信，比后世能找到的李清照的作品还少。这些内容都是用文言写的，红枣她们不大读得懂。

在姑娘们讨论研究时，绍曾安静地坐在旁边品茶静听。绿豆注意到他一言不发，试探地问道："方大哥，这次都怨我，打乱了神梭的航程，让你们看不到恐龙王国和天地大碰撞的奇景，只弄来双卿的这点残破资料，你一定感到很遗憾吧？"

"我并不这么认为。"绍曾摇摇头，"我觉得搞清双卿这个有代表性的女子的一生哀史，研究产生悲剧的社会背景，和搞清恐龙王国覆灭的原因，具有同样重要价值的。"

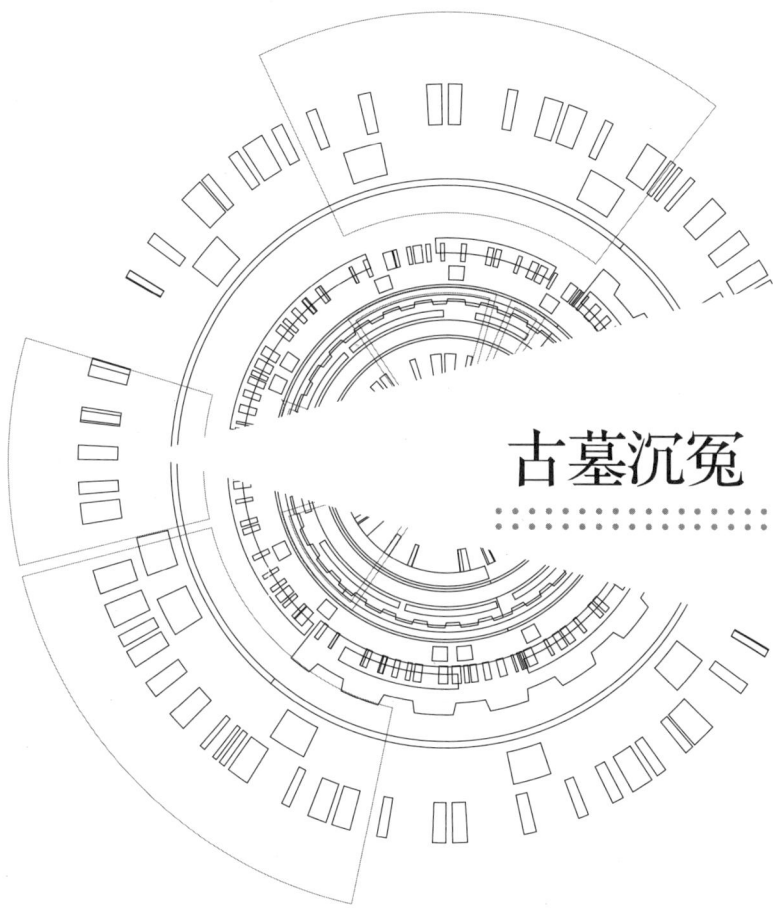

古墓沉冤

异乡遇旧

　　人生离合，多么无常啊！我做梦也没有想到会在这个浙东小城里，遇见阔别20多年的同窗学友——小薛和大高。

　　首先遇到的是小薛。在一个星期六的下午，我刚到达不久，办好了会议报到手续，就在大街上闲逛起来。县城虽不大，但街上仍是摩肩接踵的人群，好生热闹。我挤在人丛中东瞧西盼，一眼就看到他那颗大脑袋和清秀的五官。尽管多年未见，他好像一点儿也未变样——当然，细细看时，脸上已增添了几分老态。我兴奋地挤到他身边，用手一拍肩膀：

　　"哈，小薛，薛远程！这是你吗？还记得我吗？嘿嘿。"

　　小薛回过头来，愕然注视着我，接着爆发出激动的吼声："啊哈，你是——阿熊？熊光洁！你怎么会到这里来的？真是难得啊！"

　　我们紧紧地握手，还学西方人那样拥抱了一下。我激动地说："我正要问你呢！这些年你躲到哪里去了？怎么音讯全无？我嘛，我一直在光电所里当个小研究员，这次是来参加一个科研成果鉴定会的，就住在云山饭店。"

　　"我可没有你那样的好运道，大学毕业后换过好几个岗位，念历史的不像你们念物理的吃香哟。后来我进了文物局，混口饭吃，一干也20年了。这次是奉命派来看座古墓的。"

　　"古墓？"

"对啊。这里正在修建512号国道，在小李堆那个地方掘出一座古墓。工程部就打电话给文物局，要求派人来考察处理。局里已通知他们先把墓保护好，并派我来看一下。我也是刚到，住在工程部招待所，离这里不远。"

"大街上讲话不方便，到我住的旅馆里坐一坐，谈个痛快，顺便请你吃顿饭，怎么样？"

"啊，我忘记告诉你了，"小薛突然把脑袋一拍，"你一定想不到吧，大高——高子文也在这里呢。听说是来给一家企业进行技术咨询，他住在平湖大酒家，好生气派呢，看样子是发了。走，我们找他去，敲他一顿饭吃。"

"高子文也在这里？这世界还真小！"我几乎不相信自己的耳朵了，原来我们是念大学时同寝室的亲密战友，尽管三个人来自天南海北，所攻专业也"风马牛不相及"，但四年相处下来，意气相投，亲密无间，真正称得上情同手足。阔别了20多年，居然鬼使神差地会在异乡小城相逢，这概率多小啊！我兴奋极了，放开脚步与小薛直奔平湖大酒家。大高确实发了，不仅住在"总统套间"，光身上那套闪闪发光的进口西服就值上几千元吧。他看到我们来到，也喜不自禁，三个人着实"疯"了一会儿，才畅吐离愫别衷。他介绍了发迹的过程——研制成了一种新型塑料"301剂"，还送了我一大堆资料。为了礼貌关系我只好收下，打算回旅馆后再送进废品箱。后来，他又通知屋顶餐厅送来一顿丰盛的晚餐款待我们。酒醉饭饱之后，我们还舍不得离去，仿佛有说不尽的话。最后他看了一下表："啊，夜深了，你们也该休息。明天是星期天，我们痛快地玩一玩。这附近的几个溶洞有点名气，一切开销我包了，怎么样？"

"那可不行，"小薛摇晃着脑袋，"512号国道工程工期很紧，我明天就得去现场。我看这样吧，干脆你们明天跟我一起去小李堆，古墓虽没有溶洞中的千姿百态，也可以发思古之幽情呀。怎么样？"

这个主意不错，我和大高欣然同意。

神秘遗稿化劫灰

星期天，工程部派了一辆面包车把我们送往现场。来接我们的史处长是个猢狲样的瘦子，我自认为有洞察一切的分辨力，一眼看去就断定他不是个善良之辈。当小薛把我们介绍给他时，他对大高又点头、又哈腰，而对我很冷淡，连握手时也像大夫号脉一样伸出三个手指碰了一下。"这家伙肯定是个势利鬼、马屁精。"我在心中暗骂。

在车上，史处长向小薛介绍情况。据他说，国道通过小李堆时有较深的开挖。在挖到路基高程时，露出一个砖砌的拱券。大家认为可能是座古墓，就保护了现场，同时报告了文物局。小薛听了满意地点点头。

两小时后，我们来到了现场。公路从一座小山丘旁通过，已经挖开了一条梯形大槽，槽底露出了一个砖砌的拱顶，四周用绿色塑料棚围着，我怀着好奇的心理随着史处长和小薛走了下去。真是干一行，爱一行，小薛看到墓穴就像鬣狗看到腐尸一样扑了过去，他又是看，又是摸，又拍照，又素描，还细心挖出一块碎砖来辨认。一会儿，他回过头来兴致勃勃地向我们解释：

"这是一座有点规模的古墓。从结构形式和砖上的字来看，是南宋初年的墓葬，距今约900年了。大家看这土层，这是表层腐殖土，也就是封土。"他用铲子铲下一片封土细细鉴赏，"封土就是筑好墓穴后回填的土，一般都加以夯实，而且组成较一致……啊哟不好！"他突然盯住边坡底部呆看，接着走了过去，俯身挖出一块黄土来："糟了，这是盗洞土，这座坟早已被人盗过，真叫人失望……什么，我怎么知道的？你们看，这种黄土的颜色和密实度与封土完全不同，黄土在露头处又呈椭圆形，就足以说明一切了。盗墓贼是挖了个小洞通到墓穴的，得手后再胡乱弄些土回填……真可恨！来，你们沿这个洞掘下去，仔细一点儿，掘到砖券处就停下。"小薛有条不紊地指挥着民工。

由于墓穴不深，所以工人们很快就掘出一条斜道直达墓穴。果然，在墓穴侧壁的底部有一个大缺口。洞口很快清理出来。史处长递给我们每人一支手电，小薛带头钻了进去，史处长、大高和我鱼贯而入，我们就进入一座阴气森森的古墓中。

这墓穴大约有2.5米宽、3米高，呈城门洞形，全用青砖砌成，四壁和拱顶斑斑驳驳，底部则用正方形的地砖铺成，墓穴中部高起几寸，四周是较低的凹槽。小薛告诉我们，高起的部位叫棺床，"棺床者，搁棺材的地方也"，四周则是放殉葬品的地方。在微弱的手电光照耀下，墓穴中空无一物，不仅殉葬品被盗殆尽，由于年深月久，棺木和遗骸也化尽了，棺床上只留下一些隐隐约约的痕迹和几缕花白的头发。但是当我把电光射向墓穴北端时，却发现似乎有一叠书放在那边。我马上走了过去，真是一叠线装古书。"快来看！这里有一叠古书。"我失声叫了起来，蹲下身去。"不要碰它！"小薛在我身后着急地叫了起来，但是迟了，性急的我早已伸手去捧它们了。我怎么也没有想到，这书简直像幻影，我双手尚未用力，它就立刻崩解成千百碎片，倾泻在地下，宛如一堆纸灰。

"糟糕！完了！"小薛万分懊丧，连连跺脚。我闯了祸，呆立在一边，不知所措。小薛蹲在地下，辨认良久，喃喃自语："还剩下一本！"

的确，在地面上还剩下一本书没有崩解，但正在发出轻微的声响。这是一本大开本的线装书，封面已残破，看不清原来写在上面的字，只残留最后一个"稿"字。书原是用丝线订成的，实际上线已不存在了，只剩下一点儿痕迹罢了。我这才明白，这种书不要说翻阅，连走近它都有危险。果然，小薛招呼我们："这本书还在起变化，看来气流和温度的扰动都会使它消失。我们赶快出去，将洞口封起，慢慢再想办法。"

冻结了的宝籍

我们回到地面。小薛把情况一说，捶胸顿足："墓主人用这套书殉葬，可见其珍视之深。这书可能是失传的秘本，也可能载有重要史实，现在已变成劫灰了。可惜啊！"于是群众谴责的眼光和批评的声音纷纷落到我的身上，我惭愧万分，几乎变成一只过街老鼠。但是，史处长镇静地说：

"不要责怪熊研了，除薛工外，谁都没有这方面的常识，谁站在那里都会去捧书看的。倒是还残留的那本书怎么办呢？碰是碰不得的，一碰就变灰。但是不碰它又怎么取出来保存和研究呢？大家有什么主意？"

人们就议论开了，有人建议仍把墓穴封好，这样至少残书可以保持现状，等将来保存技术发展后再来处理。这方法是可行的，但将影响国道工程。史处长为难地说，国道改线将大大增加造价和拖延工期。大家正议论不休，大高忽然干咳了一声，迟疑地说：

"如果只求保存残书不再崩解，我想我研制的301剂倒很合适。这种材料在液态时能轻轻渗入任何物质中，几乎不产生扰动。固化后，原件就可永久保存下来。我们曾用它处理过一张从西北戈壁中出土的快要化灰的绢画，效果极好。"

大高的话引起大家的赞叹，但一个人问道："古书被301剂固化后，还能够阅读吗？""当然不能读了。这好比封在琥珀中的昆虫，只能看其外形的。"

"那还有什么意义！"大家又泄了气，议论纷纷。这时，一种灵感触发了我，我觉得立功自赎的良机到了，就重重地拍了一下手：

"请静一静，听我说。读书并不一定要翻开书本的，我想我有办法读这本冻结了的书！"

这一下，大家的目光又集中到我身上，而且是惊讶崇拜的目光。我得意极了，挺直已弯了多时的腰杆，侃侃发言：

"不打开书本就能读它的内容，许多人都认为不可思议，其实原理简单得很。20世纪末，我们就已经发展出电子束扫描和CT层析技术了。我们用不着打开人的体腔就能获得人体内部信息，那么，读一本冻结在塑料中的书有什么难呢？

"我最近制成的特殊激光层面射线仪，就是这种性质的仪器，当然其分辨精度和调控能力已不是早期的粗糙仪器所能望其项背的。详细原理一下子说不清，但我敢发誓我一定能读出被冻结的宝书中的每一个字。"

我的话赢得大家的信任，史处长还带头鼓起掌来。小薛思考了一下，伸出手来在我肩上一拍：

"好，阿熊，我信任你的能力。我们干吧！大高，请你打电话回去，让他们赶快送301剂来。"

一小时后，一辆小车急驰到现场，送来几个密封罐和玻璃瓶。大高仔细地用天平秤取了几瓶原液，又和我们钻进了墓穴。我们围在残书的周围，看大高操作。棺床本来就比地坪高出一些。大高用一条木板和黏土在凹槽处筑了个小坝，然后拿起一只玻璃瓶向我们扬了一下，轻声说："这是甲液。"在手电光下，我们看见他小心翼翼地将瓶中的透明液体倒了进去。液面慢慢上升，接触到书本时发出轻微的吱吱声，迅速渗了进去。上天保佑，书本果然没有崩解。直到液面盖住书本和所有碎片后，大高才喘了一口气，揩掉了额上的汗。"现在不要紧了。阿熊，"他招呼我，"请把你身边的那瓶乙液也倒进去。"他又回头向大家解释："甲乙两种原液混合后再加入些引发剂，就会凝固成301体。"

也许由于太兴奋了，我在拿起玻璃瓶时把原液溅出了不少。好在黑暗中谁也没注意，我把剩余的原液都倒了进去，两种原液混合后在电光下显出美丽的淡红色。大高又取出一只小瓶，用滴管滴了几点引发剂进去，马上又发出吱吱的声音。过了两三分钟，大高用手按了一下液面："很好，已初凝了，再过5分钟就会终凝，我们就可以把宝贝撬起带出去研究。"

几分钟后，我们确实把冻结了的秘籍带到光天化日之下，主要是一块淡红色的透明板，那秘籍完整无损地嵌在里面；另外是一大堆塑料疙瘩，冻结着所有的碎屑。大家见了无比激动。大高洗了手，一面啜着茶，一面轻松地说："我的任务已完成，以后就看阿熊大显身手了。"

我们休息了片刻，带着宝籍和从墓内脏土中清理出来的几件盗剩的小铜器回到县城。史处长执意要陪同我们。有过这次经历，他像换了个人，对考古和文物显示出极大热诚，上车前还一再叮嘱工人保护好墓穴，必须等他回来才能复工。

在车中，我一直盯住那块淡红色的板不放，脑中浮想联翩。这到底是本什么书？墓主人又是谁？书中载有什么奇闻逸事？神秘的面纱即将揭开，而打开秘密的钥匙就在我手中。我发现史处长正目不转睛地望着我，十分热情。我觉得他似乎不全是原先我认为的马屁精了。

墓主人之谜

史处长、小薛和大高簇拥着我回到云山饭店。我在房间里迅速装好层面射线仪，并把塑料板放在测试台上。他们都紧张地注视着，看我熟练地操作。我的心情也特别好，一面得心应手地调整着键钮，一面滔滔不绝地解释：

"这台仪器是我花了五年时间研制成功的，其原理就是利用激光束的定深度透射而获得不同层面上的信息成像。我这次应邀来此地参加一项新产品的鉴定，需要层析数据，就把它带来了，刚好派上用场。看，这是发射光源的探头，它以极快的速度扫描试件。调整光束强度和波长以及其他一些参数，可使光束穿透到被测物件内部的指定深度处，这就是一个层面。层面上如有字迹，则有字地方对光束的吸收和反射性能便和空白处有很大差异，这些信息通过光缆传到计算机上，处理后就可在屏幕上显示成像。

"我们的宝书现被封闭在301体中。大高给我的资料中有301体的详尽数据。从中我发现它完全在我仪器的适用范围内，只要把A键置于中档，B键取高档，C键取低档就可以了。这是个微调钮D，它可以精密地调整光束的穿达距离d。我们不妨先设置d为初始值，观测书面成像情况，再逐页透视。我估计这本书有120双页——线装古籍总是这样的，因此算出每单页的厚度是0.1毫米左右。"

我一面说，一面启动仪器，并缓慢地调整D钮。探头中射出绿莹莹的光束，扫描着塑料板。屏幕上开始是一片空白，偶尔出现些雪花，当我把D钮调到一定位置后，屏幕上突然出现了残书的封面形象，那个不完整的"稿"字尤其清晰可辨，和原件完全一样。

由于封面并不是绝对的平面，我还调整测试台的双向倾角，使屏幕上的雪花最少，达到最佳位置。

"成功了！"我欢呼起来，"现在光束正打到封面上。看，这个'稿'字多清楚。好，让我们看看下面的扉页上是什么内容。"我再次调整D钮和测试台倾角，封面图像渐渐隐去，不久显示出下一页的形象。中间是用毛笔缮写的"漱玉类稿"四个大字，下面则写着"卷二十"三个小字，字迹十分娟秀悦目。这显然是一本用连史纸订成的手写稿，并非木版印本。

我们都十分紧张，小薛更是激动。他紧握着拳头，指甲深深陷入肉中，用嘶哑的声音叫道："太神奇了！难以想象！阿熊，再看下去！"我把D值又增加了0.1毫米左右，屏幕上出现这一双页的后半张上的字迹，当然是反转的。我按下编辑键中的"反对称变换钮"，它就变成正像了。这一页基本是空白，只在左侧有一行小字，似乎是落款："绍兴二十一年岁次辛未□□□□乙卯□□易□居□录竟自存"。（□号是看不清的字）我们都不懂这是什么意思，但小薛竟显得目瞪口呆。

我又转动旋钮，屏幕中出现下一页的形象。这才是正文的第一页。上面似乎写着一篇自序。有些字已漫浸不可辨识。小薛圆瞪双眼，刷刷刷地在笔记本上抄录着。我仔细研读，这页右侧第一行写的仍是"漱玉类稿卷二十"字样，第二行写着"劫馀琐录"四个字，第三行写着"自叙"两字，第四行开始是正文。文章是四六骈文，典故很多，平心而论，我看不懂。小薛抄录完后，抛下笔，搓了搓手，回头兴奋地向我们说：

"你们知道这墓的主人是谁吗？她就是中国历史上最富才华、最负盛名的爱国女词人李清照呀！这套书，就是她亲自写定的《漱玉全集》，共20卷。从自序来看，全稿共有词集10卷、诗集5卷、文集3卷、赋1卷，这一册是最后1卷，杂录。这真是国家的稀世奇珍，里面将有多少激动人心的佳作和可歌可泣的史实。幸亏盗墓贼只要殉葬的古器，而把这一宝籍留了下来。大高、阿熊！感谢你们用先进的科学技术保存了这一奇珍异宝，而且使它重现于世！啊，我太激动了，请给我一杯水！"说完，他就瘫在椅子上。

千古沉冤话改嫁

李清照！我们虽没有多少古汉语知识，但对历史上最负盛名的女词人还有些印象，至少我们在中学里还念过几首她写的摄人心魂的词呢，因此不约而同地问道："这是真的吗？"

"绝对不会错，"小薛斩钉截铁地说，"我研究李清照已30年了，苍天不负苦心人，今天终于让我看到她的手迹。这字体是学卫夫人的，已到了炉火纯青的地步，看了真叫人心旷神怡。她真是一位擅诗词书画四绝的奇才呀！这样吧，我们先把全书内容大致浏览一下，然后一页页地将它缮录下来。阿熊，请把微调钮给我。"

小薛转动键钮，屏幕上显示出一页页的内容，这确是李清照在晚年亲笔记述的一系列往事。小薛贪婪地读着，约莫看了四五页，他突然停了下来反复研读一条条文。我估计这里一定有重要情况，因此也伸头去看，还记了大意（断句是我加上的，已换作简体字）：

"绍兴癸丑夏日。得内翰綦公札。殷殷以金石录为念，慰诲勤勤，感人肺腑。□□□□，斯之谓欤。夫内翰之泽我岂独此哉。（下面漏抄一段）犹忆建炎三年，德甫奉诏知湖州。旅次遘疾。余□匍奔视，仅获觐一面。而疾亟时，犹有某学士携玉壶过视，强属鉴识。告以珉也，愠怒不信。德甫嘱余出真□与观，始默然。而把玩不已，索求之情，见于面。德甫有难色。余呼曰：命之不存，其如玉何。竟以授之。便携去，讵知竟入北朝。而道路传言，加余献璧虏邦□罪。御医王□□□告□已有论列，祸将不测。微传内意，速行报进，庶可免论。余大怖。尽出精器进上。而案迄不解，惶急无计，作启求援于公，始蒙涊雪。然德甫与余经营半世，至是精华尽失，何聚之难而失之易欤。乃知玩物怀璧，非徒丧志，亦足以覆宗也。悲夫。"

小薛抄完，愣了半晌，长叹一声："原来如此，这些人也太卑鄙了。"我们听了都莫名其妙。小薛就讲了一件摄人心魄的史实给我们听。

他说，李清照和她的丈夫赵明诚（德甫）都是金石迷。青年时代夫妇俩住在济南，宁可穿布衣吃粗粮，积下每一文钱到相国寺去购买碑文、书画和古器。以后赵明诚做了官，更把全部俸禄都用于此，长期搜求，收藏渐丰。住在青州时，器物就藏满十多间房子，还撰写了有名的《金石录》。没有想到祸生顷刻，金兵大举入寇，两人仓皇南逃，只带走一些精品，还装了15车。在建炎三年（即公元1129年），两人逃到了池阳，赵明诚忽奉诏独身去湖州上任，清照在河岸边与他分别。两人都预感要发生变故。明诚嘱咐她：必要时先丢掉辎重，再抛弃衣被，再不得已放弃书册、画卷乃至古器，只剩下最宝贵的"宗器"，那可要亲自抱负与之共存亡的！

明诚在去湖州途中染上瘟疫。清照得信后魂魄俱丧，星夜赶去，只来得及和丈夫见了最后一面。在这种情况下还有人来请他们鉴定玉壶，又勒索了他们的玉器而去。想不到这玉器最后竟流入金国。有人就造谣说他们曾向金寇献宝，要兴大狱问罪，威逼清照将所收藏的精品统统上缴。你们想不到吧，这个幕后勒索她的人正是封建头子宋高宗。清照把精品"进上"后，案仍未解，只好求姻亲綦崇礼（即"内翰綦公"）去说情，总算未遭诛戮。"这一条正是写这件事呀！"小薛愤然说道。

我们听了都不禁感叹清照的不幸和高宗的全无心肝。但小薛说，清照所受的冤屈还不仅是"通敌"，更有改嫁一案。接着他又告诉我们一件更令人难以置信的公案。他说：

"李清照的人品正如她的词品，十分高洁。她和丈夫有共同的志趣和追求，结下了生死不渝的感情。明诚赞她'清丽其词，端庄其品，归去来兮，真堪偕隐'。明诚暴亡，她哀毁骨立，秉承遗志，整理遗著《金石录》直到去世，这都是尽人皆知的事。

"可是，有些史料上却说她晚年改嫁给一个粗俗、贪赃枉法的军人张汝舟，而且嫁后三月不堪虐待又诉讼离异，说得有根有据。连清朝那位颇有见解的诗人赵翼也写过'千载同悲李易安'之句，可见这些传闻影响之大了。

"这件事太使人难以置信了。一查，所谓史料多半是笔记小说，抄来袭去，没有实据。最有'根据'的是一部叫作《云麓漫钞》的书，其中载有一封李清照写给綦崇礼的致谢信。信中谈到自己听信谎言，被骗嫁人，又不堪虐待，诉讼求离，其间得到这位綦公的援手才得解脱，等等。信是一篇四六文，直到现在我还背得出。这样，李清照的改嫁受辱，成为铁案如山。

"现在，清照的手迹出现，真相大白！她请托并感谢綦公斡旋的就是这件'通敌案'，根本不是什么改嫁的事。《云麓漫钞》中的那篇'谢启'，是她的仇人篡改过的。在信的前半部捏造增添了一大段受骗改嫁的话。有了宝籍，我一定要为她洗冤！"

"原来如此！"史处长透出一口长气，"薛工，你要给李清照雪冤，真有把握吗？"

"几百年来一直有人在为她雪冤，但现在有了李清照的亲笔记载，才有了铁证！"小薛指着屏幕兴奋地说，"现在回想起来，那篇篡改过的信，尽管读起来也叮叮当当，典故如林，但总掩盖不了拼凑而成的痕迹。特别是信的后半段一再感谢綦崇礼为她'平息了无根据的诽谤'，还求他'原赐品题与加湔洗'。如果是再嫁离异，怎能请人来止'无根之谤'，又怎么'品题''湔洗'呢，这些只对'通敌'一案才对得上号。可见作伪者改了前面，顾不到后面，终于露出了马脚。更不要说李清照那时已50多岁，鸡皮鹤发还会嫁人，而且还有人要娶这位老太太。这在900年前的宋朝难道能够想象吗？"

小薛说到这里，义愤填膺，简直要以拳击案。在我们的排解下，他才按捺怒气，继续阅读这本宝籍。

《声声慢》之恨

小薛阅读了几页后，眼光又一次停滞下来。这一页上又出现引人注意的条文，我抄下的是（断句也是我加的，已换作简体字）：

"绍兴己未（注：公元1139年）季秋。是岁风雨视常年有加。□□□□。弟远自市肆归，有不豫色。诘之，黯然曰：顷闻朝廷从相国议，与虏划淮为界，息兵媾和，纳土奉币，长为藩国。绣水乡园，青州故第，永无重临日矣。余乍闻言，似电掣雷轰。前尘旧梦，齐涌心头。呜呼！垂暮苟活，有所待也。今者已矣，天实为之，谓之何哉？终日踯躅，不知所觅。或取酒半瓯，益添乡愁。凭栏久之，忽闻风振衰树，雁唳长空。猛忆昔年与德甫莱州闻雁，分韵赋句情景。物是人非，何以堪也。及暮，天作墨色，细雨如丝。怆痛难遏，乃铺绢濡笔，谱声声慢一阕曰：寻寻觅觅，冷冷清清，凄凄惨惨戚戚。乍暖还寒时候，最难将息。三杯两盏淡酒，怎敌他晚来风急。雁过也，正伤心，却是旧时相识。满地黄花堆积，憔悴损，如今有谁堪摘。守着窗儿，独自怎生得黑。梧桐更兼细雨，到黄昏点点滴滴。这次第，怎一个愁字了得。一抒痛怀，未计工拙也。翌日绿华夫人过访，因取示之。夫人溘然曰：居士其欲断尽天下愁人肠耶。相与抱持大哭。"

这首题为《声声慢》的词，我们都读过。当时只感觉写得真好，却说不清好在哪里。现在读了这条记载，似乎稍微多懂了一点儿。但我们都不满足，异口同声要小薛做个"辅导报告"。小薛感情冲动，也不推辞，拭了一下泪眼，低声说道：

"这首词真堪称千古绝唱，连清照的仇人也不能不折服。古往今来有多少赞誉之文，但多从文采上分析，例如说她'一开头就连下十四个叠字，简直是公孙大娘舞剑手法'，或欣赏她'守着窗儿独自怎生得黑'一句，说这个'黑'字不许第二个人押。现在我们知道了她填这首词时的环境和心境，才更能领悟其沉痛之处，催人泪下啊！

"清照是北宋文学家和政治家李格非的女儿，有极高的文学天赋和严格的家庭教养。她和明诚真是一对天生佳偶。论文采，清照还稍胜一筹。两人共同搜寻碑帖古器、厘定考证，闲时烹茗论文、赋诗猜书，又常常是清照获胜，笑倒在丈夫怀中。请想想，他们是多么美满和谐的一对。

"哪想到，军事形势陡然逆转，金兵大举入侵，摧枯拉朽地打垮了北宋王朝。夫妇两人仓皇南逃。他们只挑选了一些精品携带，其余都藏在青州旧居里，尚堆满了十五间房屋，被野蛮的金兵一把火烧光。李清照历经了亡国、破家、丧夫种种劫难。高宗制造'通敌'案，掠走了她的珍品，其余的也被抢、被窃，她最后只保留了丈夫留下的一本《金石录》，逃到浙东投奔她的弟弟。尽管历尽磨难，清照仍然坚强地活了下来，为什么？为的是《金石录》还有待她校勘、整理、题跋、作序，更为了她坚信抗金会取胜，中原能光复。为了这个目标，她苦苦地活着，等待着，支撑着，她要活着再见故里一面，把丈夫的遗骸埋葬在当年欢歌笑语的地方。可是，在苦等十年后，宋高宗以尽割淮水以北土地和年年纳贡为代价，取得了做儿皇帝的资格。这消息一传来，无异是在清照枯瘁的心中刺进了最后的一刀。她如痴若醉，无目的地东寻西觅。她想借酒浇愁，可怒号的西风撕开她悲痛的心肺。她倚栏远望北方云天，只看到南归的雁儿凄喉悲鸣，似乎告诉她再也不要梦想北回了。她想到庭园中走一走，可满地凋零的黄花败叶，象征她永远消逝了的年华。她只好'守着窗儿'眼睁睁地呆等到天黑。偏又下起阵阵细雨，敲打着那梧桐树叶，点点滴滴的悲声，印入心头。她不禁哀呼，苍天啊，叫人怎能忍受这无穷无尽的乡愁！"

小薛说到此处哽咽住了。我方才感悟到这首词的境界。小薛接着说：

"清照的著作散失殆尽，可是留下的这点点'吉光片羽'，哪一篇不是熠熠生辉的明珠！特别是晚年写的词，怀念故国、追忆往事，恨朝廷之无能，寄希望于光复河山，都以极平常的口语度入音律，使一切爱国者读后涕泗横流、痛彻肝肠。这样一位才女、贤媛、有骨气的抵抗派，竟被人攻击为'可笑不自量''荒淫之语肆意落笔''缙绅之家能文妇女未见如此无顾藉也'，甚至骂她写的东西是不祥之物，遗讥千古，一直到污蔑她暮年改嫁，受辱再离，'晚节流荡无归''传者笑之''德甫不幸有此妇'……我真不懂这些人生的是什么心肠啊！"

罕见的政治迫害

问题又回到改嫁案上了。大高迷惑不解地望着小薛，提出了一个问题："我真不懂，这些人为什么要这样围攻和污蔑李清照呢？她是个弱女子，凄凉的寡妇，无非词写得好，难道是妒忌才华、文人相轻？"

"这正是我多年研究的一个课题。李清照在文学上的才华光耀千秋，是个不争的事实，引人妒忌也难免。但她还有好些特点才真成为招祸之源。"小薛进一步解说，"首先，她对文学理论有独特见解，而且眼界极高。她早年写的《词论》，不管正确与否，确有其独到的见地。从这点出发，她甚至瞧不起最负盛名的大文豪，如欧阳修、王安石、苏东坡……讥笑他们写的词不过是句子长短不一的诗罢了，甚至令人笑掉大牙。连天下公认的泰斗都被她批得一钱不值，她得罪过的同代文人就不知凡几了，这可是犯众怒的呀。尤其她身系女流，许多对她的人身攻击，都发泄了这种骂她狂妄的愤恨。

"其次，李清照实际上是一位中国历史上主张男女平等的勇将。她在少女时就填词描摹她怎么样倚在门边看男人的情景，真是呼之欲出。她会玩各种赌博游戏，譬如'打马'，不仅自己玩，还形诸笔墨，写下了《打马赋》《打马图序》和打马的经验。她这样离经叛道的事还很多，她的言行举止不能不引起卫道士们的切齿痛恨。

"但最重要的还是政治立场问题。她的一生正值宋金两邦拼死搏斗的大动乱时代。中原和江南人民面临亡国破家的大祸。作为统治者的头子宋高宗，他唯一的祈求就是向世仇屈膝投降，让他能偏安一隅当个儿皇帝。他最怕听到的是抗金，'迎回二圣'。'二圣'一回来，他的皇帝就当不成了。但是广大的人民和文臣武将坚决要求抵抗。用今天的话讲，投降派和抵抗派的斗争是压倒一切的血腥斗争。作为彻底的抵抗派中的一员，李清照痛恨和鄙视那些屈膝乞降的汉奸，简直到了爆炸的程度。她曾以'夏日绝句'为题，用了20个字写了一首最短的诗：'生当作人杰，死亦为鬼雄，至今思项羽，不肯过江东。'这首诗就像匕首一样刺进逃到江东的高宗之流投降派的心中。李清照有才有名，不把她搞臭，投降派还能睡稳觉吗？要知道，为了贯彻卖国偏安的方针，他们连国家的功臣岳飞都敢陷害杀戮，怎肯放过一个寡妇！这才是真正的招祸之因。

　　"然而，李清照毕竟是个无权无势的弱女子，而且才名气节远播，不便像杀岳飞那样可冠以'意图谋反'的罪名，直接下狠手，需要采取些策略。最恶毒并有效的办法就是污辱她的人格，丑化她的形象。你不是大声疾呼要抵抗吗，就加你一个'通敌'的罪名。哦，原来这个表面上大义凛然的女人，暗地里还在向金贼头子献宝呢！试问，这样一个女人无论写出多少慷慨激昂的诗词文章还能打动人心吗？

　　"更进一步，你不是以清高自命，以与赵明诚生死不渝的感情自傲吗，就加你一个暮年改嫁又受辱讼离的谣言。哦，原来这个自称坚贞的女人，在鸡皮鹤发的时候还要去嫁给一个横暴贪俗的武夫。试问这样一个女人所写的倾吐她一生苦难的呕心沥血之作，还能摄人心魄、催人泪下吗？恐怕人们反而会在心头作呕了。

　　"有人觉得，当李清照还在世时就诬她改嫁不大可能，难道不怕她亲自出来反驳吗？其实，投降派必须在清照活着的时候就把她搞臭，否则就意义不大了。李清照当时隐居小城，仇人在全国范围内诬陷她，她有口难辩。请律师吗？打官司吗？登报辟谣吗？开新闻发布会吗？我们往往容易拿今天的条件去套古代的现实。李清照实难有效反抗，只能带着深深的心灵创伤和悲愤，结束她最后一段人生旅程。她唯一能做的，只有把她毕生的心血著作亲手缮录，带进她的墓穴，作为她清白人生的见证。

　　"也许是贞魂不泯，这部手稿在沉睡几百年即将湮灭的前夕，有一小部分却奇迹似的落入我们手中而且将重现于世。这是考定李清照身世和人格的第一手资料。现在，我们有为李清照洗冤的神圣责任。我现在心急如焚，阿熊，让我们从头翻看，我要一页页逐字逐句把它的全部内容转录下来公之于世。"

　　小薛的话感动了我们三人，我们都愿意做"清照雪冤团"的义务成員。时间已很晚了，我对小薛说："小薛，我们一定帮助你洗雪这件冤案，我们握有铁证，胜券在握。你不要太激动。今天时间不早，大家也累了，而要抄完这本残稿也不是一时三刻所能完成的。我看这屏幕上的显示很清楚，你不妨准备些高清晰度的胶卷将它逐页拍下影印问世，不但避免差错，而且李清照的娟秀字迹也能与世人见面。明后天我要参加会议，你星期三上午来吧，史处长、大高，你们也一定要来。"

昙花一现的天书

星期三清晨，我刚盥洗好，胡乱吞了些早餐，小薛、大高和史处长就来了。小薛带来了市上能买到的最清晰的微粒胶卷。

我启动了仪器，有把握地调动键钮。当然首先照射封面，出乎意料的是，屏幕上只显示一个很淡的形象。我诧异万分，反复调试检查，并无差错。我狐疑不决，就调整D钮透射第二页。但情况并未好转，甚至更差些。那页上"漱玉类稿卷二十"七个字简直难以辨识。

"这是怎么回事，看不清啊，更不能拍照，阿熊，把对比度调大一些。"

我把对比度调到极大，屏幕上的字稍稍清楚一些。但我惊恐地发现，这些字迹正在慢慢黯淡下来，正像一支燃尽了的蜡烛慢慢熄灭一样。十多分钟后，完全消失了。我们目瞪口呆，相对无言。史处长忽然惊呼一声，用手指点着被测试的原件。原来冻结在塑料板中那本古铜色的旧书已变成白色，仿佛是一本用新的连史纸订成的未启用过的本子。

"这是碳分子被氧化和漂白了。但怎么会出现这种事呢？我配制的原液是十分精确的呀！"大高喃喃自语，忽然回头问我："阿熊，礼拜天你是否把乙液全倒进去了？"

我猛然一惊，吞吞吐吐地说："当然都倒进去了，不过……我拿玻璃瓶的时候，溅出一些液体，我想，溅出的不多，就没有说。"

"啊哟，问题就出在这里！"大高像被人刺了一刀，尖叫起来，"甲液中含有十分活跃的氧原子，必须由乙液来固定，你把乙液溅出了，就不足以固定所有的氧原子，它们都不会听话地冻结在301体中的，一定要缓慢释放活动，最后使纸上的墨迹消失，比任何褪色灵厉害万倍。唉，完了，功败垂成，你这个人啊！"他以手捶头，小薛则已瘫痪在椅子中，面色惨白。我不仅痛悔万分，而且感到自己又一次成为一只过街老鼠。

"这事也不能全怪熊研，"史处长再一次为我解围，"在暗中摸索，谁也会失手，而且高工事先也没有把利害讲清楚。熊研，不要难过，想想还有什么办法可以补救。高工，你的301体稳定吗？是不是慢慢地会降解，宝书又可以拿出来？"

"301体的稳固期取决于滴入的引发剂的量。那天，我想既然阿熊能阅读冻结的书，对降解期也不必多推究，根据那天滴入的量来看，它大约可以维持1000年。"

"啊，再等1000年！"史处长皱起眉头，又向我说，"熊研，你能否用激光刀把这塑料板一页页地切开？我想，切开后总有办法处理。"

"史处长，用激光刀切片并无困难，但每页书不完全是平面，我必须研制一把'智能激光刀'，它能自动对准书页之间的空隙切进，这要花很长的研制时间。"

史处长搔搔光脑袋，又出了个点子："那么，你能不能提高这台仪器的性能，让它在白纸上也能辨出信息并成像呢？"

我从椅子上跳了起来，紧紧握住史处长的手："史处长，你的话太对了，启发了我，这台仪器是根据层面上各部位吸收和反射光束强度的差异来成像的。现在字迹虽然消失了，但写过字的地方纸质里的分子结构和空白区不同，信息依然存在，我完全可以利用这些差别来成像，还可以利用磁共振技术，我有信心短期内解决它，只是，只是，科研经费……"

史处长和善地笑了起来，拍拍我的肩膀："这就好了。科研费？你别犯愁。这次把你们请来也给我以很大教育，使我懂得了保护文物有时比建设工程更重要！我已向上级报告，申请国道改线，保留这座古冢。你说的科研费不论多少都由工程部包了。我们有实力修国道还会没有钱保护这一代词人的墓葬、手迹和为她洗冤吗？"

"史处长，你真是位了不起的领导，我真瞎了眼，当初对你很不礼貌，还认为你是个马……小薛，大高，我向你们宣誓，我永远是李清照'专案组'的成员。我现在有个想法，我不但要使这本残书原貌重现，还要使那些碎片也起死回生。我要把每一碎片上的信息都提取出来，然后排列组合，渐渐拼成原璧。当然碎片数以万计，拼凑取舍的工作虽不可思议，但我可以开发出最高级的智能系统和神经元件来处理，只要再购一台超级光子计算机就可以了。我一定要使劫灰重生，我要把完整的20卷本的《漱玉全集》奉献给全世界的炎黄子孙！"

大高站起来，举起一只手："阿熊，说得好。我也是'专案组'的成员。阿熊第二步研究工作所需的设备、经费，由三〇一公司全部负责了。"

小薛喊了起来："谢谢你们。我们还等待什么？让我们立刻收拾行装

史处长搔搔光脑袋，又出了个点子："那么，你能不能提高这台仪器的性能，让它在白纸上也能辨出信息并成像呢？"

我从椅子上跳了起来，紧紧握住史处长的手："史处长，你的话太对了，启发了我，这台仪器是根据层面上各部位吸收和反射光束强度的差异来成像的。现在字迹虽然消失了，但写过字的地方纸质里的分子结构和空白区不同，信息依然存在，我完全可以利用这些差别来成像，还可以利用磁共振技术，我有信心短期内解决它，只是，只是，科研经费……"

史处长和善地笑了起来，拍拍我的肩膀："这就好了。科研费？你别犯愁。这次把你们请来也给我以很大教育，使我懂得了保护文物有时比建设工程更重要！我已向上级报告，申请国道改线，保留这座古冢。你说的科研费不论多少都由工程部包了。我们有实力修国道还会没有钱保护这一代词人的墓葬、手迹和为她洗冤吗？"

"史处长，你真是位了不起的领导，我真瞎了眼，当初对你很不礼貌，还认为你是个马……小薛，大高，我向你们宣誓，我永远是李清照'专案组'的成员。我现在有个想法，我不但要使这本残书原貌重现，还要使那些碎片也起死回生。我要把每一碎片上的信息都提取出来，然后排列组合，渐渐拼成原璧。当然碎片数以万计，拼凑取舍的工作虽不可思议，但我可以开发出最高级的智能系统和神经元件来处理，只要再购一台超级光子计算机就可以了。我一定要使劫灰重生，我要把完整的20卷本的《漱玉全集》奉献给全世界的炎黄子孙！"

大高站起来，举起一只手："阿熊，说得好。我也是'专案组'的成员。阿熊第二步研究工作所需的设备、经费，由三〇一公司全部负责了。"

小薛喊了起来："谢谢你们。我们还等待什么？让我们立刻收拾行装

史处长搔搔光脑袋，又出了个点子："那么，你能不能提高这台仪器的性能，让它在白纸上也能辨出信息并成像呢？"

我从椅子上跳了起来，紧紧握住史处长的手："史处长，你的话太对了，启发了我，这台仪器是根据层面上各部位吸收和反射光束强度的差异来成像的。现在字迹虽然消失了，但写过字的地方纸质里的分子结构和空白区不同，信息依然存在，我完全可以利用这些差别来成像，还可以利用磁共振技术，我有信心短期内解决它，只是，只是，科研经费……"

史处长和善地笑了起来，拍拍我的肩膀："这就好了。科研费？你别犯愁。这次把你们请来也给我以很大教育，使我懂得了保护文物有时比建设工程更重要！我已向上级报告，申请国道改线，保留这座古冢。你说的科研费不论多少都由工程部包了。我们有实力修国道还会没有钱保护这一代词人的墓葬、手迹和为她洗冤吗？"

"史处长，你真是位了不起的领导，我真瞎了眼，当初对你很不礼貌，还认为你是个马……小薛，大高，我向你们宣誓，我永远是李清照'专案组'的成员。我现在有个想法，我不但要使这本残书原貌重现，还要使那些碎片也起死回生。我要把每一碎片上的信息都提取出来，然后排列组合，渐渐拼成原璧。当然碎片数以万计，拼凑取舍的工作虽不可思议，但我可以开发出最高级的智能系统和神经元件来处理，只要再购一台超级光子计算机就可以了。我一定要使劫灰重生，我要把完整的20卷本的《漱玉全集》奉献给全世界的炎黄子孙！"

大高站起来，举起一只手："阿熊，说得好。我也是'专案组'的成员。阿熊第二步研究工作所需的设备、经费，由三〇一公司全部负责了。"

小薛喊了起来："谢谢你们。我们还等待什么？让我们立刻收拾行装

史处长搔搔光脑袋，又出了个点子："那么，你能不能提高这台仪器的性能，让它在白纸上也能辨出信息并成像呢？"

我从椅子上跳了起来，紧紧握住史处长的手："史处长，你的话太对了，启发了我，这台仪器是根据层面上各部位吸收和反射光束强度的差异来成像的。现在字迹虽然消失了，但写过字的地方纸质里的分子结构和空白区不同，信息依然存在，我完全可以利用这些差别来成像，还可以利用磁共振技术，我有信心短期内解决它，只是，只是，科研经费……"

史处长和善地笑了起来，拍拍我的肩膀："这就好了。科研费？你别犯愁。这次把你们请来也给我以很大教育，使我懂得了保护文物有时比建设工程更重要！我已向上级报告，申请国道改线，保留这座古冢。你说的科研费不论多少都由工程部包了。我们有实力修国道还会没有钱保护这一代词人的墓葬、手迹和为她洗冤吗？"

"史处长，你真是位了不起的领导，我真瞎了眼，当初对你很不礼貌，还认为你是个马……小薛，大高，我向你们宣誓，我永远是李清照'专案组'的成员。我现在有个想法，我不但要使这本残书原貌重现，还要使那些碎片也起死回生。我要把每一碎片上的信息都提取出来，然后排列组合，渐渐拼成原璧。当然碎片数以万计，拼凑取舍的工作虽不可思议，但我可以开发出最高级的智能系统和神经元件来处理，只要再购一台超级光子计算机就可以了。我一定要使劫灰重生，我要把完整的20卷本的《漱玉全集》奉献给全世界的炎黄子孙！"

大高站起来，举起一只手："阿熊，说得好。我也是'专案组'的成员。阿熊第二步研究工作所需的设备、经费，由三〇一公司全部负责了。"

小薛喊了起来："谢谢你们。我们还等待什么？让我们立刻收拾行装

史处长搔搔光脑袋，又出了个点子："那么，你能不能提高这台仪器的性能，让它在白纸上也能辨出信息并成像呢？"

我从椅子上跳了起来，紧紧握住史处长的手："史处长，你的话太对了，启发了我，这台仪器是根据层面上各部位吸收和反射光束强度的差异来成像的。现在字迹虽然消失了，但写过字的地方纸质里的分子结构和空白区不同，信息依然存在，我完全可以利用这些差别来成像，还可以利用磁共振技术，我有信心短期内解决它，只是，只是，科研经费……"

史处长和善地笑了起来，拍拍我的肩膀："这就好了。科研费？你别犯愁。这次把你们请来也给我以很大教育，使我懂得了保护文物有时比建设工程更重要！我已向上级报告，申请国道改线，保留这座古冢。你说的科研费不论多少都由工程部包了。我们有实力修国道还会没有钱保护这一代词人的墓葬、手迹和为她洗冤吗？"

"史处长，你真是位了不起的领导，我真瞎了眼，当初对你很不礼貌，还认为你是个马……小薛，大高，我向你们宣誓，我永远是李清照'专案组'的成员。我现在有个想法，我不但要使这本残书原貌重现，还要使那些碎片也起死回生。我要把每一碎片上的信息都提取出来，然后排列组合，渐渐拼成原璧。当然碎片数以万计，拼凑取舍的工作虽不可思议，但我可以开发出最高级的智能系统和神经元件来处理，只要再购一台超级光子计算机就可以了。我一定要使劫灰重生，我要把完整的20卷本的《漱玉全集》奉献给全世界的炎黄子孙！"

大高站起来，举起一只手："阿熊，说得好。我也是'专案组'的成员。阿熊第二步研究工作所需的设备、经费，由三〇一公司全部负责了。"

小薛喊了起来："谢谢你们。我们还等待什么？让我们立刻收拾行装

史处长搔搔光脑袋，又出了个点子："那么，你能不能提高这台仪器的性能，让它在白纸上也能辨出信息并成像呢？"

我从椅子上跳了起来，紧紧握住史处长的手："史处长，你的话太对了，启发了我，这台仪器是根据层面上各部位吸收和反射光束强度的差异来成像的。现在字迹虽然消失了，但写过字的地方纸质里的分子结构和空白区不同，信息依然存在，我完全可以利用这些差别来成像，还可以利用磁共振技术，我有信心短期内解决它，只是，只是，科研经费……"

史处长和善地笑了起来，拍拍我的肩膀："这就好了。科研费？你别犯愁。这次把你们请来也给我以很大教育，使我懂得了保护文物有时比建设工程更重要！我已向上级报告，申请国道改线，保留这座古冢。你说的科研费不论多少都由工程部包了。我们有实力修国道还会没有钱保护这一代词人的墓葬、手迹和为她洗冤吗？"

"史处长，你真是位了不起的领导，我真瞎了眼，当初对你很不礼貌，还认为你是个马……小薛，大高，我向你们宣誓，我永远是李清照'专案组'的成员。我现在有个想法，我不但要使这本残书原貌重现，还要使那些碎片也起死回生。我要把每一碎片上的信息都提取出来，然后排列组合，渐渐拼成原璧。当然碎片数以万计，拼凑取舍的工作虽不可思议，但我可以开发出最高级的智能系统和神经元件来处理，只要再购一台超级光子计算机就可以了。我一定要使劫灰重生，我要把完整的20卷本的《漱玉全集》奉献给全世界的炎黄子孙！"

大高站起来，举起一只手："阿熊，说得好。我也是'专案组'的成员。阿熊第二步研究工作所需的设备、经费，由三〇一公司全部负责了。"

小薛喊了起来："谢谢你们。我们还等待什么？让我们立刻收拾行装

史处长搔搔光脑袋，又出了个点子："那么，你能不能提高这台仪器的性能，让它在白纸上也能辨出信息并成像呢？"

我从椅子上跳了起来，紧紧握住史处长的手："史处长，你的话太对了，启发了我，这台仪器是根据层面上各部位吸收和反射光束强度的差异来成像的。现在字迹虽然消失了，但写过字的地方纸质里的分子结构和空白区不同，信息依然存在，我完全可以利用这些差别来成像，还可以利用磁共振技术，我有信心短期内解决它，只是，只是，科研经费……"

史处长和善地笑了起来，拍拍我的肩膀："这就好了。科研费？你别犯愁。这次把你们请来也给我以很大教育，使我懂得了保护文物有时比建设工程更重要！我已向上级报告，申请国道改线，保留这座古冢。你说的科研费不论多少都由工程部包了。我们有实力修国道还会没有钱保护这一代词人的墓葬、手迹和为她洗冤吗？"

"史处长，你真是位了不起的领导，我真瞎了眼，当初对你很不礼貌，还认为你是个马……小薛，大高，我向你们宣誓，我永远是李清照'专案组'的成员。我现在有个想法，我不但要使这本残书原貌重现，还要使那些碎片也起死回生。我要把每一碎片上的信息都提取出来，然后排列组合，渐渐拼成原璧。当然碎片数以万计，拼凑取舍的工作虽不可思议，但我可以开发出最高级的智能系统和神经元件来处理，只要再购一台超级光子计算机就可以了。我一定要使劫灰重生，我要把完整的20卷本的《漱玉全集》奉献给全世界的炎黄子孙！"

大高站起来，举起一只手："阿熊，说得好。我也是'专案组'的成员。阿熊第二步研究工作所需的设备、经费，由三〇一公司全部负责了。"

小薛喊了起来："谢谢你们。我们还等待什么？让我们立刻收拾行装

史处长搔搔光脑袋，又出了个点子："那么，你能不能提高这台仪器的性能，让它在白纸上也能辨出信息并成像呢？"

我从椅子上跳了起来，紧紧握住史处长的手："史处长，你的话太对了，启发了我，这台仪器是根据层面上各部位吸收和反射光束强度的差异来成像的。现在字迹虽然消失了，但写过字的地方纸质里的分子结构和空白区不同，信息依然存在，我完全可以利用这些差别来成像，还可以利用磁共振技术，我有信心短期内解决它，只是，只是，科研经费……"

史处长和善地笑了起来，拍拍我的肩膀："这就好了。科研费？你别犯愁。这次把你们请来也给我以很大教育，使我懂得了保护文物有时比建设工程更重要！我已向上级报告，申请国道改线，保留这座古冢。你说的科研费不论多少都由工程部包了。我们有实力修国道还会没有钱保护这一代词人的墓葬、手迹和为她洗冤吗？"

"史处长，你真是位了不起的领导，我真瞎了眼，当初对你很不礼貌，还认为你是个马……小薛，大高，我向你们宣誓，我永远是李清照'专案组'的成员。我现在有个想法，我不但要使这本残书原貌重现，还要使那些碎片也起死回生。我要把每一碎片上的信息都提取出来，然后排列组合，渐渐拼成原璧。当然碎片数以万计，拼凑取舍的工作虽不可思议，但我可以开发出最高级的智能系统和神经元件来处理，只要再购一台超级光子计算机就可以了。我一定要使劫灰重生，我要把完整的20卷本的《漱玉全集》奉献给全世界的炎黄子孙！"

大高站起来，举起一只手："阿熊，说得好。我也是'专案组'的成员。阿熊第二步研究工作所需的设备、经费，由三〇一公司全部负责了。"

小薛喊了起来："谢谢你们。我们还等待什么？让我们立刻收拾行装

史处长搔搔光脑袋，又出了个点子："那么，你能不能提高这台仪器的性能，让它在白纸上也能辨出信息并成像呢？"

我从椅子上跳了起来，紧紧握住史处长的手："史处长，你的话太对了，启发了我，这台仪器是根据层面上各部位吸收和反射光束强度的差异来成像的。现在字迹虽然消失了，但写过字的地方纸质里的分子结构和空白区不同，信息依然存在，我完全可以利用这些差别来成像，还可以利用磁共振技术，我有信心短期内解决它，只是，只是，科研经费……"

史处长和善地笑了起来，拍拍我的肩膀："这就好了。科研费？你别犯愁。这次把你们请来也给我以很大教育，使我懂得了保护文物有时比建设工程更重要！我已向上级报告，申请国道改线，保留这座古冢。你说的科研费不论多少都由工程部包了。我们有实力修国道还会没有钱保护这一代词人的墓葬、手迹和为她洗冤吗？"

"史处长，你真是位了不起的领导，我真瞎了眼，当初对你很不礼貌，还认为你是个马……小薛，大高，我向你们宣誓，我永远是李清照'专案组'的成员。我现在有个想法，我不但要使这本残书原貌重现，还要使那些碎片也起死回生。我要把每一碎片上的信息都提取出来，然后排列组合，渐渐拼成原璧。当然碎片数以万计，拼凑取舍的工作虽不可思议，但我可以开发出最高级的智能系统和神经元件来处理，只要再购一台超级光子计算机就可以了。我一定要使劫灰重生，我要把完整的20卷本的《漱玉全集》奉献给全世界的炎黄子孙！"

大高站起来，举起一只手："阿熊，说得好。我也是'专案组'的成员。阿熊第二步研究工作所需的设备、经费，由三〇一公司全部负责了。"

小薛喊了起来："谢谢你们。我们还等待什么？让我们立刻收拾行装

史处长搔搔光脑袋，又出了个点子："那么，你能不能提高这台仪器的性能，让它在白纸上也能辨出信息并成像呢？"

我从椅子上跳了起来，紧紧握住史处长的手："史处长，你的话太对了，启发了我，这台仪器是根据层面上各部位吸收和反射光束强度的差异来成像的。现在字迹虽然消失了，但写过字的地方纸质里的分子结构和空白区不同，信息依然存在，我完全可以利用这些差别来成像，还可以利用磁共振技术，我有信心短期内解决它，只是，只是，科研经费……"

史处长和善地笑了起来，拍拍我的肩膀："这就好了。科研费？你别犯愁。这次把你们请来也给我以很大教育，使我懂得了保护文物有时比建设工程更重要！我已向上级报告，申请国道改线，保留这座古冢。你说的科研费不论多少都由工程部包了。我们有实力修国道还会没有钱保护这一代词人的墓葬、手迹和为她洗冤吗？"

"史处长，你真是位了不起的领导，我真瞎了眼，当初对你很不礼貌，还认为你是个马……小薛，大高，我向你们宣誓，我永远是李清照'专案组'的成员。我现在有个想法，我不但要使这本残书原貌重现，还要使那些碎片也起死回生。我要把每一碎片上的信息都提取出来，然后排列组合，渐渐拼成原璧。当然碎片数以万计，拼凑取舍的工作虽不可思议，但我可以开发出最高级的智能系统和神经元件来处理，只要再购一台超级光子计算机就可以了。我一定要使劫灰重生，我要把完整的20卷本的《漱玉全集》奉献给全世界的炎黄子孙！"

大高站起来，举起一只手："阿熊，说得好。我也是'专案组'的成员。阿熊第二步研究工作所需的设备、经费，由三〇一公司全部负责了。"

小薛喊了起来："谢谢你们。我们还等待什么？让我们立刻收拾行装

史处长搔搔光脑袋，又出了个点子："那么，你能不能提高这台仪器的性能，让它在白纸上也能辨出信息并成像呢？"

我从椅子上跳了起来，紧紧握住史处长的手："史处长，你的话太对了，启发了我，这台仪器是根据层面上各部位吸收和反射光束强度的差异来成像的。现在字迹虽然消失了，但写过字的地方纸质里的分子结构和空白区不同，信息依然存在，我完全可以利用这些差别来成像，还可以利用磁共振技术，我有信心短期内解决它，只是，只是，科研经费……"

史处长和善地笑了起来，拍拍我的肩膀："这就好了。科研费？你别犯愁。这次把你们请来也给我以很大教育，使我懂得了保护文物有时比建设工程更重要！我已向上级报告，申请国道改线，保留这座古冢。你说的科研费不论多少都由工程部包了。我们有实力修国道还会没有钱保护这一代词人的墓葬、手迹和为她洗冤吗？"

"史处长，你真是位了不起的领导，我真瞎了眼，当初对你很不礼貌，还认为你是个马……小薛，大高，我向你们宣誓，我永远是李清照'专案组'的成员。我现在有个想法，我不但要使这本残书原貌重现，还要使那些碎片也起死回生。我要把每一碎片上的信息都提取出来，然后排列组合，渐渐拼成原璧。当然碎片数以万计，拼凑取舍的工作虽不可思议，但我可以开发出最高级的智能系统和神经元件来处理，只要再购一台超级光子计算机就可以了。我一定要使劫灰重生，我要把完整的20卷本的《漱玉全集》奉献给全世界的炎黄子孙！"

大高站起来，举起一只手："阿熊，说得好。我也是'专案组'的成员。阿熊第二步研究工作所需的设备、经费，由三〇一公司全部负责了。"

小薛喊了起来："谢谢你们。我们还等待什么？让我们立刻收拾行装

史处长搔搔光脑袋，又出了个点子："那么，你能不能提高这台仪器的性能，让它在白纸上也能辨出信息并成像呢？"

我从椅子上跳了起来，紧紧握住史处长的手："史处长，你的话太对了，启发了我，这台仪器是根据层面上各部位吸收和反射光束强度的差异来成像的。现在字迹虽然消失了，但写过字的地方纸质里的分子结构和空白区不同，信息依然存在，我完全可以利用这些差别来成像，还可以利用磁共振技术，我有信心短期内解决它，只是，只是，科研经费……"

史处长和善地笑了起来，拍拍我的肩膀："这就好了。科研费？你别犯愁。这次把你们请来也给我以很大教育，使我懂得了保护文物有时比建设工程更重要！我已向上级报告，申请国道改线，保留这座古冢。你说的科研费不论多少都由工程部包了。我们有实力修国道还会没有钱保护这一代词人的墓葬、手迹和为她洗冤吗？"

"史处长，你真是位了不起的领导，我真瞎了眼，当初对你很不礼貌，还认为你是个马……小薛，大高，我向你们宣誓，我永远是李清照'专案组'的成员。我现在有个想法，我不但要使这本残书原貌重现，还要使那些碎片也起死回生。我要把每一碎片上的信息都提取出来，然后排列组合，渐渐拼成原璧。当然碎片数以万计，拼凑取舍的工作虽不可思议，但我可以开发出最高级的智能系统和神经元件来处理，只要再购一台超级光子计算机就可以了。我一定要使劫灰重生，我要把完整的20卷本的《漱玉全集》奉献给全世界的炎黄子孙！"

大高站起来，举起一只手："阿熊，说得好。我也是'专案组'的成员。阿熊第二步研究工作所需的设备、经费，由三〇一公司全部负责了。"

小薛喊了起来："谢谢你们。我们还等待什么？让我们立刻收拾行装

史处长搔搔光脑袋，又出了个点子："那么，你能不能提高这台仪器的性能，让它在白纸上也能辨出信息并成像呢？"

我从椅子上跳了起来，紧紧握住史处长的手："史处长，你的话太对了，启发了我，这台仪器是根据层面上各部位吸收和反射光束强度的差异来成像的。现在字迹虽然消失了，但写过字的地方纸质里的分子结构和空白区不同，信息依然存在，我完全可以利用这些差别来成像，还可以利用磁共振技术，我有信心短期内解决它，只是，只是，科研经费……"

史处长和善地笑了起来，拍拍我的肩膀："这就好了。科研费？你别犯愁。这次把你们请来也给我以很大教育，使我懂得了保护文物有时比建设工程更重要！我已向上级报告，申请国道改线，保留这座古冢。你说的科研费不论多少都由工程部包了。我们有实力修国道还会没有钱保护这一代词人的墓葬、手迹和为她洗冤吗？"

"史处长，你真是位了不起的领导，我真瞎了眼，当初对你很不礼貌，还认为你是个马……小薛，大高，我向你们宣誓，我永远是李清照'专案组'的成员。我现在有个想法，我不但要使这本残书原貌重现，还要使那些碎片也起死回生。我要把每一碎片上的信息都提取出来，然后排列组合，渐渐拼成原璧。当然碎片数以万计，拼凑取舍的工作虽不可思议，但我可以开发出最高级的智能系统和神经元件来处理，只要再购一台超级光子计算机就可以了。我一定要使劫灰重生，我要把完整的20卷本的《漱玉全集》奉献给全世界的炎黄子孙！"

大高站起来，举起一只手："阿熊，说得好。我也是'专案组'的成员。阿熊第二步研究工作所需的设备、经费，由三〇一公司全部负责了。"

小薛喊了起来："谢谢你们。我们还等待什么？让我们立刻收拾行装

114

回去，开始新的努力吧！"

史处长拦住了我们："我知道你们的心情，不敢挽留你们。但如果你们接纳我成为一名'专案组'成员的话，请允许我挽留你们半天。你们来后我还没有尽地主之谊呢。这样吧，今天我陪伴你们参观，晚上吃顿便饭，饭后我再陪你们去古墓凭吊一下，然后一起上省城休息，明天一早再启程吧。"

尾声

史处长的热情真令人感动，他陪我们参观了全城的名胜古迹，还让餐厅精制了几个真正的浙东名菜款待我们。晚餐后，他亲自驾驶轿车把我们送到古墓处，这时已月上柳梢头，万籁俱寂。

我们并肩立在已停工的公路边坡顶上，向黑洞洞的墓穴做又一次凭吊。我心潮起伏，思绪万千。我慢慢地伸出手臂指向夜空，像宣誓一样自言自语：

"伟大的爱国主义者，光耀千秋的女词人，易安居士，请您安心，我一定要依靠科学技术，洗雪你千古沉冤，还你清白身世，还要使你全部心血著作永传华夏。请安息吧！"

几缕凉风从丛林中钻了出来，树桠权咯咯作响，我仿佛听到一个贞魂的回音：

沉冤千载长夜呻吟洌

雪有望感戴鸿恩泉台

引首静候佳音诸君珍

重漱玉敛祉

……

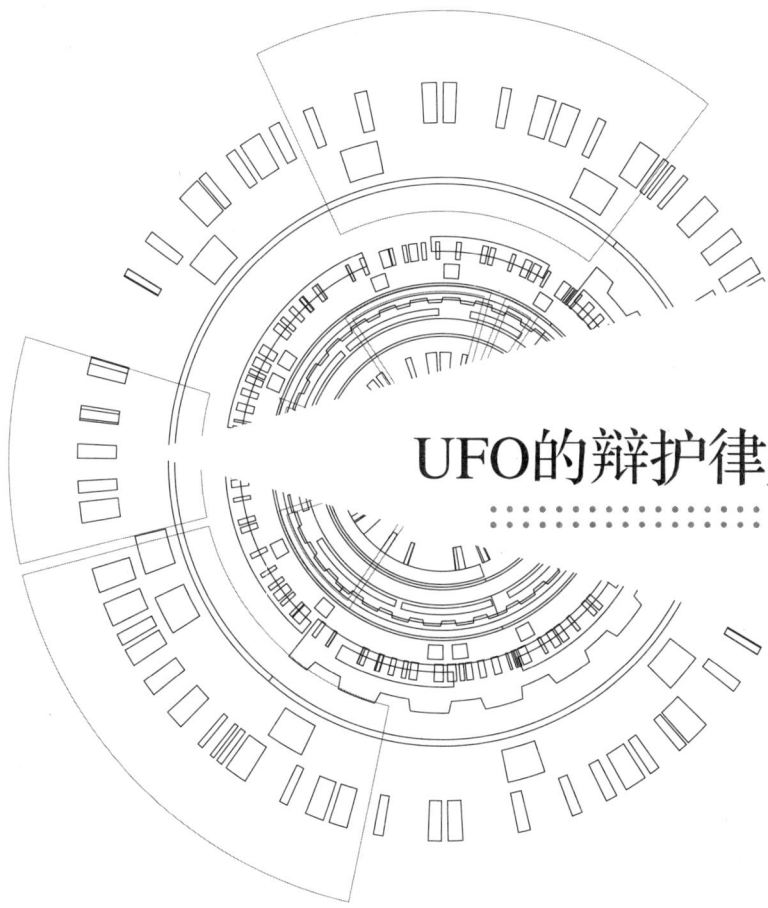

UFO的辩护律师

福尔摩斯接到了业务

向效福律师一清早又躺进大沙发里有滋有味地读起《福尔摩斯探案全集》来了。他自己也说不清已经是第几遍通读这部全集了，反正是温故知新，越读越来劲。

向律师绝对是全球头号福尔摩斯迷。他从小就对福尔摩斯崇拜得五体投地，发誓长大后也要当一名大侦探。在大学里他念的是生物化学专业（很遗憾，任何学校里都没有私家侦探专业），但"兼收并蓄"地选读了许多他认为与侦探有关的课程，包括电脑、数学、解剖、心理和法律，这使他花了7年才读完本科。他还潜心研究搜集各式各样的小发明、新技术、新工具，几乎变成一位万能科学家。毕业后他对职业百般挑剔，基本上没有合他心意的。最后他考取了律师资格，干脆开起私人律师事务所来。几年下来，凭他的惊人智慧和广博知识，真的打赢了几场著名的刑事官司，这使他名利双收，真有点儿中国福尔摩斯的味道了。这样，他更加着了迷：他搬到了一条少为人知的白克路上住，为的是和贝克街拉上些关系；他不惜斥巨资去美容院，并忍受皮肉之苦，垫高了鼻子——虽然据有心人的精密测量，垫高度仅2毫米，在常人的视觉误差范围之内；他还到古玩店里淘来了一个19世纪的旧烟斗，衔在嘴里——虽然那烟斗里很少填满过烟丝并被点燃；他居然还学拉小提琴——如果福尔摩斯的琴艺与他相似，华生医师是绝不可能作为邻居与之相处几年的。

向律师认为《福尔摩斯探案全集》博大精深，堪与中国的《易经》或《孙子兵法》媲美；他还建议成立"福尔摩斯学会"和创立"福学"。他得意地宣称，他和福尔摩斯前生有缘，要不然，为什么一生下来他爸爸就给他取了这个名字，岂不就是要他效仿福尔摩斯吗？其实他的大名原是向小福，以别于他的大哥向大福，把中国人的福禄寿喜与柯南·道尔的福尔摩斯扯在一起，恐怕他务农的老爸再投几次胎也不会想到的。

为了仿效福尔摩斯，向律师当然是独身了。他也雇用了一个小保姆，并称之为"管家"，他对管家能否烧好"鱼香肉丝"或打扫干净房间并不介意，但要求她必须能煮出一杯上好的咖啡——这些都着实引起小保姆的惶惑不安。向律师在钻研《福尔摩斯探案全集》的微言大义时，是绝不容许有人打扰的，因此，小保姆识趣地躲在厨房中忙自己的活，以致有人按门铃，响了一分钟也无人接应，最后还是大侦探起身开门。正当他要发泄怒火时，发现门口站的是他的同学兼好友、刑警队的雷思德队长，满腔不快顿时冰消。他殷勤地把这位"苏格兰场警长"请进房内，敬烟奉茶，自己也装模作样地衔起了烟斗。

"警长，大驾光临，有什么见教啦？"向律师满脸春风，期望警长给他带来令人兴奋的案子。

但警长皱着眉头，并不正面答复。他坐进沙发，顺手拿起茶几上的书："又是《福尔摩斯探案全集》，我想你已经能够把这部书从头到尾背出来了，还看？"

"可是我还不能倒背呢！"向律师拿回了书，小心翼翼地合上，好像手里捧着的是一个初生婴儿。

"我说老向，外面闹UFO，全城都变成UFO迷——应该说是飞碟迷了，你倒沉得住气，还在看这'劳什子'？"

"UFO？飞碟？我对那些'劳什子'才没有信过，也从没有感过兴趣。怎么，你改变初衷，也信起UFO来了？"

"我当然不打算相信啦！可是当UFO开始犯罪，并且绑架和伤害了我们的优秀科学家，我想不关心也不成了啊！"

"你在胡扯些什么？"向律师抬起头，注视着他。

雷队长注意到茶几上堆着几封未拆开的晚报，他伸手拿过一份瞄了一眼，用它敲打着茶几："看来你这几天连报纸都没看上一眼，外面那么大的事也不知道，光钻你的'福尔摩斯学'，可真是'两耳不闻窗外事，一心只读圣贤书'，佩服、佩服啊！"

"我忙着呢！"向律师带点歉意地解释，"柯南·道尔使福尔摩斯名扬世界，他是立了功勋的，但也有缺陷。最大的败笔就是他居然说福尔摩斯有许多失败的案子。这是胡扯，天下哪会有福尔摩斯侦破不了的案子！不可能，绝不可能，这是对他的极大污蔑。这可是个原则问题，我要提笔续写，为之平反。这半个月刚写完第一案'蒸发了的被害人'，解决了那个著名的'詹姆斯·菲利莫尔案'，回答了这位先生走进门后怎么会消失的谜。你不想看看？我认为这对你队里那些头脑简单四肢发达的同事们是颇有好处的。"

向律师递过一厚叠稿纸给雷队长，却被他挡了回来："看来我是找错了门，我想找个私家侦探帮我破案，却走进了侦探小说大师的门。"

向律师慌忙拉住雷队长，不让他起身："别这样，老朋友，办案和写作是相辅相成的嘛。出色的写作有助于破案，离奇的案子又提供最好的写作素材。你方才说什么来着？UFO杀了人？很好，这可是上好的奇案，请道其详，我非常有兴趣介入。管家，有客人来了，上咖啡啦！"他大声呼唤小保姆。

"事情是这样的，这些天，我们市里一直盛传出现了UFO——飞碟。有的人目睹了，有的人摄下了照片。据说UFO总是在早晨6时半左右出现在西北方向天空。这些我本来并不相信，也不在意，你知道我是不信邪的。可是，昨天清晨UFO又出现了，而且把正在高速公路上驾车行驶的贝院长、卫教授劫走啦，现在一人失踪、一人重伤，这不是奇事吗？局里让我办这个案子，我昨日忙了一天，没有半点头绪，这才上你这个福尔摩斯家来求助的啊！"

向律师猛吸了几口空的烟斗："贝院长？你说的是东亚气象研究院的贝爱仁？"

"除了他还有谁！他和卫明礼教授去年不是共同获得了国家科学大奖吗？这次听说在气象预报科学上又有重大突破，他俩带了两位助手一齐上京汇报，就出了祸事。是不是他们的超前发明危及UFO的安全了，所以外星人下了手？"

"UFO是怎么劫持他们的？你能不能说详细一点儿？"

"他们四个人分坐三辆车在公路上行驶，贝院长在前，卫教授在中间，两个助手在后。上午6点半光景，车子开到盘岛岔路口处，天空出现了UFO。两个助手在通话机中听到卫教授的叫声'天啊，我看到飞碟了……救命呀……'，然后就轰的一声，闪过一片亮光，附近几百米内都看不清东西，电子设备也都失效。等助手们清醒过来，前面两辆车已无踪影。他们慌忙报警，等我们赶到，发现这两辆车已经坠毁在200米外的空地上，完全解体成碎片，贝院长失踪，卫教授昏倒在地，至今还在大华医院抢救，昏迷不醒。事情经过就是如此。你要知道更详细情况，可以询问助手们，他们正在待命呢！"

向律师一跃而起："管家，快把我的百宝箱拿来，我要马上出发。"

他回头一望，似乎要招呼华生医师同走，但马上省悟到他尚未找到华生呢，就转向雷队长："老同学，你可搔到我的痒处了，这样的奇案我岂能放过。走呀，还等什么！"

寻根究底的大侦探

一小时后，向律师已坐在一辆银灰色的面包车中。同车的除雷队长和他的助手小王外，还有贝院长和卫教授的两位学生兼助理：戴铸守和冀正人。车子由小王驾驶着。

车中，雷队长热情地为向律师做介绍："这位是向效福律师，是现代的中国福尔摩斯。我认为他的本领其实已超过福尔摩斯。我们遇到困难，总是找他帮忙，而他也总给我们以出人意料的帮助。这一次，我们又找上他了，小王，你可得好好地向他学习！"小王嗯了一声，没有搭腔。

向律师听得心头热烘烘的，但仍忘不了谦虚几句："警长，你过誉、过誉。要说福尔摩斯，那是不可超越的顶峰。我虽努力学习，仍有'高山仰止'之感啊！我胜于他的只有一点儿，就是您说的'现代'两个字。福老先生办案的时候，他只有一只放大镜、一把镊子，再加上几样简单的化学试剂……这就是他全部家当。而我，沾了晚生200年的光，拥有和掌握的手段就比他多多啦，请看……"向律师打开他的百宝箱，里面塞满了古里古怪、形式各异的仪表和工具："这些宝贝，有的是我从高新技术市场上采购的，有的是我装配的，还有一些是自制的。有了这么多的现代化仪器，可以说没有一件发生过的事能逃得脱追索！这可是福老先生当年梦想不到的。但话又得说回来，离开他的科学分析和周密思考的道路，即使有了再高明的仪表也是一事无成的！"

"这是个电子词典吧？"小戴顺手取出一个仪器摆弄，却被向律师不太礼貌地拿回："小戴，别乱动。这'电子词典'里装有容量10000倍于《大英百科全书》的各类知识和资料呢，是个地地道道的万宝全书。现在还是个样品，再成熟一些，我要赠给公安局的，那将成为他们的有力武器。现在，请你们哪位把发案过程给我说说，雷队长只告诉了我大概的情况。"

两位年轻人商议了一下，冀正人清了清喉咙："那是在前天下午，卫教授忽然通知我们到他家开会，讨论去京汇报的事，我们就准时去了。"

"对不起，你没有完整和准确地告诉我情况，譬如说，他们是在几点几分用什么手段通知你的？卫教授家在哪里？'准时'又是什么时候？"

冀正人怔了一下，补充说道："前天下午5点30分左右，我已回到集体宿舍，卫教授打电话给我，说研究院接到紧急通知，要立刻派人去京，汇报我们在气象预报技术方面取得的突破性进展。贝院长决定由第一科研组的四名成员——就是贝院长、卫教授、小戴和我——在第二天去京。卫教授要我转告小戴，晚上8点整一齐到他家讨论有关问题。我马上找到小戴，我们在7点半从光华路集体宿舍出发，8点差10分到达卫家——明湖别墅8幢1号——这样清楚了吗？"

"谢谢，请说下去。"

"我们到后，按了门铃，服务员带我们进了屋。在客厅里，我们见到了贝院长和卫教授，讨论了有关问题。他们吩咐我们要带上哪些材料，还商定了汇报顺序和内容，并要我们在第二天——就是昨天——清晨5点准时到达高速公路市北进口处集合，因为已购妥早晨第一班航班的机票。当时我虽觉得有些突兀，但并不在意，因为毕竟只是一个普通任务。需要的资料都早已录成多媒体，不需要做什么特别准备，就一一答应了。"

"在讨论时，贝院长和卫教授还争论过一下。"小戴提醒说。

"啊，对了，我忘记说了。贝院长说，是否把A2号文件也带上。卫教授则强烈反对，认为这与汇报内容无关，也不成熟，不同意带。我也认为A2号文件与我们汇报内容毫无关系，用不着带去。贝院长也就不再吭声，看得出来他是不高兴的。这里有讨论时的录音，您可以拿去听。"

"太好了，我会仔细听的。请问你们是什么时候离开的？他们有什么吩咐？神情是否正常？"

"我们是9点光景走的。两位老师都站起身送我们，没有什么不正常啊。卫老师一再叮嘱我们要准点到达，一起出发。他说，他还要和贝院长再谈一些事。"

"他们住在一起吗？"

"啊？不，贝院长住在北郊丽春园，离明湖别墅有点儿距离。我们回到宿舍后，做了些准备。两人还在小客厅里闲聊了好一会儿，因为第二天黎明就要动身，到10点就各自回房休息了。"

"我们回房前还接到贝院长的电话呢。"小戴又提醒说。"贝院长的电话？他怎么说？"向律师十分关注。

"其实不是电话，贝老师给我们发来一条短信息，"冀正人解释，"大约是9点50分左右，电话机忽然闪光，有短信息传来，我收下一看，是贝院长从家里发来的，很简单，要我们把最近院里发的A2号文件也带上，怕我们已睡，所以发短信通知。当时我很奇怪，因为我方才说过，这A2号文件和我们要汇报的事毫无关系，风马牛不相及的。而且A2号文件只有几张纸，人人都有一份，他为什么自己不带，要专门通知我们带呢？10点后，卫老师也从他家里给我来电话，通知我带上A2号文件，我还问过他，带这干吗？他没说出道理，叫我照办就是，还发牢骚说，反正谁官大听谁的。看来是贝院长坚持要带，我也只好照办。"

"如果不涉及机密，你能告诉我你们要汇报的内容和A2号文件的情况吗？"

"这个，"小冀犹豫了一下，又向雷队长看了一眼，"去京汇报的内容是关于我们在'混沌理论'上取得的突破，以及'随机归心技术'在气象预报上的应用。向律师，我只能说这么多，说多了你也听不懂。至于A2号文件是我们研究院办公室发的'关于绿化研究院环境的计划'，是一份征求意见稿。我实在想不出这和混沌理论能扯上什么关系？"

"馄饨理论？"雷队长瞪着眼。

"雷队长，是'混沌'，不是吃的'馄饨'，"向律师好像猜出了雷队长的疑惑，"混沌是指一种事物系统中出现的运动状态，它虽然遵循简单的物理规律，似乎应当可以预测的，而实际上，由于在过程中一些不可避免的、极小的随机扰动影响会迅速增长，使系统的行为无法预测，像长期气象预报就是如此。相反，一支火箭的发射和运行就不是混沌系统，而是一种有序运行状态。混沌现象是一种极复杂的现象，能在这个领域中取得突破可真是了不起啊！它与研究院的绿化不仅不存在关系，根本不是同档次的问题。贝院长坚持要求带上A2号文件，这可是个难解之谜。"向律师沉吟着说。

"向律师，您对混沌理论很了解呀！"冀正人有些惊讶。

"根本谈不上了解，我是个万金油式的人物，知道几个名词，懂得些概念罢了。请你再说下去。"

"第二天，就是昨天早晨，我和小戴差不多同时醒来，我们发现都起迟了，我们的手表不知什么缘故都慢了半小时，起床时已快4点半了。这弄得我们很狼狈。我们匆忙盥洗了一下，胡乱吃了些干点，赶紧开车往高速公路赶。当我们赶到市北入口处，已经5点02分了。贝院长和卫教授的车已停在那里，他们都站在车门边等着。卫教授着实批评了我们几句，我们只好认错。后来，贝院长的车先驶上高速公路，卫教授紧随其后，我们也赶紧跟上。"

"你们戴的是什么老爷表？怎么会不准时呢？"

"我们的手表是研究院统一发的'紫金山'牌的，质量很好的，前天睡觉前还看过，好像没出问题，而早晨两个人的表都慢半小时，真是不可思议。"

向律师沉吟一下又问："你们坐的是什么车子？"

"我和小戴合用一辆院里的'长城'牌面包车，就是现在坐的这辆车，雷队长说坐这辆车去现场，更增加真实感。两位老师都有自己的车，都是崭新的'顶峰'牌高级轿车，这是他们去年共获国家科学大奖时政府奖给的。车子是橘红色。车牌也是专发的，牌号是特0001和特0002，少有的殊荣呀！"

"这顶峰牌轿车是我国研制的超世纪高级轿车，全塑环保型，不论是材料、结构、电机、驾驶监控系统都是一流的，空车重量仅300千克啊！1000万元一辆！"绰号"汽车迷"的雷队长补充介绍。向律师听说后拿起"万宝全书"点击了一下看了一会儿，点点头，接着问：

"你们到市北入口处，贝院长和卫教授站在一起吗？与你们隔多少距离？有什么异常情况？"

"他们的车都停在路口，卫老师的车在后，他就站在车门口，看见我们到了，就立刻挥手让我们停下来，并走了过来和我们说话。贝院长的车在前面，离我们大约有20米吧，由于卫老师挡着，我只模糊地看见贝院长也站在车门口。哎，小戴，你不是拍过一张照吗？还在吗？

"在，我是个摄影迷，相机是不离身的。"小戴边说边解下身边的数码相机，调出片子，取景框里出现了当时情景：在岔路口停着两辆橘红色的轿车，贝院长站在车门口，卫教授则在和小戴、小冀讲话。他把相机递给了向律师。向律师仔细端详了半晌，他的眼睛忽然张大了，闪闪发光，并把相片转录到自己的微电脑中："这张相片十分重要。小戴，感谢你做了件大好事。雷队长，我建议你保管好它，这可是重要证据！"他把相机交给雷队长和小王，让他们也仔细察看，又转身说："后来呢？"

"后来卫老师就进了车，并喊道'贝院长，走吧！'，他们的车就上了高速，我们也跟上。顶峰牌的车速可以达到很高的，当时时间还早，路上也没有车，老师们把车开得飞快，所以我不敢怠慢，虽然启动了自动驾驶系统，但仍手动驾驶，紧紧跟住。路上老师们还通过多通道对讲机和我们聊天——我们的车子都装了对讲通话机和自动驾驶系统的。"

"唔，请问你们谈了些什么呢？"

"小戴，你说吧，我在全神驾驶，没有太多分心聊天。"

"主要是卫老师和我们聊了些绿化问题，后来又提到UFO，他问我们相信不相信有UFO和外星人，我说我们是搞科学的，不相信。他好像有些不以为然。他说，有些事现在还不能用科学解释清楚，不好下结论。唉，想不到说到曹操，曹操就真来了。"

"有意思！那贝院长的意见呢？"

"那天贝院长很沉默，只偶尔插一两句话，喉咙也有些哑。他这个人本来是坚决不信UFO的，斥之为愚昧和伪科学，但那天好像也改了口，他说理论上不排除存在有高度文明的外星人的可能。我怀疑他们是不是在前天夜里看到什么了，所以都改了口。小冀，你说呢？"

"嗯，有可能。"

"我再说下去吧，后来在6点30分的光景，我们开近盘岛岔路口了。天空中突然出现了UFO，确实是一个发光而且飞行的碟子，我在车中看得清清楚楚，我们大为惊骇，小戴赶紧拍下了片子，车速自动地放慢了，就在这时，对讲机中传来卫老师的尖叫声'飞碟！飞碟……啊哟，老贝你怎么啦……不行……不行……放开我……救命呀……'，然后，老师们的两辆车离开高速公路，驶下岔道。那岔道是通邻县的，因为已开通新路，正在进行全面翻修，暂时不通行，不知为什么他们开了下去，我只好也跟下去。接着，前面闪出一道亮光，亮度极高，我们的眼睛一下子看不清，人也有些昏迷了。等清醒过来，车子已经停在岔道的路边，前面两辆车就不见了。我们马上报警，而且寻找老师们。我们发现在几百米外的草地上似乎有破碎的车体，赶过去一看，两辆轿车已粉碎性解体，卫老师昏倒在地，贝院长失踪。我们吓呆了，赶紧报警。过了一会儿，雷队长和小王就赶到了。这就是我了解的全过程，真太可怕了！"小冀说到这里，全身战栗了一下，就停住了。

向律师没有再提问，他眯着眼睛思索着。片刻，他注意到坐垫的缝里有个已破了的塑料盒，就抠了出来玩弄着："这盒子是干什么用的呀？是你们哪一位的？"

小戴和小冀都说盒子不是他们的，也不知道什么时候、又怎么会落在坐垫的缝里。向律师认真地检查这个盒子，又摸又嗅，最后用小刀切取了一小片放进百宝箱中，还详细询问了最近谁坐过他们的车。然后，他就闭上眼睛陷入沉思之中。

碎片中的信息

面包车开到盘岛岔路口时，小王熟门熟路地把车开上停车道停下。大家下了车。小冀环顾了一下，肯定地说："对，发生事故时，我们的车正开到这里，UFO在左边天空出现了。"他用手遥指一下，"当时，贝院长的车已到了岔路口，卫老师的车也靠近路口。UFO出现后，我们的车就自动减速了，接着就传来卫老师的惊呼声，他们两辆车就下了岔道，不久就闪出白光了。"他又用手向右边一指："那边稍稍高起的草地，就是发现车子残骸和卫教授的地方。"

向律师站在车边，向天空眺望了半晌，挥了一下手："去看看现场吧。"车子沿岔路开出两三百米后，路边出现了一块草地，在草地上散布着两辆轿车的零件与残骸。草地靠近公路一边处还好像被火烧过，一片焦黑。警方已临时在路边拉上铁丝网。小王把车停好后，带大家走进草地。那两辆轿车确实已经"粉碎性解体"为零星碎块儿，连轮胎和轮圈也分裂成几块儿散落各处。一块"顶峰—400"的标志牌，半插在土中。向律师立刻提了百宝箱趴在地上考察起来。他捧起一块碎片，研究上面的裂缝，抚摸边缘的棱角，还对着阳光照看两面，然后交给蹲在他身边的小王："小王，你对汽车的解体有什么见解？"

小王伸手搔了搔脑袋，接过了碎片："这两辆车真是粉身碎骨了。除了发动机和大梁还保留些原来样子外，已经散成一堆碎块儿。过去我们也办过炸车、烧车的案子，罪犯无论用多少炸药，也只能把车炸得变形，烧成漆黑，不会搞成这个样子的。看来外星人确实拥有更强大的破坏手段呀！"

向律师又捡起一块碎片交给雷队长："姑且不提外星人，如果地球人要把车炸成这样，该怎么做呢？"雷队长把碎块儿端详良久，指着表面的裂纹说："老向，顶峰牌轿车是用PL-21材料做的，强度极高。你看，这裂纹呈放射形，外表面宽些，里面细，碎片稍有些弯曲，似乎是受到内部爆炸压力破裂的。但是，如果是内部爆炸，按一般规律，只要车身有一个地方裂开，压力就释放了，不应该全身粉碎呀，你说呢？"

"警长，你的分析十分正确和重要。这说明：第一，车身是由于内部爆炸而毁坏的；第二，破坏前车身材料已发生了异常的变化。"他取过一块小碎片，用小锤子不断敲击，直到它再次断裂，"警长，请允许我带一小块儿进行更深入的研究。啊，这车子真可谓集轻巧、坚固、美观、经济于一体，了不起！"

"可惜这么好的车子竟化成一堆垃圾，这外星人真可恨极了，一定要绳之以法！"小戴恨恨地说，并指着一只散落在地的轮胎残体，"就是这轮胎也不是普通的，它是长城公司的专利产品，我表弟就在长城公司工作，他说他们生产的人造橡胶性能全球称冠，在普通车胎上粘上一薄层人造橡胶，跑10万公里都没事。"

向律师闻说就走向那只轮胎残体："这是左前轮啊，啊，小戴说得不错，这是一种特种人造橡胶。如果我没有记错，这种橡胶还有极好的记忆功能，它会告诉我们一些重要的情况。"他用小刀割下了一小块橡胶，用纸仔细包好，还在外面写下"左前1"的字样。接着又遍地寻找，把另外三个车轮的碎片都寻到，各取一些，放进百宝箱，还招呼小王："小王，请你把另外一辆车的四个轮胎也找到，都取一小块碎片来。"

小王以怀疑的眼光看着"福尔摩斯"的一举一动，听到呼唤后才有点勉强地去寻找另一辆车的轮胎碎片。但那辆车的右后轮飞得较远，落到一条溪沟的陡坡下面了。小王认为轮胎都是一样的，没有必要爬下溪沟去取，向律师立即拉下脸来发话："这哪儿成！办案子必须一丝不苟，不能偷懒。右后轮胎的碎块儿非找到不可，你不愿去，我自己去。"小王无奈，只好半走半爬地下到沟底，取来一块碎片，暗地里着实把向律师骂了个够。

向律师趴在地上把碎块儿一片片检查一通，小王也无目的地掏摸着。他从土堆里抠出了一个小小的密封盒子，端详半天不明内容，就递给向律师辨认。向律师读出盒面上的字后，不禁失声："小王，这是这辆车的TMR啊……怎么，你不懂？TMR就相当于民航机中的黑匣子，它是汽车上的黑匣子，只配备在最高档的车上，我也是刚从万宝全书上获知的。这里面藏有多少重要信息啊，太好了。现在我们不妨先听一听出事前的录音，这是最简单和原始的信息了。"他从百宝箱中摸出一个放音机，连接在黑匣子上，调弄了一下，放音机中果然播出汽车行驶的声音，车中播放的乐曲，卫教授和小冀、小戴讲话的过程，最后则是卫教授的惊呼声，闪光时伴随出现的噼啪声，车子腾跳声，然后是汽车的刹车声，开门关门声，最后发出巨大的爆炸声，就归于寂静了，众人听得面面相觑。向律师把黑匣子郑重地递给雷队长，嘱咐他送到专门部门去解译，并把结果告诉他。雷队长真的钦佩了，他接过黑匣子拍拍向律师的肩："老向，真有你的，你真是个万能科学家！什么都懂：天地生、数理化、文史哲、政经法……比当年的诸葛亮和福尔摩斯厉害多了。我们马上送去破译。小王，你到那边去，找一找另一辆车的黑匣子，一定也在那里的。"小王慌忙狗颠屁股似的跑了过去，掏摸起来，不长时间，果然也找到另一只黑匣子。向律师拿来用耳机听了一下，点点头，也把它交给了雷队长。

他们又走到草地的东南角。小冀和小戴说，卫教授就是昏倒在这里的。向律师详细询问了卫教授当时的情况，还俯卧在地上模拟一下，然后就在附近的草堆里搜寻着，时而拔掉几棵草，拍下几张照片。然后，向律师站起身来估量从汽车残骸到这里的距离，并来回地踱着步，蹲在地上研究着，连经验丰富的雷队长也不理解他在搞什么花样。

最后，他们来到草地边缘靠近公路的地方。这里大块草地都被烧焦了。向律师又伏倒在地拔草、挖泥，连摸带嗅地调查了良久。

损坏了的浴缸

第二天，应向律师的要求，一行人又到贝院长和卫教授的家中去检查，还去医院探望治疗中的卫教授。由于这两人都是国家级的科学家，承担着机密的研究工作，雷队长专门开具了检查证，而且在安全部的一位金处长的陪同下，才进入他们的家。

他们首先去了贝院长的家。这是一幢两层楼的小别墅。贝院长的夫人在数年前已逝世，贝院长与父母、儿子和两位服务人员住在一起。他父母和一位保姆住在二楼，贝院长和儿子住在底层，儿子平日寄宿在学校里，假日才回家住。一位男工人老张住在门口的工人房里。地下室里则是车库和储藏间。

车子驶抵贝家后，老张前来迎接。金处长出示证件和说明来意后，老张客气地开启车库门，引导他们把车开进车库并陪他们上一楼。向律师抓紧时间和老张聊上几句，询问贝院长的生活规律和星期二晚上回家以及星期三早晨出门的情况。据老张讲，贝院长为人极为严格，办事认真，生活规律。只要不出差，早晨准六点起床，七点驾车去院办公。由于经常开会、加班，晚上回家时间不定。如回家较晚，一般有电话通知家里，家属、工人不必等候，可以自行休息。那大门和车库门都是智能门，能识别贝院长的车，可自动开启和关闭。其他的车子则非经老张认可是绝对闯不进来的。

星期二那天下午，贝院长有电话通知，因需在卫教授家开会，回家较迟，不必等候。实际上，贝院长的车子是在9点3刻左右到家，老张刚刚躺下，听到车子驶入。第二天贝院长离家特别早，老张5点30分起来后，看到车库门口的记录器上显示贝院长的车在4点钟就开出了，显然是因出差的关系。向律师把老张的话全部录下，并自言自语："4点钟就开出？这里到高速公路市北进口处很近，只要几分钟时间，用不着这么早出发呀，这段时间，贝院长干什么去了？这可是个问题，小王，你得记下。"小王只是嗯了一声，没有说话。

他们把车停在车库中，跟着老张由台阶走上一层的客厅。贝院长的父母、儿子和保姆默坐在厅里。他们都由于贝院长的失踪十分忧伤担心，两位老人的眼睛都红肿得厉害。雷队长他们不得不尽力劝慰，并承诺一定尽快查明真相，救回贝院长。然后他们进入书房检查。书房很大，贝院长回家就在这里工作。沿墙排满了书柜书架，分门别类整整齐齐地列好各种书、刊、文献、资料和原稿。一只保险柜显然是存放重要资料和物品的。写字台也很大，排列着办公用具、待办文件、卷宗、手稿和一台"五合一"（电话、传真、录音、录像、短信）。旁边的计算机台上是一台最新的电脑和各种附属设备。这里几乎是他的第二办公室。

向律师先注意检查那台"五合一"。他调出了最近的各项来往通讯记录研究，又端详了一会儿机器表面，回头问保姆："小姑娘，这书房是你负责打扫的吗？"在得到肯定的答复后，他又指着机面上的一个按钮说："那么你的工作质量还不够好啊，这地方可没有擦干净啦！"原来按钮旁边有一小块蜡烛油似的污垢。保姆顿时面红耳赤："我怎么没有看见？什么时候弄上去的呀？这里又不点蜡烛。"向律师微微点了点头，用小刀刮取一些，用纸包妥，放进百宝箱。小王暗地里说了声："吹毛求疵！"

然后向律师仔细检查了文件和资料的类型、排放顺序，特别对目录、提要、简介之类的东西看了又看。他从行政文件目录中找到了A2号文件，标题确实是关于绿化环境计划的征求意见稿。他沉吟了一会儿，又在技术卷宗和科技报告简介卷宗中搜索起来。他先取出目录单阅读，但那目录是用密码写的，表面上看是一堆毫无意义的符号。

看到他惊奇的样子，小冀就解释说："贝院长研究的许多课题都是保密性很强的，所以报告内容写好后，都换成密码印刷。需要阅读时，要把报告放在阅读机中，另外放进一张解码盘，启动解译程序，才能阅读。"

"那么谁拥有解码光盘呢？"向律师问。

"文件密级不同，解码光盘也不同。一般性的机密文件，以及一些简介、目录、索引性的文件，可以利用资料室的解码光盘阅读。高层次的文件，其解码光盘就放在保密室里，要按一定批准手续阅读。至于正在进行中的研究课题，有一些中间成果或未定的报告稿，就由研究员自己设置一套密码锁定，只有他们本人才能读出。这样，即使文稿被窃，别人也难以破译的。待文件审定后，再换成统一的密码。像这目录上用黄色印的报告都是未定稿。"

"金处长，为了侦破需要，我可能要求读一读某些文件的目录或报告的简介，请你同意。"向律师提出了要求。

金处长思考了一会儿回答说："如果是侦破必需，当然可以考虑，但要首先征得研究院同意。"

小戴笑了起来："如果只看看目录和简介，这些都属于一般性机密级，只要得到院办公室同意，就可以去资料室阅读的。外单位只要有司局级的介绍信，我们办公室都批准的。老实说，保密课题的技术很深奥，光看看标题和简介，是泄不了什么密的！"

"尤其是我们这种外行和万金油式干部！"小王有意补充一句。向律师毫不在意，微笑地说："那就太好了，我明天带了公安局的介绍信来，小戴，请你帮我去办公室办一下手续。"

然后他们去看了一下贝院长的卧室，卧室的布置非常简朴，只有一张床、一个床头柜，柜上一部电话、一只台灯，另有一个立柜和一台小电视机。据小保姆讲，贝院长每日早晨6点起床，保姆给他准备好简单的早点。他一般6点15分去餐室用餐，6点50分去车库。星期三那天早晨，他卧室门口"请勿打扰"的灯一直亮着。保姆觉得异常，敲门不应，开门进去一看，他已经走了。向律师听了问道："你觉得这有些不正常吗？"

"很不正常，"小保姆肯定地说，"先生做事是一丝不苟的，一起床就会把请勿打扰的灯熄掉，从来没有出过差错。看起来那天他好像走得特别匆忙，房间里也很乱。"

"是吗？请你详细说说。"向律师的兴趣上来了。

"先生平日起床后，会顺便把被褥整一下，拖鞋也放回鞋柜，这是他的习惯。而那天早晨，被子乱成一团，拖鞋也东一只西一只，简直好像跟人打了一架！"

"这确实是不正常。"向律师表示同意，回头向雷队长说，"雷队长、金处长，我对贝院长家的调查很满意，我已取得许多重要信息。如果你们没有更多问题的话，我们是不是可以到卫教授家中去看看了。"

卫教授的家要简单得多。卫教授还是单身，也无家人或工人同住。他雇用了两个小时工，每天定点来做清洁工作。他占用了一幢三层别墅的整个底层和地下室——他与楼上的邻居也是"老死不相往来"的。底层有一个很大的客厅和三间居室，作为寝室、书房和储藏室。地下室中有车库、工具间和卫生间。地下室显得阴暗破旧，和地上房间的精致装修很不匹配。

他们到卫家后，照例也询问了门口的值班工人。工人也证实星期二晚上卫家有人在开会，9点左右有两个年轻人离去，后来又有一辆红色轿车离去，以后就没有车辆出入了。工人是10点关门休息的。

卫教授的客厅和书房中的情况和贝院长的也差不多，但要脏乱得多。向律师在客厅中主要检查了茶几上的咖啡杯，然后详细检查了书房中所有文件。由于放置零乱，向律师很花了些时间。那份A2号文件也在其中。在向律师的坚持下，金处长还同意请了锁匠打开保险柜的门，让向律师把柜内的文件也检查一遍。好在文件多是用密码印的，不怕泄密。小王极不耐心地等着向律师检查每一份文件的封面，心中暗骂："装模作样，浪费时间，我就不相信你看得懂！"

好不容易等向律师查完了文件，大家又到地下室察看。在下台阶时，向律师捡起了一个衣扣，摸了一会儿，放进了口袋。车库是空着的，工具间很大，设备齐全。小戴解释说：卫教授是个既动脑又动手的人，这地下室也算是他的一个实验室。向律师注意到其中两只大钢瓶——似乎是氧气瓶。他捉摸了半响："这不是普通的氧气瓶，再说，卫教授要这么多氧气干什么？难道他要在地下室装配汽车？"没有人能回答他的问题。在走进卫生间以后，他又注意到一台挂在墙上的强力排风扇："这么大的排风扇，这可不是用在卫生间里的呀！"他又在房间的角落里找到一件御寒服："啊呀，卫教授是不是打算去南极考察啊，竟准备了这么厚的冬装！"

但是最引起他重视的还是墙边的一只很破旧的大浴缸，浴缸表面的瓷都已破裂了。向律师敲敲浴缸的边感叹道："我们第一流的科学家竟在这样的浴缸中洗澡，未免有失身份，这研究院也太不重视人才了。"

小冀红着脸争辩道："我们院对卫老师还是很重视的，上面有一间淋浴房呢，这浴缸是洗洗墩布和杂物的。不过我上次来的时候，浴缸好像还没有这么破，不知怎么搞的，现在破成这样了。"

小王有些听不下去："向律师，我想浴缸新旧和案子没有什么关系吧？"

"是吗？但愿如此。"向律师拧开水阀，向浴缸中放了一点儿水，然后打开出水阀。水位下降得很慢，似乎下水道有点儿堵塞，向律师用皮撅子抽了一下也未见起色。等水排干后，缸底上有些未冲尽的粉末，向律师用手撮着，又用小刀刮取了一些，也郑重收藏起来。

接着，他又在缸底下取出一只哑铃："哎，这间卫生间真充满了谜，浴缸下面会有哑铃，而且还是一只！"

"工具间里还有一只呢！"小王鄙夷地说。

"啊，当然了，这样就配套啦。小王，你的观察很仔细呀。不过，我想请你解释一下，为什么要把一只哑铃放在浴缸底下呢？"

小王语塞了，但口中还强词夺理地咕噜着："谁知道，也许卫教授要躺在浴缸里练一只臂膀呢！"

最后他们去了大华医院。据主治大夫介绍，卫教授已清醒过来了，但身体还十分虚弱，不能讲话，拒绝他们访问。大家就没有进病房，只在窗外看了一下。护士正在给病人输液采血，向律师要求给他一点儿血样，他要研究。

雷队长陷入窘境

    雷队长又一次来到白克路的向律师家中。后者正在全神贯注地做着"化学实验",甚至忙得来不及起身招呼一下,只说了一句:"啊哟,老同学,有什么新消息见告吗?案子调查得怎么样了?"

    "这正是我要问你的问题。老向,这两天你在忙些什么?打电话你都不在家,我心急如焚,就登门拜访了,想从你这里得到点儿启示,应付当前的困境啊!"

    "这些日子是忙了一些,"向律师承认说,"我去了研究院,阅读了好些论文汇编的目录和简介,大有收获。我还去了他们的人事处,承蒙那位处长吴女士的慷慨,让我看了一些人事材料。我还去了长城公司、汽车销售中心和医药中心,要来好些产品广告。另外还去过DNA检测站……哦,对了,我还打电话给贵局技术中心,催他们尽早提交黑匣子解译成果。说实话,那位接电话的小姐的态度真不怎么温暖,比卖汽车的小姐差多了,怪不得人们说贵局是门难进、面难看、事难办哪,我看还得添上话难听啊!"

    "对不起,这一定是小罗,她最近跟男朋友在闹别扭呐。不过,他们工作还是挺抓紧的,你看,这不是他们要我转交给你的两个黑匣子的全部解译成果嘛,里面有车辆的行驶过程详细资料、机件的运行数据……我们已初步分析了一下,似乎没有重要线索,你再研究研究,希望快点儿有个说法，这几天我真是度日如年啊！"

"啊，好极了，我正等待着这些重要资料呢。啊，老同学，短短几天，你瘦多啦。怎么啦，被狗仔队跟上了？要顶住，健康是革命之本……"

"你认为狗仔队是那么容易摆脱的！唉，老向，这几天我真累了，"雷队长叹了一口气，躺进沙发，点燃了一支烟，"你知道，现在UFO劫人案已满城尽知，上下震动。上面呢，查问专家组为什么不去汇报，要求澄清是不是真的发生了UFO劫人事件。社会上呢，谣言乱传，越说越离谱，愈传愈可怕，昨天网上甚至有人说已经看见外星人了，像一条大章鱼，还有说外星舰队已经布满太空，就要对地球发动致命攻击，搞得人心惶惶，商店不营业、学生不上课，旅游停顿、外商裹足。报社和电台的记者更是整天包围着我，要求提供最新情况，斥骂我们无能。市领导下了死命令，要求赶快查明情况，好从速向领导、向人民有个交代。我们怎么无能了？我们哪里拖延过？如果是一般案件，恐怕早已破了，但这是UFO啊！是外星人作案啊！怎么能怪我们？老向，你这个大律师兼大科学家在社会上还是有影响的，我们希望你快点儿站出来讲句话，说根据你的科学分析，这确是外星人作的案，不是地球人在目前水平下可以抓捕的，我们的日子就好过了。你别再去研究什么A2号文件，调查什么人事档案了，好吗？"

"我理解你的处境，但是很抱歉，你要我现在出来证实这是UFO干的事还办不到，证据不足……"

"还要什么证据啊，这不是在光天化日之下，许多人亲眼看到、亲身经历的事吗？你还要搜集什么证据？还要搞多少天？"

"我的调查工作已很有进展，也许不要再用很多天就可以结束了。不过我要遗憾地告诉你，我取得的成果不但不能证实案子是UFO干的，反而是有利于它的。我一定令你失望了。"

"什么呀，对这样一清二楚的事，你还要给UFO辩护？老向，我可提醒你，UFO是不会付报酬给你的！"

"任何被告在法院做出判决前都只是疑犯，都享有答辩的权利。我呢，也愿意为他们提供帮助，担任他们的辩护律师，不管他们是人是鬼，也不管他们付不付我报酬。只是，你们现在没有逮住疑犯，我们又怎么能在法庭上见面交锋？你们又打算怎么了结此案呢？"

"这确实是件难事。对于一般刑事案件，我们当然先通过侦破，逮捕疑犯，侦讯后再移交检察院和法院起诉与审判。但对这件案子，几乎是在众目睽睽之下发生的，而罪犯又潜逃到外星空去了，以目前的水平又无法逮捕归案，也无法移送检察院，又不能无限期地拖延下去，真不知应如何办才好。对于民事诉讼，必要时可以缺席审判。要不，就以情况特殊为由，对UFO来一个缺席审判吧！"

"老朋友，你怎么一口咬定就是UFO干的事，甚至还要来一个缺席审判。我不是一再向你说明，证据不足，甚至还有有利于UFO的事实吗？你怎么一点儿也听不进去。"

"老向，看来你真的要为UFO当辩护律师了。我本来是想利用你的声誉帮助我们向社会说明真相，早日让人们稳定下来，你怎么跑到对立面上去了，这太使我失望了。"

"如果我背离事实，把罪行强加给无辜的UFO和不存在的外星人，使人们永久处于外星人随时可以对人类进行劫持杀害的阴影下，你说这个社会能稳定吗？"

"那你究竟掌握了多少有利于UFO的事实？案子又是谁干的？请说出来也让我们开开眼界，好吗？"

向律师沉默了半响，抬起头望着雷队长说："我还需要一点儿时间。

这样吧，如果你们同意，我们不妨在公安局内部开一次'模拟法庭'。审判员、公诉人、证人都请你们担任，被告UFO只好暂时缺席，我来当它的辩护人甚至代理人。在这个虚拟的法庭上，如果你们有确切证据能说服我，我就公开向群众宣布，承认是UFO作的案。如果我能驳倒你们，那么请你们不要过早宣布是UFO劫持和伤害了人，而根据我提供的事实，重新立案办案。这样做公平吗？"

雷队长瞪着眼望着他，良久，才以干涩的声音说："那好，我报告局长，如果他们同意，就这么办。你得多准备点儿材料呀，看来你这个人是不到黄河不死心的。"

向律师哈哈一笑："主要还是你们多做些准备为好，不要阴沟里翻船。你们这些人是'不见棺材不落泪'的。"

在模拟法庭上的交锋

破天荒的"涉外（涉及外星人）模拟法庭"真的在法院内部秘密预演了。法官、书记员和人民陪审员一本正经地登场。金处长也到庭，雷队长是公诉人。被告UFO缺席，由向效福作为代理，进行辩护。还有几位领导和精选过的记者列席旁听。所有到庭人员都须承诺不得将任何信息向外透露。

公诉书长达20页，由雷队长宣读，指控被告UFO（包括其内的外星生物）侵犯中国领空领土，并犯下劫持、伤害人质和毁坏车辆的罪行，已触犯刑法，构成犯罪。

公诉书称：在6月21日星期三上午，贝院长、卫教授和助手们因公去京，分坐三辆汽车于5时到达高速公路市北入口处，从当时起到6时半止，车辆和人员的情况都是正常和良好的（雷队长出示了小戴5时在高速公路入口处所拍的照片，播放了黑盒子记录下的行驶中四个人谈话的录音）。在6时半，被告以目前地球人尚未掌握的技术飞临本市上空（雷队长出示了小戴当时摄下的照片和从别处征集到的照片），此时受害人的车队正驶到盘岛岔路口。被告又用目前地球人尚未掌握的手段，强迫车队驶下岔道，劫走两辆汽车和其中的人（雷队长播放了卫教授惊呼、求救的录音）。实施劫持时，发出闪光，使后面车中的两位助手暂时昏迷。在这段时间里，被告劫走贝院长，把两辆车和卫教授掷回草地，并将车身炸成碎片，卫教授也重伤昏迷（雷队长又放映了草地上的车辆残骸情况、医院中卫教授昏迷不醒的照片，并出示对冀、戴二人的询问笔录）。

公诉书最后认定：1.被告并非地球居民，在未得到对方同意之前擅自进入地球领域，构成侵犯星空罪，但因目前尚未制定星际公约和惩办条例，因此先保留今后提出进一步追究的权利；2.被告用不正当和暴力的方式劫持地球人，导致一人失踪、一人重伤，触犯了地球上的侵犯人身罪，要求法庭责成被告立即放人并承担相应刑事责任；3.被告作案后潜逃星际，至今未能抓获，为了澄清事实、伸张正义，请求法庭作缺席审判，并责成公安部门继续缉捕归案，以正星法。最后还附带提出民事诉讼，要求被告赔偿财物损失和当事人的精神损失折合黄金10万盎司。

雷队长念完公诉书后，审判长敲了一下槌："被告代理和辩护人，你听清楚公诉书了吗？"

"清楚了。"

"你是不是同意对你的指控，有没有要辩护的话？"

142

"有。审判长，各位陪审员，控方方才宣读的公诉书，完全违背事实，所举出的各项根据，完全不足以定被告之罪，有的却足以证明其清白。现在我将提出确切的证据进行反驳，并请法庭根据我揭露的事实驳回公诉，宣布被告无罪，恢复被告名誉。我不请求法庭当场释放被告，因为控方根本没有找到被告，他们也无从找到被告。

"首先，控方对所指控的对象——我的当事人——UFO（包括其内的外星生物）的提法，就是一个错误的、模糊的提法。既称为UFO，就是不明的对象，怎么就知道内有外星生物？相反，我有科学的根据可以证明UFO是由各种因素引起的一种空中光学景象。它的生成、运动和消失，是遵循物理学规律的，是可以认知和预测的，其中不存在外星生物。诉讼主体不对，控方在其后的一切指控都失去依据，从而完全不能成立。"

旁听席上有些骚动，审判长敲敲小槌："辩护人，请对你的说法提出论据。"

向律师从包里取出一本资料，经审判长同意后放在放映机上显示，并加以说明："这是贝院长家中书柜里一本《研究成果简介》中的一项，编号是'R号科研成果'。简介内容是用密码写的，我征得金处长同意后，用阅读机将它复原为中文，并复制了一份。请大家看屏幕，这项科研的标题是'关于大气中碟状旋转光学景象（UFO）的形成、运动和预测'，研究者是贝爱仁、卫明礼。报告正文在卫教授家中的保险柜中，当然也要通过阅读机才能读，而且内容十分深奥，要用到'混沌理论'，并不是我这样的万金油式人物可以看懂——也许目前只有两位研究者自己才能彻底理解。但这份简介足以说明UFO是什么性质的东西，而且研究者已经运用他们创立的模式，预测了今年我市上空将出现的飞碟现象。他们测定今年将出现5次，最后一次将出现在6月21日清晨。他们的研究报告是在去年完成的，而其预测和实际发生的情况完全一致，这是我国科学家的重大成就！"在屏幕上映出《研究成果简介》中最后的结论部分，果然和向律师说的一致。

雷队长和小王面面相觑，作声不得。向律师继续侃侃而谈："控方称星期三上午5时，在高速公路市北入口处，所有车辆和人员都正常和健康，直到6时半贝院长才被UFO劫走，这也完全背离事实。贝院长在这段时间内根本不在场，我至少可以举出两个证据说明这点。"此言一出，全场震惊。

"方才控方出示上午5时在市北入口处拍的照片，贝院长站在车边，辩护人不是也看了，并未表示异议呀？"审判长从震惊中开始恢复过来，问道。

"这张照片我也有，只是我比控方看得更仔细一些。"向律师取出照片，放进映射机，屏幕上又出现那张照片。向律师用激光笔点着贝院长的形象说："请大家注意，照片是在上午5时拍的，这时天已亮了，所有物件都在地上留下影子，只有贝院长没有影子，说明这只是个虚像，不是实物。我经过仔细分析，认定这个虚像是从粘贴在汽车上的两个小发射仪中发出的光线组合而成。"向律师用激光笔点了一下汽车上两个小黑块儿说："应该说，停车的位置选择得很巧妙，后面正好有一块背景，可以衬托出这个形象来。我在肇事现场破碎的车身上并未找到这两只发射仪，说明有人已将它取走。另外，这台全息照相机很高级，每一微点上都录下热量值，对它进行红外分析，每个人都因散热而留下形象，而贝院长位置处没有痕迹，也可说明这是个幻象。"

"这、这……"雷队长和小王张开了嘴，已说不出话。

"我还可提供另一确证。这是从破碎的轮胎上取下的八块橡胶碎片，是长城公司出品的，PL-21型塑料。这种人造橡胶具有记忆功能，它能记住一段时间内承受过的压力，由此可以算出轮胎受力值。我利用AE仪测定了每个轮胎所受的压力。贝院长这台车四个轮胎总承载力为315千克。我查到顶峰-400型全塑车的自重包括电池是300千克，贝院长体重可在体检表中查到是75千克，即使不计任何其他所带物件，车子全重至少应达375千克，其中差别无法解释，只能说明车子是空的！卫教授那辆车四个轮子总的受力为371.8千克，卫教授体重55千克，就符合常理了。另外，汽车黑匣子上也记有轮胎压力，虽较近似，也和上述结果符合。一切证据都说明在高速公路上行驶的第一辆车是空车，因此也根本不存在被告把汽车中的人劫走的事了。"

"我提问，"小王中气不足地举起手，"如果说贝院长不在车中，车子怎么行驶自如，在路上贝院长又怎么和后面的人谈话的？"

"你的问题不像是新世纪刑警所提的。顶峰牌轿车装有最先进的自动驾驶系统，可以按照预设的程序行驶和随机应变，也可遥控操纵。至于在行驶中几个人的谈话，你是否注意到贝院长的发言很少，别人问他的话他也不答，语气也很不自然，用不着进行细致的语音分析，也可判定是事先拼凑成的录音播放的。"向律师胸有成竹地播放车中对话的录音，又放了一段贝院长平时的谈话录音，果然听得出两者差异。

"现在讲到6点半的情况，控方所描述的过程，全是出于想象的虚构。我已查明，闪光是点燃一种特殊的发光剂形成，在第二辆车车顶残片上还留有发光剂燃后的遗留物。后面车中两位助手的昏迷，是有人在他们车中暗放了一个装有致幻剂的盒子，并准时遥控爆裂盒子，释放致幻剂所致。这是从盒子上割下的一小块儿，从黏附的残留物分析，我已测定它的化学分子式，它能迅速使人短暂失去知觉。盒子保存在公安局处，不难再做详细分析确定。"

"那么，卫教授发出的惊呼和求救声又怎么解释，也是伪造的吗？"审判长情不自禁地问。

"这只说明卫教授在那时候说了这几句话，并没有更多的意义。如果每个人说过的话都代表事实，这世界上就不存在罪恶了。现在我再解释下去。汽车不是被UFO劫持上天又丢回地上的，而是自行驶上草地的。两辆车的黑匣子都已找到，信息都已解译出来。里面记有行驶方向、高程和速度的全过程，沿时间做个简单的积分，我们就得到两辆车的行驶路线图。"屏幕上出现一张地图和两条曲线，"前一辆车从高速公路进入岔路，再在这里驶上草地，在6时32分51秒刹停。第二辆车也沿相似路线驶到这里刹停，时间是6时33分8秒。在6时36分两只黑匣子都受到极大震动而停止工作。我认为在这3分钟时段里，足够一个人从车子中走出来，关上门，引爆车内炸药，然后再跑到这个地方，俯卧在地，装成被外星人从空中掷下的姿态。至于车身为什么会被炸得粉身碎骨，这和PL-21型塑料的特性完全不符。我捡取了一块碎片，做了详尽分析，认定有人在它表面喷涂了一种强烈制冷剂，改变了材料性能，成为高度脆性材料，一旦受到强烈震动便会粉碎性解体。我在卫教授书房里找到一本介绍这种制冷剂的产品说明。"

"你是指卫教授……这一切都是卫教授干的？那，贝院长现在又在哪里？"审判长的语音已很不自然。

"这不属于我要辩护的内容，似也不属于'涉外'法庭的任务，而应该移交给正常的'涉内'公检法去办理。我相信我的辩护将有助于'涉内'的办案。总之，控方说被告以地球人尚未掌握的技术制造了这一案件，我提出的辩护说明这是由地球人利用他们掌握的最新技术制造了这一案件且嫁祸于被告。我请求法庭以事实为根据、以法律为准绳，宣布被告UFO无罪，恢复名誉，还它清白。"

审判长迟疑了片刻，问："控方对辩护意见有什么提问或异议？"

雷队长站了起来，他又一次陷入窘境。半晌，他吞吞吐吐地说："对辩方提出的证据，还要做进一步研究鉴定，现在提不出意见。"

审判长和陪审员们商议了一会儿，回席宣布："本模拟法庭经过合议，认为控方指控被告犯有劫持和伤害人质罪，证据不足。辩方提供的论据充足可信，法庭予以支持，故判定被告UFO无罪，恢复名誉。其他事项移转常规法庭审理。如不服本判决，可在半个月内向上级'涉外'法庭提出抗诉。"

回到现实世界

在"涉外模拟法庭"判决后不久，雷队长又一次来到向律师家中，向他承认经过几天来的调查落实，向律师提供的资料和论据都是正确的，案件性质起了本质性变化。公安局领导经过商议后，打算拜访向律师一次，进行恳谈，并听取他对下一步工作的建议。向律师犹豫了一下，就同意了，并商定在次日下午见面。

公安局刘局长、马副局长、雷队长、几位侦缉骨干和安全部的金处长都来了，小王则忙里忙外地做准备和服务工作。向律师也让小保姆准备了干点和茶烟迎接"苏格兰场"的朋友们。

会上，刘局长轻咳一声说明来意："向律师，这次UFO一案，有赖你的智慧和努力，得以显示真相，破除迷障，对我们帮助太大，今天我们登门拜访，首先就是来向你表示诚恳的感谢！其次呢，我们组织了一些骨干，特地上门受教，专程来学习你的思考和科学分析方法，提高点儿水平。第三呢，现在案情虽基本上已大白，但还存在好些疑点，在处理上更有些困难，我们也想来听听你的建议，你不会拒绝吧？"

向律师取下烟斗，谦虚地说："刘局长，您过谦了。这次案件的侦破，确实比较顺利，但那不是我一个人的功劳。我想，主要依靠两条。这第一条嘛，还是群众力量大。您想，如果小戴不在高速公路进口处拍下那么一张全息数码照片，我能发现贝院长只是个虚像、从而奠定以后一切推理的基础吗？如果小冀没有把星期三晚上讨论时大家的讲话全录下音来，我怕至今也解不开这A2号文件之谜。再说，是雷队长和小戴详细告诉我顶峰牌汽车和长城人造橡胶的许多特征，才触发我的灵感，想到可以利用材料的性能获得重要信息。还有呢，小王找到了那两只至关重要的黑匣子，当然更是立下大功的啰。"向律师从《福尔摩斯探案全集》中已领悟了不少关系学和社会学的精义，得体地把功劳分摊在公安人员身上，还不忘记提醒一句"这又离不开刘、马二位局长平时的培养"，因此在座的人个个满意，频频点头。刘局长高兴地说："向律师，你这才谦虚呢！那么请教你，你依靠的第二条又是什么呢？"

向律师嘿嘿地干笑了几声："这第二条嘛，还是要感谢柯南·道尔爵士和我的老师福尔摩斯大侦探了。事情也许是巧合，柯南·道尔要不是那样写，引发出我要为福老平反的念头，恐怕也不会这么顺利……"

向律师的这几句话却使众人陷入迷惑。他看到大家都瞪着他，便改变话题："这问题以后有空再聊吧，各位今天要我说点什么具体的呢？"

"向律师，就请你说说，你是什么时候且怎么会怀疑卫明礼的？又怎么一步一步掌握线索识破假象的，好吗？雷队长一开始就要我好好向您学习，可我没有利用好这个机会。"小王忍不住抢先发了言，他现在对向律师真是佩服得五体投地了。

"好孩子，你今后的机会多的是。要说在这个案子的侦查上，我比其他同志有一个优势，就是我从来不曾相信过有什么UFO和外星人，我一直认为所谓UFO是个可以查明的光学现象。所以当表面现象显示这是外星人干的事，舆论上也众口同声认同时，我仍然经常问自己一个问题：如果不存在外星人，这事又是如何出现的？所以在去现场的路上，当我看到小戴拍的照片后，就较快地发现贝院长只是个虚像。从那时开始，我已断定这是一件人为的阴谋，但还没有落实主犯。我想，主观上存在'这是外星人干的'想法，就等于自动解除了武装，也是影响许多同志取得成功的主因。

"小冀和小戴给我介绍星期二晚上开会和第二天早晨发生的情况时，我有两个问题疑惑不解。一个是：为什么两个年轻人都会睡过头半小时，两个人的表都会慢半小时，这显然是不正常的。那么是谁进行了干扰？如何干扰？目的又是什么？第二个是：贝院长为什么要求带上A2号文件？这是和上京汇报毫无关系的文件，这件事总得有个说法！

"第一个问题比较容易想出答案。讨论会是在卫明礼家中开的，因此最可能的就是卫明礼做的手脚。办法很简单，只要在他们的饮料中下些药剂。要知道，自从'超分子药物'问世后，现在已能精确控制药物在人体内的流动、吸收、释放、起效、排泄的过程。因此，我在卫家检查时，特别提取了各人咖啡杯中的残液，化验结果，果然在两个助手喝的咖啡中查出有'可控咖啡因'的成分。此外，卫明礼也容易在客厅中施加磁场，影响手表功能，这对他这位科学家来说，不是件难事。

"这样做的目的是什么呢？很显然，他要使两个助手在次晨很仓促地赶到高速公路入口处，而不能有多停留一会儿的时机。利用虚像骗人是容易露出破绽的。所以两位助手匆匆赶到路口时，卫明礼立刻向他们走去，挡在他们面前，示意停车，斥责他们。他们只能模糊看到贝院长身影，并立刻奉命进车上路。但已留下了贝院长站在车旁的印象，这正是卫明礼要达到的目的。

"关于A2号文件的问题，一直困扰我到最后。我反复放听小冀录下的讨论中各人的讲话，我发觉贝院长讲的是'把A2号报告也带去'，是小冀误解为A2号文件，我设想贝院长讲的是另外一份研究报告，但查遍资料，并没有编号A2的报告。后来我猛然想起，我去贝家和老人们闲谈时，发现他们都是南方人，是我的同乡。我们那儿的口音，R的发音极近于A2，于是第二日我立刻去研究院重新细查。虽然保密类报告从标题到内容都是用密码写的，但编号却正常。我很快查到有个R号研究报告，并征求办公室同意后在阅读机上读到了其简介。啊，这正是解释和预测UFO的报告，是贝爱仁和卫明礼合作进行的秘密课题，完成于去年底。我才恍然大悟，贝院长想把这一成就也带去汇报，但卫明礼要靠它作案并嫁祸于UFO，怎能同意呢。在贝院长书房中已不见R号报告，估计已被卫明礼取走。如果卫的阴谋得逞，他一定要设法把研究院档案室中的原件也销毁的，使UFO之谜不为人知，以掩盖他的罪行。"

"但是在那天晚上10点前后，贝院长和卫明礼为什么又通知我们把A2号文件带去呢？"小冀和小戴几乎异口同声地问。

"这与贝院长无关，是卫明礼的又一伎俩。当时小冀把R号报告误解为A2号文件，贝院长也未澄清，卫明礼后来想到可以利用它制造个假象，使人相信在10点前后贝院长和他分别在自己的家里。实际情况是，小冀小戴离开后，贝院长就昏迷了——他喝的咖啡中下了很重的药剂。卫明礼在'处理'了贝院长后，就驾了贝的车去贝家，上楼进房，在"五合一"机上写下短消息，按下发送钮，但用一滴延时胶粘住，要过若干时间才自动熔化，使按钮弹起发信。按钮上残留的'蜡烛油'可以为证。然后他取了文件，在卧室中制造了贝院长曾回来睡过的假象——只是他不了解贝的生活习惯，露出不少马脚。然后他关上门，下到车库，在汽车里做了些手脚，包括贴上发射仪，在自动驾驶仪中输入指令，破坏了车身的强度，再溜出贝家——估计是从后门出来的——打个的士，神不知鬼不觉地回自己的家，并打电话给小冀、小戴，通知他们带上A2号文件。总之，A2文件只是个道具，要人相信，10点光景他们两个人都在自己家里！"

"这台'五合一'机有定时发信的功能，卫明礼为什么要用定时胶，多此一举呢？"小王不解地问。

"唉，小王，卫明礼的目的是要使人相信，10点光景贝院长好好在家里发短信，如果用了缓发功能，就记录在电话里，被人一查，就露馅了。凡事都得多想一想啊！第二天的事也很好想象，清晨，卫明礼用遥控手段启动了贝院长的车，开出门来与他会合，再去高速公路。从黑匣子的解译资料可知，贝院长的车先开到梅岭广场，卫明礼也开到广场，然后一先一后，由卫明礼操纵，同去市北高速入口处。在那里，卫明礼选择和调整了贝院长车子的位置，也许还调试了发射仪，使形象逼真。然后就等着助手到来，共同驶向盘岛岔路口。

"卫明礼严格要求助手们在5点到达，因为只有这样他们才能在6时半飞碟出现时刚巧驶到盘岛岔路口——他选好的作案地方。到了岔路口并看到飞碟后，他按预定步骤，发出惊呼求救信息，将车驶入岔道，点燃车顶的发光剂，引爆助手车中他暗藏的塑料盒，释放致幻剂让助手们昏迷。然后他驾驶着两辆车，沿这条暂不通行的公路开上草地，分别停好。他下车、关门、引爆炸药炸车，还焚烧了草地边缘，掩盖汽车驶过的痕迹——其实还是留下许多痕迹的。我们如把从黑匣子里的资料复原出的汽车行驶线和录音配合放一下，几乎可以准确重现这一过程。最后，他找了个合适的位置，给自己注射了一针，再伏倒在地，完成了全套设计。

"我在现场的检查是有针对性的。我取得轮胎的碎片，以证明第一辆车中是没有人的；我取了一些车身的碎片，要证明材料已被脆化处理了；我寻找第一辆车车门处的残片，证实上面确有粘贴过发射仪的痕迹，那两台发射仪肯定被卫明礼掩埋或销毁了。第二辆车顶的残片上则留有发光剂点燃后的粉末。我在卫明礼卧倒处检查，那边留有很深的脚印，说明他是站了不少时间才倒下去的，而不是从空中被掷下来的；我还在附近找到一只空的注射瓶，知道他为自己注射了一种'超冬眠灵B'的药剂。我在贝家主要检查文件的目录、"五合一"机上的按钮和注意卧室中的异常，在卫家主要查咖啡杯的残液、地下室的浴缸……这样就事半功倍了。"

不幸的结局

向律师一口气讲了半个多小时，大家鸦雀无声地听他把案情一步一步地说清。在向律师停下来喝茶时，雷队长以不安的口气问道："那么，贝院长是留在卫明礼的家里了，卫明礼是怎么'处理'了他？听你口气是凶多吉少了？"

向律师沉默片刻，又喝了一口茶，阴郁地说："我实在不愿意把噩耗告诉你们，更不知如何去告诉两位可怜的老人和一位孤儿。但事实是无情的——这不是估计和猜测，而是有确切的根据，我们的一流科学家贝爱仁院长已惨遭毒手，不在世上，化为细灰了。

"那天在小冀、小戴走后，贝院长就昏迷了。卫明礼把他拖到地下室卫生间中。贝院长是个魁梧的人，卫明礼一定搞得筋疲力尽，在台阶上我还捡到一个从贝院长西装上落下的纽扣。他把贝院长放进大浴缸中，又从工具间拖来两只钢瓶，这不是氧气瓶，里面装的是液氮。丧心病狂的卫明礼把它灌入浴缸，贝院长的身体被接近绝对零度的液体浸泡，顿时完全脆化。我很难想象当时的情景，想来是烟雾腾腾，所以卫明礼换装了一台大马力排风扇，还穿上御寒服。最后卫明礼用哑铃把遗骸击成粉末，这已是不难的事，并用水冲走。现在下水道还不畅通，你们可以把它卸下，里面一定有尚未冲尽的灰，甚至有个别骨粒。在浴缸底也有些沉淀的灰，我已捡取一些，送去做DNA鉴定了，可以和贝院长的记录对比，我敢肯定一定完全符合。卫明礼一定对浴缸表面涂过一种防护剂，能抵抗极端低温，但缸身还是受到严重损伤。对于两辆顶峰牌轿车，卫明礼也在车内喷涂过某种低温材料，使之极度脆化，在承受剧烈爆炸时就解体为碎片。但究竟用了什么制冷剂，还有待分析碎片后确定。总之，这是一个精心设计、充分利用高新技术的刑事大案，看来卫明礼已经策划设计了很长时间。估计在去年底，贝院长和他完成R号研究，能够精确预测飞碟的出现规律后，他就开始设计这一计划。他一定有一个周密的行动计划，做了多次调整试验，最后决定利用去京汇报的机会实施，并嫁祸给UFO。我在研究院的人事档案中查知，卫明礼有个亲戚在京任高职，就是他们的顶头上司。卫一定向这位上级建议，安排一次会议，听取他们的汇报，而且采用临时通知、限期到京的办法，使下面仓促照办，一切都按照他的计划进行。"

大家沉默不语。半晌，金处长叹了口气说："卫明礼这么做图个啥啊？他现在已是和贝院长齐名的科学家了。据我所知，他平日与贝院长也配合良好，是一对好搭档，更无宿仇旧恨。他年纪又轻、后台有人、前景无量，他这是为什么啊？"

向律师又拿起烟斗玩弄："这个嘛，就不是科技问题而是心理学和社会学的问题了。我阅读了他们的档案，卫明礼在学术上确实已奠定了基础，但与贝爱仁比，他只能处在第二位。不论是学术造诣、道德作风，特别是群众口碑上，他都远逊于贝。如果卫明礼想做个真正的学者，以探索科学真理为人生目的，贝院长可以成为他的良师挚友；如果卫明礼有个人野心，贝院长就成为他必须扫除的障碍、必须消灭的敌人。因为他很清楚，只要有贝在，他就不可能是首席专家，不可能当上正院长、晋升为副部长甚至更高。研究院最近推荐副部级领导后备人选时，不是提了贝而没有他吗？科学技术再发展，也解决不了人的思想问题，甚至会被人利用，作为干坏事的手段。"

座中发出几声轻微的叹息。刘局长轻咳了一声，试探地问："向律师，通过你的补充介绍，作案人、作案动机、作案事实都很清楚了。我们也已掌握足够证据，可以申请拘捕卫明礼并移送检察院。但是我们上午刚从医院回来，卫明礼仍十分虚弱，时不时昏晕过去，根本不能离开病床——这不像是伪装的。医护人员还说，这外星人真厉害，把人折磨成这个样子。我们只能等他清醒和能下床时才能拘捕他。另外，上级领导找过我们，说到贝爱仁和卫明礼是当前我国该领域最杰出的学术带头人，现在一个失踪、一个重伤，要求我们千方百计寻回贝爱仁、抢救卫明礼，否则将带来不可估量的损失。实际上，贝已经死亡，卫犯了蓄谋杀人重罪，手段特别残酷，应当判处极刑。这一来，在学术上损失太大。我们商议后，建议在卫被捕后，指定你担任他的辩护人，希望你能帮他找一条活路，让他尽量坦白、立功，加上你的辩护，留他一个立功赎罪、发挥余热的余地！你能不能接受？"

这回轮到向律师沉默了。良久，他把烟斗丢在茶几上说："给卫明礼辩护要比给UFO辩护难上万倍呢。而且判决后果也可想而知，善有善报，恶有恶报，法律是无情的，上天是公正的啊。另外，我怕我没有机会给卫辩护了。要知道，为了把骗局演得逼真，卫明礼在倒地前给自己注射了一支'超冬眠灵'的针剂。这是最近研制出来内部控制的药物，也是一种超分子制剂，能使人在指定时间内陷入类似冬眠的状态。但卫明礼目前的情况显然已超过演戏的程度了。我到医药中心去调查过，卫明礼是拿了研究院和贝院长的亲笔介绍信去购买的，介绍信里说卫要进行一些特殊的动物试验，需要购买这一药物。医药公司的人说：超冬眠灵有A、B两型，分别适用于人和动物，后者强度大于前者10多倍。看来卫明礼误用了B型。我猜测，卫是从科学报道中知道有这种新药，并知道注射一针的有效期为3天。由于购买这种药需要单位和领导的介绍信，就佯称要做动物试验而骗取贝院长写了介绍信，但他不知道人和动物的药剂是不同的呀！这真是害人害己。医院里虽也给病人验血，没想到有这种情况，只做常规检查，就未发现真相。我带回一点儿血样，做了全化学分析，其中超冬眠灵的含量已超过常人最高耐量的10多倍。卫明礼很可能会死在医院里，即使保住性命，大脑恐怕也不顶用了。所以这不是我愿不愿意给卫明礼辩护的问题，而是我有没有这一机会的问题。"

刘局长的手机响了起来，局长取来听着，嗯嗯了几句，回过头来向大家说："向律师又一次说准了，医院来电话说，卫明礼已脑死亡，问要不要继续抢救，我看不必了吧。"一直正襟危坐着的金处长最后说："我建议我们回去协商一下，案情虽然清楚，但太特殊了，影响也极大。从全局考虑，是隐瞒真相，仍把一切推给UFO，以免引起社会太大的震动为好，还是把一切真相披露于众为好，我们要选择一个害处最少的方案，报上级批准执行。如果万一为了国家利益，决定隐瞒真相，那么作为纪律，知道情况的人严禁向外透露消息！"

尾声

向律师把众人送到门口道别，小王却留在最后。他悄悄拖住向律师低声问道："向律师，你说你侦破此案得助于为福尔摩斯平反，这是什么意思啊？"

向律师笑了一笑，拍拍小王的肩，也轻声说道："记得上星期四上午你和雷队长来这里告诉我案情时，我说过的话吗？我说我正在续写《福尔摩斯探案》。其中有一个叫'蒸发了的被害人'案，是华生医师作为福尔摩斯失败的案例留下的。我精心构思了案情，让那个被害者根本不在现场，人们看到的仅是罪犯巧妙构筑的一个假象。我仔细设计了案子的结构、罪犯的手法、福尔摩斯不信邪的侦破过程，凑巧竟和卫明礼案基本相符，这就使我工作起来得心应手啦！小王，看来冥冥之中还真有天意啦。"

"啊，原来是这样！向律师，如果公安部真的决定把案子推诿给UFO，那你怎么办啊？"

"我认为国家不会做出这样的决定，如果真出现这种情况，那就是卫明礼说的'谁官大听谁的'嘛。不过我会找人写一部《向律师探案集》的，这第一篇就叫'UFO的辩护律师'吧。"

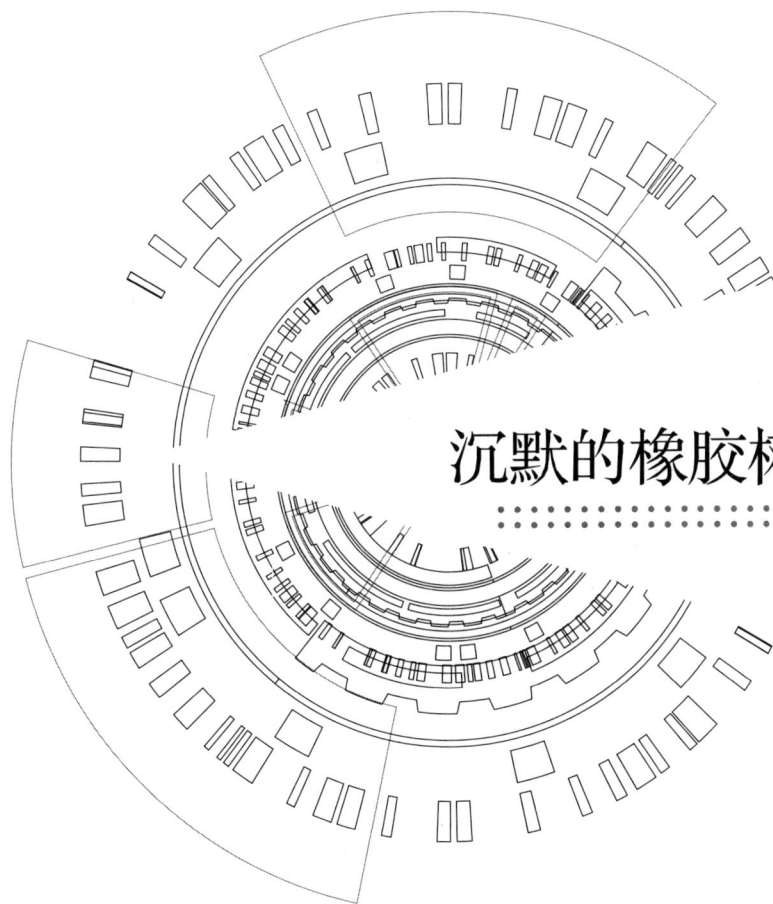

沉默的橡胶树

华生的登场

星期日上午，大华医院的华思恩大夫循例检查病房。查到c-5号病房时，发现病人不在房内，护士小苏正在清理房间。这小苏是他表妹，也是他介绍来医院工作的。兄妹相见，不免有一番问候。

"表妹，这病人上哪里去了？有什么情况吗？"华医师问。

"放射科来电话，让他去一下，马上可以回来。他没事，吵着要出院呢！表哥，你坐一下，休息休息。"小苏拉着表哥坐下，又轻轻一笑，"我看他是可以出院了，不过出了我们的院，最好再进精神病院检查检查，疗养几天。"

"这话是什么意思啊？"华医师拿起病历卡看了起来。

"这位向大律师啊，有点神经兮兮的，说话、做事钟点不太准咧。去精神病院休息几天，对他一定大有好处。对啦，他对你很有兴趣呢，不知怎么知道我是你表妹，就整天缠着我，探听你的情况。我真怀疑他要招你做女婿了，可他也大不了你几岁。要不然是个同性恋者，表哥，你得小心点儿。"

"有这样的事？他问我什么来着？"华医师大吃一惊。

"什么都问，比人口调查详细多啦！生日、祖籍、习惯、嗜好、学历、工作表现、有过什么奖惩、工资多少……甚至还问你平时看不看小说，喜不喜欢写文章，在大学里念了什么专业课，成绩怎么样……后来我可没有好脸色给他看，我就说你在大学里门门课都是满分，请他少操点儿心，他才不追问了……"

病人忽然推门而进，小苏赶紧刹住话题。向律师见华医师在房内，顿时满脸春风，和他热烈握手，又回过头望着小苏说："好个小苏，我对你不错啊，你怎么又在华医师面前编派我了，不太友好吧？"

"没有啊，谁编派你了，净瞎猜。"

"你们俩方才说得起劲，我来了马上打住，你还朝我看上一眼，又朝华医师抿抿嘴。我虽然不是福尔摩斯，如果从这样明显的事实里还得不出结论，那只能是智力有问题了。"

"向律师，既然你这么说，那我倒要问问你，你向小苏详细地调查我的情况，是什么企图？难道不怕我控告你侵犯隐私权吗？"

"啊，那你要败诉的。"向律师哈哈一笑，"要说我打听你的情况，理由也很简单。我在白克路220号二楼租了一层房子，作为我的办事处。我只要有三个房间和半个厅就够了，但那房东非得整层出租。我很喜欢那地方，房子又不错，只好认了。这样我就想找一个合住人。当然我得找个最佳人选。要知道，我这个人的脾气和生活习惯稍稍有些古怪，而且我对合住人的要求又很高，所以一直没有人中选啦！也是缘分，我因一点儿小病住进你们医院，第一眼看到你就认定你是个最佳对象，'一见钟情'嘛，当然不会轻易放过，要调查调查啰。可恨小苏这丫头嘴巴紧得很，我被她奚落已不止一次了。"

"原来如此，但是你相中的人不一定也相中你啊！再说，我看事情也没有那么简单。如果你只是找个合住人，干吗要查问我在大学里修过什么专业课，考多少分呢？甚至还问我平时读不读小说、爱不爱写文章？"

"好极了，你很善于思考，这正是我需要的，"向律师大为赞赏，"那我就坦白一点儿说吧，我不仅是在物色一位合住人，而且是在物色一位事业上的合作者，能支持我、帮助我工作的人。这样说，你该明白了吧？"

"对不起，我好像更糊涂了。你是律师，我是医师，在事业上有什么可合作的。而且我很讨厌你们这种道貌岸然的律师，为了赚黑心钱，闭着眼睛说瞎话，把死的说成活的，把黑的说成白的，净钻法律空子。我宁愿一辈子不和律师打交道。"

"律师不是个个都像你说的那么糟，正像医师不是个个都欺诈病人的一样。而且，实话告诉你，律师只是我的表面职业，实际上我干的是为蒙冤受屈的人伸张正义、平反昭雪的事。我是个私家侦探，就是福尔摩斯一类的人物。福尔摩斯需要个华生当助手，我也需要这样的助手。你看，我的名字叫效福，你的姓名读快一点儿就是华生，天作之合！天造地设啊！哈哈哈，你总读过《福尔摩斯探案》吧？"

"小时候读过一次，好像写得还可以，文采上差些，反正是过时货了，不如后来的什么《波洛探案》《凡士探案》……"

"《福尔摩斯探案》是侦探小说的鼻祖，福尔摩斯是侦探之王，'福学'博大精深，你怎么可以这样说！"听到他无限崇敬的《福尔摩斯探案》被华医师贬低为二三流作品，向律师不禁激动起来，但很快控制了情绪，"关于福尔摩斯的'伟大度'问题，可在以后商榷，你到底同意不同意我的建议？我认为我们合作后，一定会有精彩的探案集问世，风行一时，脍炙人口。譬如上次我侦破的UFO案子，如果你在场，用你的生花妙笔记录发表，销路肯定不错，版税收入大大的，比你干这个主治大夫工作要强多了。"

"UFO案？我看过新闻报道，那不是公安局刘、马局长和刑警队雷队长、王侦缉员的功劳吗？怎么变成你的成绩了？这版权到底属于谁家呀？"

"任何案子的侦破当然都是在局长的正确领导下，经过队长的精心研究，从蛛丝马迹中发现线索，又不畏艰苦千里追踪才捕获真凶的，还能有第二种写法吗？所以才需要你这位华生医师来记录事实真相啦！"

"我去听过UFO案的新闻发布会，"小苏沉吟着回忆，"虽然警方把主要功劳都归为己有，不过那位王侦缉员好像吞吞吐吐承认过，他说破案过程中得到过一位向效福律师的有益启发。"

"小王不错，比老雷有点儿良心！"向律师愉快地赞赏说。

"向律师，你的建议我再考虑考虑吧，或者找个时间先去看一下房子。"尽管华医师的口气仍有些犹豫，但向律师心中有数，他的搭档——华生已经找到，就要粉墨登场了。

一位同情第三者的妻子

8月2日下午，骄阳如火，天气酷热，家家户户靠空调过日子。思恩坐在计算机台前，兴致勃勃地读着网上新闻："效福，今天网上新闻丰富多彩，大青路的杀人案已破了，是妻子发现丈夫有了外遇，怒火中烧，处心积虑密谋杀害的，手段残忍极了。唉，我想天底下任何女人知道丈夫有外遇时，那心理一定都是很可怕的，天使会变成罗刹。在这方面，男人就理智得多，你说是吗？"

"这可不一定，案情不同，人与人也不同，有的女子就比男人还理智。许多男人发现妻子有外遇时也大动杀心的。"

"我敢说女人就是比男人心胸狭窄，我可以与你赌上一赌。"

"行啊。你说的这个案子我也注意过，情节太简单了，雷思德的胖脑袋就够用了，弄得本律师无用武之地。说真的，最近一直没有奇案出现，'嘴巴里淡出鸟来了'！"

"哎呀，说这话你不怕罪过！看来一个人的职业真影响他的思想和立场。卖棺材的盼望瘟疫降临，卖性药的巴不得人人得淋病，你这位大侦探就希望天天有杀人、绑票和强奸案发生了！哦，这里还有条最近的新闻，是个还没有破的案：橡树庄园案。网上说，两天前橡树庄园出了血案，一位太太被人用匕首刺死在一株橡胶树下，陈尸两天方被发现，群蝇乱集，惨不忍睹。死者还是位体育界名人的老婆呢。喂，你不想来看看吗？"

"一位太太死在那种地方，十有八九又是桃色纠纷引起的，一查就破，又可以为雷胖子添加吹牛和升官的本钱了，我可没有多少兴趣。只是罪犯选择这样的大热天作案，未免使我们的法医们受罪了。网上说死者是体育界名人的妻子，谁啊？"

"只说是鲍某之妻。"

"鲍某？一定是足球教练鲍甫了。我知道这个人。他的妻子被杀？让我来看看。"向律师从沙发上一跃而起，走了过来。思恩起身让座，自己走到窗边去眺望街景。

向律师仔细地读着网上的"最新消息"，又听得思恩叫道："喂，效福，你可能有生意来了，我看到有位女士从电车上下来，正向这边走来呢，一面走，一面还看门牌，我敢打赌她是来找你的。这真有点儿像当年英伦有人在贝克街上找福尔摩斯的味道，有意思，有意思。"

"亲爱的华生，请说说你的依据。"

"第一，这位女子不像是个家庭妇女，而是个白领阶层模样；第二，现在不是下班时候，可见她是请了假到这条白克路来的；第三，这里附近都是些小商店，只有你这位大侦探住在这里。我想一位白领丽人在大暑天请了假巴巴地跑到白克路，还抬头找门牌，不会是来买小商品的吧？"

"哈，思恩，你可比当年的华生强多了，楼下的电铃响了，我怕你的预测已变成事实了。管家！去开门呀。"

思恩的推测果然不错，几分钟后，一位身材娇小、面容惨淡的女子站在他们面前。她一面用手绢拭着额上的汗，一面焦急地问："你们哪一位是向律师，我有急事找他、求他！"

向律师推过一把椅子："夫人，请坐，我就是向效福，这是我的朋友和合作者华思恩医师，我们乐意竭诚为您服务。我猜想您是慈心医院的护士长吧？"

刚刚坐下的女子几乎跳了起来："你、你怎么知道我的？"

"啊呀，夫人，别激动，你身上一股药香味未散完，头发又有些向左斜——现在护士们戴帽子都喜欢这么斜一点儿，我的朋友又告诉我您是从电车上下来的。这2路电车从出发站到白克路口共三站，其中只有慈心医院是个大站。按照您的年龄和风度，又不会是个普通的护士，把这些事串起来，我就做了上述猜测，其实很可能猜错的。马路上电子算命先生的预测本领可比我要大得多呢。"

"不管怎么说，您是个聪明的人，又是个仗义的人，一定能帮助我们的，我没有找错人，我有希望了。向律师，请您救救我的丈夫吧，他是个多么善良的好人，现在公安局居然说他杀人，把他抓了进去！我快要崩溃，我要发疯了！"

"夫人，我又要猜测一下了，您先生牵涉到的事，是不是橡树庄园的案子啊？"

"正是，正是！向律师您真是先知先觉，我的辛仁有救了！向律师，您务必救救他，要多少报酬都行。他是连一只蚂蚁都不敢踩的人，怎么会杀人，这些警察简直是白痴，是疯子！"

"夫人，对一切蒙受不白之冤的人，我们都乐意伸出援助之手，请您先不要谈报酬的事，先把您知道的事情如实地告诉我们。我毕竟不是鬼谷子，能掐指算出前因后果。"

"噢，是的，是的，"女子竭力镇静自己，"我叫沈静，是慈心医院的护士长，我先生叫桑辛仁，是永恒公司的总经理。上星期他出席一次公司业务会议，会议地点在郊区，有几天不能回家。他在开会中去了橡树庄园和蒲敏会面。蒲敏就是那个被杀死在橡胶树下的女人。警方认为是辛仁杀的，把他给拘捕了，方才通知了我。我简直吓呆了，太荒唐了，辛仁怎么会杀人！连保姆宰鸡他都要躲得远远的，而且杀的是蒲敏！这怎么可能呢？"

"夫人，请允许我打断您一下，照您所说，是您先生在开会期间，瞒着您跑到橡树庄园和一位有夫之妇蒲敏去幽会，并惹上了人命案。姑且不说他有没有杀人，这种行为不符合道德准则啊！他有您这样一位贤惠关心他的妻子，还要在外面拈花惹草，真说不过去。而您知道他有了这种婚外情，仍全力为他奔波想办法，也值得佩服啊！"向律师说完，向思恩看了一眼。

"啊，不，不，情况不是这样的，这事说来话长，您让我静一静，让我把前因后果说清楚。"

沈静显然感到向律师对她丈夫的为人道德已有坏的印象，急于澄清，就滔滔不绝地说了起来。据沈静的介绍，事情经过大致是这样的：桑辛仁和蒲敏从小在一块儿长大，可以说是青梅竹马吧，感情本来就很好。两个人家庭都很贫穷。后来，他们都考上了大学，但都没有力量上学。蒲敏就放弃了上学机会，到一家歌舞厅去卖唱，用她的血汗钱支援辛仁读完了大学——SE大学的财经管理系。辛仁毕业后又顺利进入裕民银行工作，所以在桑辛仁心目中，蒲敏是一位神圣的恩人，口口声声称她为恩妹。

当时，他们也商议了婚姻的事。可是，不久就发生了银行金融违纪案。这案子完全是上层的头儿搞的，辛仁是进银行不久的小职员，本来与他无关，但案发后，那些头儿用重金收买办案人员，又利用辛仁的无知，竟把罪行嫁祸到辛仁身上，他被冤屈地判了十年徒刑。桑辛仁和蒲敏顿时受到了致命打击，但蒲敏不动摇、不死心，天天去监牢探视，说她相信他的清白，会等他的，还承诺会照顾他的老母亲。辛仁受不了横加的冤屈，几乎发狂了，他打了监管员，还想越狱，被加刑到无期。这样一来，辛仁和蒲敏的希望和前途全毁了。一直到裕民银行的黑幕全部暴露，所有罪犯被捕，案件彻底查清，辛仁才无罪释放。

他出狱后才知道，在他入狱期间，蒲敏全心全意安慰和赡养他的老母亲。老母亲患上绝症住院，蒲敏为了筹措医药费，竟不惜像卖身一样嫁给了一直在追求她的一个体育教练鲍甫。辛仁的母亲去世后，蒲敏还给她办妥后事。后来鲍甫一家迁移他省，蒲敏下落不明。辛仁知道这一切后，痛心、愤恨、委屈，最后倒下了，被送进医院。沈静就是在医院里认识了桑辛仁。沈静很喜欢他忠诚的个性，尽力地为他护理，慢慢地萌生了感情，5年前两人结了婚。婚后，桑辛仁无微不至地爱着沈静，但沈静总觉得他心中有一股隐隐的忧伤和痛苦，就不断盘问他。桑辛仁并不隐瞒，把一切都告诉了沈静。沈静很理解和同情他，也很感激和钦佩蒲敏。夫妻俩经常为蒲敏祝福。

如果事情到此为止，也无非在各人的心头留下一个旧创而已。不幸鲍甫一家又迁了回来，而且桑辛仁和蒲敏又见了面。如果蒲敏过的是正常和幸福的生活，那么他们见面后也一定会成为最好的朋友。谁知蒲敏过的竟是暗无天日的生活。鲍甫是个十分粗暴凶恶的人，把蒲敏当奴隶看待，家庭暴力司空见惯。鲍甫还有个妹妹鲍柔，简直是一条毒蛇，也不知和蒲敏有什么宿仇，兄妹两个联手欺凌蒲敏，肉体上的殴打，精神上的折磨，蒲敏是求生不得、求死不能，整天泡在泪水中。

沈静说："蒲敏确实是个好人。可怜她一辈子都为别人着想，牺牲自己，从来没有为自己想过什么，没有享过一天福。说来你们不会相信，她到现在没有一套像样的衣服，没有一件贵重的首饰，一双旧皮鞋穿了多少年，还是我买了双'玛丽亚'牌高跟鞋送她的，她还嫌太贵了，从此又是一穿几年不换。上个月来我家，她把一只鞋的后跟跌断了，舍不得丢，削了根木头，钉一钉继续穿。她真是个好人、完人。蒲敏这么一个好人落到这么一个下场，而且这一切都是由辛仁造成的，你们想他是个什么心情？就这样，他们重逢了，而且相会了，蒲敏肯定向辛仁诉说了她无穷的苦痛和创伤，辛仁也一定给了她深情的安慰和劝解。他们的来往我多少也知道一点儿，我并不妒忌和干预，我是相信这两个人的品德的。当然，这一来事情就多起来了，风言风语流传，说他移情别恋，说他养了第三者。在推荐市政协领导干部时，有人就散发他的'绯闻'，我都一笑置之，直到鲍甫骂上门来，还声称要用武力解决问题，并对蒲敏大打出手，几乎要了她的命。我感到不能再这么下去了，要求辛仁做个了断，否则对谁都是灾难。辛仁决定再找蒲敏谈谈，要她下决心提出离婚起诉，我们将为她聘请最好的律师，提供全部费用，一定让她脱离魔掌。而且我们还说，蒲敏离婚后就住到我们家来，我会把她当作最亲的姐姐看待。所以辛仁就在开会时找蒲敏出来'幽会'了，实际上是商量诉讼的事。向律师、华医师，你们说，辛仁会杀害蒲敏吗？太荒谬了啊！"

向律师和华医师静静地听她倾诉着。半晌，向律师干咳一声，承诺说："夫人，我们从直觉上相信你说的一切都出自真心，当然有些细节还要核实。我们同意作为你丈夫的辩护人。另外，我们也将对案情进行调查，帮助警方弄清事实。请您相信我们，并在这份委托书上签字。"

沈静在委托书上飞快地签下了名字，然后如释重负地站起身来："感谢你们两位，现在我感到有了希望和力量，我要马上通知辛仁，谢谢！谢谢！"她艰难地、摇晃着走了几步，但突然又口吐白沫倒了下去。思恩惊呼一声，急忙上去搀扶检查。一会儿，他回过头来说："效福，快叫救护车，马上送她去医院。"

精神崩溃的犯罪嫌疑人

向律师和华医生坐在雷队长漂亮的办公室里，后者热诚地招呼着他们："尊敬的贵宾们，看到你们驾临真高兴啊！最近一切顺利吧？"

"平淡极了，老同学。不像你啊，最近一口气破了好些案子，名扬四海。快升官了吧，拿了多少奖金？怎么不请我们撮上一顿？"

雷队长满面春风："好说、好说，除了大青路那个命案外，又办了两个小案子，都是小偷小盗，所以也没有来惊动你的大驾。最近又出了件命案，案情也很简单，不值得你动脑筋啦。"

向律师接过雷队长递过来的香烟，用手捏着搓弄："你讲的是橡树庄园的命案吧？"

"啊，你也知道了？"

"我昨天才知道的，那位桑辛仁的夫人来找我，请我担任她丈夫的辩护律师，我已经同意了。我也初步了解了一些情况。老雷，我觉得这案子还挺复杂的。"

"哦，他们找你当辩护律师？那好啊。不过说真的，老朋友，这案子没有什么复杂，我想你主要还是规劝那个姓桑的认罪服法，与警方配合，争取在法律许可范围内得到宽大……"

"这么说，你已经认定辛仁是凶手了？你提审过他了吗？"

"唉，老朋友，我和你之间还有什么好隐瞒的。对桑辛仁的侦讯，并没有花我多少力气。这个人本质还是老实的，一时走上歧路，在冲动下做了错事，事后已非常后悔。痛哭流涕呵！但是世界上没有后悔药可吃的。这就叫'一失足成千古恨，再回头已百年身'！男女不正当关系，毁了多少家庭呀！"

"你能告诉我他杀人的动机吗？听桑夫人介绍，他和蒲敏之间有长期的友谊，并没有什么仇恨啊？"

"作案动机？简单极了。桑辛仁在正式婚姻之外与蒲敏有了不正当的婚外情，像一切类似案件一样，男方开始时一定感到其乐无穷，但后来就发觉这第三者会像一块粘在身上的强力胶一样，摆脱不了，而且一步一步影响他的名誉、地位和前途，在无计可施时，他只好来一个快刀斩乱麻了。你不知道吧，桑辛仁这段时期可是春风得意。最近市政协要换届，上面已考虑推荐他出任副主席呢，正在搞民意调查，偏偏在这个紧要关头，蒲敏拖住他不放，这个绯闻已在外面流传，有人写匿名信给人事局揭发呢。在这种压力下，他为了保他的名誉和仕途，只好用杀人的办法摆脱这个累赘了。"

"啊，老同学，对不起了。我的看法刚刚相反。你说的这个杀人理由，照我看来，恰恰可以说明他并非真凶。"

"什么意思？"雷队长两眼圆睁，瞪着向律师。

"老同学，你想一想，如果换了你、我，或者华医生或者小王，任何一个正常的人，正当领导要提拔，而一个'情人'缠住不放，还传出绯闻、要毁掉仕途时，会怎么做呢？华生，对不起，请你谈谈好吗？"

"抱歉，我还没有结婚，更没有婚外恋的经历，恐怕回答不好。不过按常理来说，在这个关键时刻，最重要的是稳定局面，我会用各种手段安抚她，哪怕是用甜言蜜语哄她，先把官位拿到手再说，不会轻易杀人的。人命关天，杀了人总要曝光，公安局要侦查，这绯闻又已不是秘密，一查就追到自己身上，我才不会那么笨，引火烧身，即使最后能逃脱惩处，这个副主席还能有指望吗？"

雷队长呆了一下："人到犯罪边缘，并不总是很清醒的。如果那情人硬是纠缠不放，甚至提出苛刻要求讹诈，把他逼到无路可走，他就会在一时冲动下杀人，京剧里不是有一出《坐楼杀惜》吗？当然这比蓄意谋杀罪轻一些。不过，杀人总是杀人啊！"

"据说蒲敏是在一株树下被人连捅三刀杀死，还划破了她的脸，这能说是一时冲动吗？"

"老向，你要担任疑犯的辩护律师，我不能阻挠。但你要为他翻案，我劝你慎重点儿——也是为了你的声誉。现在所有的证据都证实他的罪行，别让人在背后说你为了钱就昧着良心说黑话。再说，在昨天晚上的侦讯中，他已坦白认罪了，我们已经申办刑事逮捕了。"

"证据齐全？他已认罪？那么能让我见他一面，商谈一下配合问题吗？"

"那当然，小王，你领向律师和华医生去看守所，和桑辛仁见面。"

出现在向律师和华医师面前的犯罪嫌疑人，好像是个已死的人，蓬头散发、眼泡红肿、面容憔悴、精神萎靡，连走路都不稳。向律师向他反复说明，是他的妻子沈静委托自己做他的辩护律师，希望他能很好配合，他仍然目光呆滞，半晌才讷讷地说："哦，是沈静委托的，为我辩护，好好配合？"他忽然抱头痛哭起来："不需要了，我不要辩护了，是我造的孽，是我害死了我的恩人，我有罪，我愿意早点儿死，越早越好，快快把我毙了，我要到阴间去见她，赎我的罪行！"两行泪水从他面颊上流下。

向律师向他面上仔细端详一会儿，缓缓说道："桑先生，你夫人已告诉我许多情况，包括你和蒲敏的真实关系。我理解你现在的心情。你无非认为你负蒲敏太多，她又因你而惨遭毒手，所以你无意再活在世上，要求早日解脱，去和她黄泉相会。你已失去斗争的意志和活下去的力量，但是，我必须提醒你一句话，你在世界上有两位红颜知己呢，除了蒲敏外，沈静也是你的亲人。你这么做，就算是向蒲敏谢罪，又怎么对得起沈静？你让她永远生活在悲痛和屈辱之中？还使你的孩子尚未出世就失去父亲！"

"我的孩子？我有什么孩子。"

"哦，桑先生，我还没有告诉你，你夫人昨天来我的办事处时，因为过分激动而晕倒了。我们送她去医院救治，发现她已有了身孕，现正在医院里休息呢。桑先生，应该祝贺你啦！"

"啊，我有孩子了，我要做父亲了？"辛仁的眼睛里露出一丝光芒。

"正是啊。所以桑先生，你现在不应该丧失做人的信心，为了你的夫人和孩子，不能再糊涂下去，更不能轻言去死！"

"对、对，只是我对不起蒲敏啊！"

"提到蒲敏女士的不幸，你现在的想法和做法更是大错特错，是真正的对不住她。虽然你已承认是你杀了蒲敏，我们完全不相信，这是另外一双罪恶的手干的。蒲敏女士泉下有知，首先要求你为她报仇雪恨，其次她一定希望你们幸福，正像你希望她幸福一样。而你现在这样认罪领死，使她的深仇大恨永沉海底，使你全家家破人亡，她能瞑目吗？你有什么面目见她于地下？"

向律师的几句话如惊雷震耳，使桑辛仁清醒过来。他沉思半晌，终于抬起头来坚定地说："向律师，你说得对，我真是太糊涂了，我一定照你说的去做。可我昨天已糊糊涂涂地认罪了，我应该怎么办啊？"

"说过的错话、假话要立刻改正，现在请你把真实的情况说出来吧。我相信这位刑警队的小王也一定乐意认真听一听你的真话的。你不妨从7月25日说起。"

"好，我尽量把事实真相说清。7月25日？让我想一想。对了，那天早晨我接到了蒲敏的电话，她一面哭，一面告诉我，鲍甫对她又大打出手了。鲍柔还用最下流的话辱骂她，她不能再忍受下去了，要我为她想一条出路。要不然，她打算杀了他们去投案，来一个同归于尽。我听了大吃一惊，赶快劝阻她，并与她约定，第二天在橡树庄园见面，商量具体办法，我怕她冲动之下做出错事来。"

"橡树庄园是你购置的产业吗？你们经常在那里见面吗？鲍甫知道吗？"

"我只是在那里租了一幢小别墅。那儿本来是橡胶研究所的试验场，后来建了几幢别墅，出租给人避暑用的。我和蒲敏原来常在西郊芳草花园见面，我在那儿买了一套公寓，非常僻静，但路太远，不方便。这里风景清丽，地方也隐僻，就租了一幢作为会面之所。好在里面设备齐全，付了钱拿了钥匙后，也没人来打扰。我不清楚鲍甫是否知道我和蒲敏常在橡树庄园见面的事，他如果有心调查的话，也不难查清。蒲敏身边有一把庄园的钥匙，她这个人又不太注意保密的。"

"那天你是一个人和她见面的吗？其实，如果你和沈静一起与蒲敏见面商谈问题，事情就不会这样了！"

"我现在也很后悔呀，但当时我不想把沈静也拖进去。反正26日中午，她一个人乘出租车来的，只有我们两个人在庄园见面相聚。"

"你们见面后谈了些什么呢？"

"开始时，她只是一个劲儿哭，真正是血泪齐流，我也陪着她掉泪。她受的罪太多了，哭出来会好过一些，一直到泪水哭完了才谈正事。我说，我和沈静研究过多次了，唯一的出路就是坚决把鲍甫告上法庭，控告他伤害罪，并提出离婚。我们断定她一定能胜诉，并告诉她，我们已在为她物色最好的律师。但是我希望她再忍耐一个月，因为最近正在对我担任政协副主席的事进行民意调查，而我和蒲敏的事，外界多少有些流言蜚语，当作'绯闻'传播。在这个时候提出诉讼，鲍甫很可能指我为第三者，对我提起诉讼，这对我的仕途有影响。当然，我承认我这么提是自私的，但那时我想，几年也熬过来了，不在乎这一个月。蒲敏考虑后也是同意的。当天晚上我们就在橡树林中散步、静坐、回忆往事、倾吐心曲。外面的小报上一定渲染我怎么勾引有夫之妇、在庄园里正幽会取乐吧？其实，蒲敏的形象在我心目中是十分神圣的，她是善良、高尚和纯洁的化身。我渴望能和她在一起，但绝无轻薄猥亵之心。咳，说这些干啥，反正也没有人会信。"

"唔，那么下一天呢？"

"下一天，是7月27日，她的精神好了不少，做了顿很精致的早餐，和我共同吃了。我就和她道别，驾车回去开会。她说她不愿回那个'家'去，也不想在庄园里住，打算到别的地方住几天。我千叮万嘱要她珍重，咬着牙熬过这一个月，有事随时打我手机，免得我担心。她都一一答应了。我是上午10点左右与她分别的。咳，谁知道这竟是最后一面！我回公司开会时一直心惊肉跳，预感有什么灾祸要来。到了晚上10点的光景，她忽然给我来电话，电话里她简单地说，她又有个新的想法和重要情况要和我说，要求我在28日清晨7点15分，务必赶到橡树庄园那株试验树下见面，如果等到9点不见她去，她一定有其他事不能来了，就等以后再联系。她也不等我回话，就把电话挂了。"

"她是在橡树庄园和你通话的吗？还是用手机打的呢？"

"都不是的。她到庄园来时，身边并无手机，她说大概是丢在家里了。她也不是用橡树庄园的电话打的，肯定已离开庄园了，但不知她在哪里打的电话。我的手机在刑警队里，上面有她的来电号码，可以查得出来。"

"你能确认是蒲敏给你打的电话？"

"那还能有错，蒲敏的声音我一听就知。"

"电话录了音没有？"

"嗯，怕是没有。"

"那28日呢？"

"28日清晨我就急匆匆赶去橡树庄园，准时到了那株试验树下，可是蒲敏没有来。

"我在树下一直等到10点，还是毫无踪影，眼看已不可能有希望见面，这才回去开会。"

"后来呢？"

"后来，后来我和蒲敏就失去了联系。我不知道她为什么失约，也不知她上哪里去了，打遍电话也找不到她的下落，在惊疑中过了两天。我草草布置了公司的工作，结束了会议，29日晚回到家里，问沈静有没有蒲敏的消息，也是没有。30日我去公司上班，还是没有蒲敏下落，31日下午刑警队就把我传去，说什么在橡胶树下发现蒲敏的尸体，而且已死了两三天了，不分青红皂白就把我拘留了。那时我又惊又痛，人也快昏迷过去，也没有精力抗辩了。"

"小王，你们拘捕他的依据是什么呢？"向律师回头问小王。

"这个，一是蒲敏尸体是在30日发现的，已经腐烂。据法医鉴定，死亡时间是在27日下午到28日中午之间，在这期间，只有他和蒲敏在一起，庄园也有人看到他是在28日午前离开的。第二，庄园管理人反映说，28日清晨似乎听到有人呼救，开门出去未见情况，就未在意。其实，他如果多走几步就能看到杀人惨剧了。第三，死者是被一把特殊的匕首刺死的，我们在他的庄园住房客厅里的多宝橱中发现一只匕首盒，其中应该装有两把匕首，而只剩下一把，他也承认有过两把，对失踪的一把他做不出任何解释。第四，从尸体上的伤痕看，匕首是用左手刺入的，他正是个左撇子。第五，他丢在住房中的一件换下的衬衣上有大量血迹。"

"血迹是蒲敏痛哭时流下的鼻血和吐出的鲜血，我再三向你们讲了。那两把匕首是我出差云南时，在边境上作为工艺品买回来的，一直放在庄园的客厅里，平时未曾注意，不知什么时候少了一把，我也一再解释了。"辛仁愤愤不平地反驳。

三个人沉默了一会儿。最后，向律师站起身来说："这是一件不简单的案子，够我们绞脑汁的；这又是一件简单的案子，因为作案动机明确，罪犯就在身边。桑先生，你一定要振作起来。明天我们先去你家和鲍家调查，并去现场勘察一下，小王，希望你们给我们一些方便。"

调查和初勘

第二天，向律师、华医师和小王三人去桑家调查。小王在车中告诉向律师，他已经检查过辛仁的手机。27日晚上10点，辛仁确实接到过一个电话，但那个电话是从北郊的一个投币电话亭中打出的。好像蒲敏当天晚上住在北郊一带。小王把一个电话号码交给向律师，向律师沉吟了一下，把号码纸放进口袋。

他们三人在辛仁家里受到亲切的接待。一位20多岁的保姆恭敬地把他们引进客厅，沏上了茶，并解释说：太太从医院回家后，精神恍惚，不吃不喝，昨夜又通宵失眠，不久之前，刚迷迷糊糊睡去。她表示将立刻去叫醒太太，还添上一句："太太真可怜了。"

"姑娘，"向律师轻声说道，"如果太太睡得很熟，就不要唤醒她了，我们可以先到别的地方去，下午再来这里吧。"

　　保姆应声离开后，他们就端详起这间客厅来。作为一位大企业集团的总经理，辛仁的住宅当然是宽敞舒适的，但没有奢华的迹象。家具和设备都是中档和朴素实用型的。

　　墙上和柜子中挂着、摆着不少奖状、奖旗，什么十好企业、纳税模范、信得过企业……以及永恒集团捐助公益事业的证书和感谢信。大家正在看着，沈静披头散发地跑了进来，一声接一声地致歉。她的面孔显得更为瘦削，面色灰暗憔悴，显示出她正承受着巨大的痛苦和忧虑。她走路恍惚，瞳孔也缩小了。

　　向律师亲切地说："桑太太，你不应该出院的，我们知道后很不安心。今天你刚睡下，我们又来吵醒了你，其实……"

　　"我没有事，"沈静肯定地说，"你们为辛仁的冤案操心尽力，我实在感激不尽，怎么能说吵醒我呢！"

　　"桑夫人，我们今天来主要想看看桑先生的书房，他虽已同意我们调查，但还要征得你的同意。"

　　"向律师，这幢房子的任何地方、任何东西都请任意调查取证，我也会如实回答任何问题。"

　　"谢谢你对我们的信任，以及给予我们的方便。那我们去书房看看吧。"

　　辛仁的书房面积很大，设备一应俱全，这也是他的第二办公室。在书桌上放着一个镜框，是辛仁和沈静的结婚照。但房间里更多的是蒲敏的照片。特别在书房北面的凹龛中，挂着蒲敏的一幅放大的照片，下面半椭圆形的供桌上则放着水果和鲜花。墙上还挂着辛仁自己写的"饮水思源"四个字的横幅。蒲敏的像上胡乱围着一些黑纱，显然是辛仁知道她遇害后匆忙放上去的。看到向律师他们长时间端详着这些东西，沈静有些不好意思地解释道："这都是辛仁自己布置的，他一直把蒲敏当观音一样供奉着。"

向律师哦了一声，点点头，三个人就回过身来查看书桌上的物品和抽屉及书柜中的文件。小王从书柜中捧出一大摞相册，逐一翻看，其中有一本最厚的，保存着辛仁和蒲敏从幼年起在一块儿的留影。有些因时间太久而发黄模糊了。每张相片旁，都详细记着日期或题着几句话，什么"两情若是久长时，又岂在朝朝暮暮""衣带渐宽终不悔，为伊消得人憔悴"之类。思恩在详细翻阅辛仁和律师事务所来往的函件。向律师则全神贯注地研究着一厚本日记。三个人调查了一个多小时才告别出来，向律师得到沈静的允许后把日记带走了。

但他们去第二个调查站——鲍甫家采访时，就遇到很大困难，先是吃了闭门羹。鲍甫家也是一幢两层的小楼，门前有一个小园子，用围墙围着。园子里布置着一些沙袋和锻炼器械，墙角还有株老樟树。虽然围墙进口处的栅门是虚掩着的，大门却紧闭着。按了几次铃，不见应答，显然无人在家。三个人只好在园内等待。向律师是个闲不住的人，他把园内每件东西、每个角落都观察了一番，特别在樟树边逗留良久，用手抚摸着树干，又从地下拾起一块剥落的树皮看了一下，顺手放进"百宝箱"。他们大约等了20分钟左右，才看到一个上些岁数的保姆提着一篮菜回来。她看见园子里的人怔了一下。小王认得她，赶忙招呼："金嫂，我是刑警队的小王啊，今天我们有事要找鲍教练，他不在家吗？来，你先让我们进去坐一坐。"

金嫂也认出了小王，不太情愿地开了门，招呼他们在客厅里坐下，顺手送上几瓶矿泉水："你们来得不巧，鲍先生和小姐都出去了，也不知什么时候回来。不过他们要回来吃午饭的，小姐要我炖好乌鸡呢。"

"金嫂，谢谢你，我们有要紧事与鲍教练商量呢，你能告诉我们这几天鲍先生和鲍小姐的情况吗？"

金嫂和他们聊了几句，小王看她心不在焉的样子就说："金嫂，你去忙你的吧，我们可以在这里等着。"

金嫂应了一声离开了，还回头关照一句："你们可别动里面柜子里的东西，那是小姐的，昨天我好意去擦擦灰，挨了她好一顿骂。"

向律师向两个人眨眨眼睛，他们又打量起这间客厅来。这间客厅不比辛仁家的客厅小，呈狭长形，在三分之二的部位处，有一扇留着椭圆形孔口的屏风，虚隔了一下，里面留出一个小空间，那里放着一架钢琴、一只小桌和一些架子、柜子，还飘出幽雅的香气，大家估计这是鲍柔小姐的"专用区"了。在侧墙上有扇小门，看来里面是小姐的书房。

客厅沿墙有不少架子和玻璃柜，里面都是鲍甫带队南征北战获得的奖杯和证书，还有外国友人送的纪念品。有些柜子里则放着一些书册和小仪表，还有些像电话听筒般的东西。向律师兴致勃勃地挨次观察每本书的书脊，不时用相机摄下来。他甚至无礼貌地从书柜中取出一两本书翻了一下，小王在旁瞟了一眼，那是一本研究什么VTT（语音转换技术）的外文书。向律师还在不知不觉中踱进了里面的小空间，也对那里的东西做了精细观察。最后他发现小门未关，竟然走进了鲍小姐的书房。

"向律师，这是鲍小姐的私人房间，我们没有搜查证，也没有得到主人同意，你还是出来为好！"小王低声提醒。向律师这时正拿着一个玻璃瓶在观察："啊，这是一种培养剂，好像在培养什么细菌。"他放下瓶子，又从书桌上拿起一份手稿和一张节目单："这是篇论文，还是用法文写的，好像是研究一种什么'SCA'技术的；哦，这是大音乐厅的演出节目。这位鲍小姐真正是博学多才啊。哎，小王，你说什么？"向律师好像省悟过来："对，我们没有搜查证，不能私闯闺房，这就走，这就走。"他一面说，一面还不甘心地向四周墙上扫视一遍——墙上挂着个飞镖盘，他又俯身在桌子脚边的废纸篓中掏摸一下，拣出一张废纸悄悄揣进口袋。

思恩看见，轻咳一声，也没说话。

等他们回到客厅坐下，喝了几口矿泉水后，就听到外面咿呀一声，抬头看时，从围墙栅门中走进一位女子。"鲍柔回来了，"小王低声说，"这个女人很厉害，比鲍甫难对付得多，大家要注意，别讨个没趣。"于是三个人都正襟危坐，一副严肃面孔。

鲍柔推门进来，看到客厅里的人——他们都站了起来向她招呼，立刻射出警惕的眼光。大家才看清她的面貌：身材苗条，鹅蛋形的脸孔，颧骨微高，容貌姣好。灵活的黑眼珠上罩着长长的秀眉，显示出她的精明和刚毅。她的嘴生得小巧端正，嘴角却涂着一小点儿紫药水。她面对三人站着，并不先开口，只用怀疑的眼光瞪着他们。

小王赶紧摸出证件："鲍小姐，你还记得我吧，我是雷队长的助手小王。让我来介绍一下，这位是向效福律师，这位是华思恩博士。我们是为了你嫂子被害案子前来府上拜访，希望能得到你们的帮助。鲍教练不在家？"

"我嫂子？噢，你说的是蒲敏。对不起，我想先知道这两位先生和这件事有什么关系？"

"啊，鲍小姐，认识你非常高兴。我们是'为民律师事务所'的。事情是这样的：我们接受沈静女士的委托，担任桑辛仁先生的辩护律师，想了解案子的一些细节——我们觉得这案子有些问题不好解释，所以登门拜访，想和鲍先生、鲍小姐当面请教一下。"

"原来你们是桑辛仁的辩护律师！我想象不出还有人会替桑辛仁这样的凶手辩护，他们给了多少钱啊？"鲍柔讽刺地说，她的口气也立刻转成冰冷，"对不起，我不接受你们的拜访，无可奉告。"

"鲍小姐，请不要激动。我们理解你的心情，因为令嫂被害，痛恨凶犯。但是任何人，即使是穷凶极恶、证据确凿的罪犯都拥有不可剥夺的辩护权利，这一点你一定要理解。我们将根据事实说该说的话，不会颠倒黑白强词夺理的，只是根据法律程序做好律师的本职工作，这也是本事务所的信条。请你相信，善恶到头必有报，请配合一下吧。"

"我忙得很，没有时间与你们多扯，我不会回答你们任何问题的，只有'无可奉告'四个字。我想在法律上我没有必须回答陌生人任何问题的义务与责任吧，在这里你们得不到任何信息的。"鲍柔用手指指大门，毫不留情地下了逐客令。

"鲍小姐不愿与我们谈，那是你的权利，我们不能勉强，但请允许我们在这里等鲍先生回来，我想他也许不会拒绝和我们谈话吧。他大约没有授权鲍小姐拒绝我们的拜访吧？"向律师仍是彬彬有礼地说。

"那好，你们等着吧，恕我不奉陪了。"鲍柔怒气冲冲地跑进她的书房，并且砰的一声关上了门，不去理会客人们，三个人不禁面面相觑。约在一刻钟后，门外响起汽车喇叭声，鲍柔又一股风似的奔了出来，到门口去迎接鲍甫。

鲍甫刚下了车，鲍柔就迎上前去用自己的手挽进他的臂膀，悄悄附耳说道："哥，刑警队的小王带两名律师在厅里等着，要找你谈话。他们要为姓桑的辩护，来者不善，我想把他们赶走，他们不肯走。哥，你不必对他们客气，不要理睬他们。"

鲍甫点点头，在鲍柔的搀扶下走进客厅。他是个粗眉大眼的壮实汉子，和娇小的鲍柔形成强烈的对比。他对三个站起来向他打招呼的客人只象征性地抬了抬手，就一屁股坐进沙发里。鲍柔为他送上冷饮，还坐在他身边轻轻为他挥扇——虽然开着空调，这纯系多余之举。鲍柔还怜惜地说："看你这几天瘦了多少，眉毛也有一根变白了，都是这该死的命案害的。你别动，我替你拔掉它。"她用一把小镊子细心地为鲍甫拔掉白眉毛，然后轻轻地抚摸着鲍甫的眼眶，好像在欣赏一件自己制造的艺术品，全不理睬有客人在旁。"你们找我有什么事？我妹妹说是调查命案？"鲍甫不高兴地开了口，是一口纯北方男子粗声粗气的男高音。

"正是。"小王代表三人把来意又说了一遍。还未说完，鲍甫就打断了他：

"我这里没有什么可以调查的，也没有什么好说的。总之，蒲敏是个没廉耻的女人，她完全辜负了我的深情，背着我与姓桑的私通，做出下流事来，在我的身上倒下污泥浊水，可恨至极！"鲍甫把牙齿咬得咯咯响，"老天有眼，那姓桑的是个杀人不眨眼的恶棍，为了自己的前途杀了她，这就叫作'自作孽不可活'，天报应！当然，桑辛仁也逃不出法网，要以命抵命，否则还有天理国法吗！你们还要替他辩护？辩个什么护！"

"鲍先生，"向律师恭敬地问，"请问尊夫人与桑辛仁私通的事，您是什么时候察觉的？"

"这个，"鲍甫犹豫了一下，"你问这个是什么意思，想要羞辱我吗？"他握紧了巨拳。

"如要人不知，除非己莫为，"鲍柔冷冷地开了口，"她瞒着我们一次又一次地干着丑事，纸哪能永远包得住火啊！马脚是一点儿一点儿露出来的，很难说是哪一天知道的，难道你能说清冬天是哪一天开始的吗？"

"鲍小姐说得对极了。我并不要鲍先生说一个确定的时间，但能不能讲件具体的事，哪件事使你们开始警觉呢？譬如说，在秋老虎肆虐后，某一天下了一场透雨，天气明显凉了下来，就说明冬天开始来了。"

"记不清了。我不愿意再提到那件丑事！"鲍甫咆哮着说。

"好，好。请允许我再提个问题。这一次鲍先生是知道他们在橡树庄园见面的吧？要不然，你也不会发现尊夫人失踪后报警时，主动建议去橡树庄园找一找的。"

鲍甫的脸从红转紫，他还未答话，鲍柔又接上了茬："哥哥不在时，蒲敏经常外出，有时甚至几天不回来过夜。我给她洗衣服时，常常在她衣袋中发现她去橡树山庄的计程车发票，还有不三不四的电话打给她，一查都是从庄园打来的。我把这些情况都告诉了哥哥。"

"啊，鲍小姐真是又体贴嫂嫂，又心细如发，是鲍教练的好助手。"向律师绵里藏针地夸奖着，"听说鲍先生是29日晚上从B市回来的，发现尊夫人失踪了三天，就报了警。方才鲍小姐说，鲍夫人以前也经常几天不归，请问您在29日晚上是不是预感到出了问题了，或者说，收到过什么勒索信之类的东西，所以马上报了警？"

"没有，我也不知道这贱货出了什么问题，是死是活，"鲍甫盛怒了，"但我作为法律上的丈夫，她几天不归，音讯全无，难道不应该报个警吗？结果倒好，被姘头给刺杀了。死得活该，只是丢光了我的面子。"

"鲍先生肯定尊夫人是28日上午被桑辛仁杀害的？""不要说什么夫人不夫人，她不是我老婆，"鲍甫再次咆哮，"案子的事，你们去问刑警队和法医，不要问我，我什么都不知道。"

"凶手杀死蒲敏后，还毁了她的容，鲍先生不觉得这里有些古怪吗？"

鲍甫一时回答不上，向他妹妹看了一眼，似乎是求助。鲍柔愤愤地说："这种问题你为什么不去问问看守所里的凶手，却要来折磨我的哥哥！"

"对不起，我也问过桑辛仁，奇怪的是他竟然也回答不上来。好，不说这个了，再顺便问一下，听说鲍先生28日上午在B市游园？"

"是的，我和B市体委主任、足协会长在逛红山公园，"鲍甫的脸色和缓了一些，他从衣袋里摸出几张票，"这是游园票，这是飞机票，你们要看看吗？"

"不必、不必了。鲍先生28日上午在B市游园是确切无疑的。我只想问一下，那次游园是B市安排的还是鲍先生建议的？"

"你这种莫名其妙的问题，我拒绝回答！"鲍甫又一次被激怒了。

"你们不应该对我哥哥提出这种毫无道理的问题！他这些天受的刺激够多的了，你们还要折磨他，就没有一点儿同情心吗？""哥，"鲍柔转向哥哥，无限关心地说，"别动怒，怒伤肝，要影响身体的。"她用纤指温柔地抚摸着鲍甫的胸部，又回过头来挑战似的说："我想你们也要查问我28日上午在做什么吧？我约了邻居在这里打麻将，你们是不是还要问是谁提议打麻将的吗？"

"鲍小姐真是'水晶心肝——玲珑剔透'，我们当然想知道这一点的，不过不必问您了，我们已问过金嫂了。鲍小姐，我还想再问一个不近情理的问题，你在27日晚上去过大音乐厅欣赏勃朗宁交响乐团的演出吗？"

鲍柔皱着眉头怒视着向律师，似乎在捉摸这句问话的意思，闭嘴不答。向律师则把眼睛盯住鲍柔的双脚看，似乎那里有个大秘密。僵持了一会，他有些自感没趣地说："啊，小王，思恩，看起来主人们不太欢迎我这个不速之客，我不好意思再多问了，你们有什么问题请提吧。"

小王和思恩也提了几个问题，鲍甫和鲍柔不冷不热地做了答复。他们觉得谈话难以为继起身告辞时，兄妹俩用最低的礼貌标准站了起来挥了一下手。

三个人从鲍家出来后，在路上买了几份快餐，就直奔橡树庄园。在车中，小王不太满意地对向律师说："这兄妹俩有些不近人情，但是你的问题也问得古怪，没有抓住要害，有的又显得不礼貌，人家有理由拒绝回答，空跑了一趟。"

"你是这么认为的吗？"向律师一面啃着炸鸡腿，一面说，"不回答也是一种回答，有时比虚假的回答更有意义，它透露了许多重要信息。你说我没有抓住重点？我可不这么看。我觉得即使不能说满载而归，至少是颇有斩获啦。"

"效福，你在鲍柔书房的纸篓中发现了什么有价值的东西了吗？"

"哦，一张飞镖盘上的目标纸，可以说明点问题吧，回去再和你们讨论。"

汽车在高速公路上开得飞快，当他们吃完快餐、喝光饮料后，车子就下了高速道。小王指着前方一大块缓坡地说："那边就是橡树庄园了。这里客源本来不多，又出了命案，来休息度假的就更少了，非赔本不可。"

"庄园是民营的吗？"思恩问。"可能是股份制的吧，"小王说，"我听说开始时有一批年轻工程师，想在这里建设橡胶林，说服了主管部门买下了一大块坡地，成立了研究所，栽下了试验林，但结果不理想，进退维谷。有人出主意和房产旅游商合作，建了10多幢避暑别墅，出租给大款们谋利，那些小白楼都是。"向律师和华医师顺着小王的指点望去，果然在一望无际的绿色中，点缀着幢幢小楼，十分精致幽雅。楼和楼之间的距离很大，各楼自成体系，与世无争。"我们不必进大门，"小王边驾驶汽车拐弯边解释说，"从侧门进去，可以直到现场。"

汽车在一幢编号为A6的小楼前停下。小王和门口的警卫打了个招呼，就用钥匙开了门，并说："这就是辛仁租下的'外宅'。"这幢楼的设备很现代化，大门打开后，就传来亲切地问好声，并提醒客人们在玄关内宽衣换鞋。玄关很大，设有更衣镜、衣架和鞋柜。小王指着地上的一双皮鞋说：这双耐克鞋就是28日辛仁穿了行凶的鞋子。向律师把皮鞋详细检查了一遍，自言自语地说："这双鞋的鞋帮已经断线开口了，穿鞋带的孔眼处还有钩破的丝袜线，鞋底上的一条筋也断掉了，这位桑大经理不会节约到穿破鞋吧？"

在客厅里保存着咖啡杯盘和糕点，烟盘上堆满烟蒂。小王说这些都保留原来面貌，说明26日晚上辛仁和蒲敏在此消磨过长夜。厨房里有吃剩的早餐，卧室内则被褥铺叠得很整齐，并无有人睡过的痕迹，看来辛仁所说不虚。

当然最引人注意的是放在客厅多宝格中那只长方形的锦盒了。小王把它捧出打开，里面原来并列着两把匕首，现在只剩下一把。向律师取过匕首，用手指轻轻一弹，立刻发出清脆的声音，赞道："好匕首，这是用钛钢制造的。"他取出一个仪器做了些测试，肯定地说："自振频率是66赫兹。小王，你说凶手用另一把匕首杀人时，把刃尖折断了，断在什么地方呀？"小王在匕首尖部用笔画了一下，向律师仔细地记在笔记本中。

他们在其他房间中检查了一遍，没有新的发现，就出门走向六七百米外的发案现场——那株橡胶树下。这树已有10多年树龄，高耸挺拔，树干上除刻着集胶槽外，还贴着一只只蟑螂般大小的黑盒子。这就是科学家安装的传感器了，用以接收橡胶树发出的各种信息，并自动发射到研究室的记录仪上。向律师把这些玩意儿端详了良久。

然后考察树下的如茵芳草，它们已被严重地践踏过，留下许多或深或浅的脚印，以及一摊干了的血迹，显示死者和凶手间有过殊死的搏斗。他们每人在自己的鞋子外套上鞋套，小心翼翼地走近观察，小王认真地指引大家辨认尚能分清的耐克鞋鞋痕和高跟鞋鞋印。

良久，向律师走到树下，面对着树站定，用手在胸前比画，想象凶手怎样把蒲敏逼到树边，再手执利刃刺进她的胸部的过程。他们开车回到市里时，已经是夕阳西下、晚霞万道的黄昏了。

案情分析神仙会

在白克路220号向律师所租的二层楼里，有一间不小的起居室，作为

他的会客室兼业务室。自从华医生搬来后，经过他的精心设计、重新布置、全面装修后（这些本来就是思恩的嗜好和擅长），这间起居室简直是换了个面貌，变成一间有品位、有气质的高级客厅。这一来，那个"管家"——小保姆固然赞不绝口，向律师也心悦诚服。他夸奖说："坐在这里思考，灵感会油然而生，思恩，你的贡献可是大大的啊！"

小王已有几个月没有登门，所以当他应邀前来参与一个"特别的会"时，看到客厅的惊人变化也大加赞美。这就更增添了向律师的兴趣。他一面招呼管家上咖啡，一面殷勤地介绍一些假古玩的真身份。等大家重新入座后，他才言归正传：

"小王，我和华医生常常在这个厅里讨论案情。今天邀你来参加一次别开生面的'案情分析会'，分析一下橡树庄园命案问题。我们的会可不像你们公安局那么严肃、正规，讲每句话都得有根有据，郑重其事。我们这个会有些'神仙会'性质，这里没有上下级，没有任何禁忌，想到什么就讲什么，哪怕是奇谈怪论都可以讲，不用负责任。这样海阔天空地聊聊，有利于敞开思路，也许会谈出点儿名堂，最后再来做分析。你说，这样的神仙会不比你们的案情分析会更有意义吗？"

"好一个神仙会性质的案情分析会，我只希望不要最后得出结论——凶手是一只大黑熊和一只狐狸精才好。"

"哈哈，小王的思想还是不解放啦！你先说说你的见解好吗？毕竟你们掌握的材料多。"

小王沉吟了一会儿，若有所思地说："队里现在基本上都认为蒲敏是辛仁杀害的，就要移送检察院了。而我自从跟向律师办过几件案子后，多少学会要用点心思多想想。越想，就越陷入矛盾。这矛盾就是情理上的分析和现实中的证据对不起头来，好像做一道数学题，明明知道这个定理不成立，而结果总被证明是成立的，这可真把我弄糊涂了。"

"小王的话很有意思。情理分析和现实证据间有矛盾，就得分析哪些是真的，哪些是假象，去伪存真，就不会迷失方向了。小王，你能具体说说你的分析和困扰吗？"

在神仙会上，小王果然没有任何顾忌："向律师、华医师，从桑辛仁和蒲敏的结识过程和彼此感情来讲，从辛仁的人品和性格来讲，从在他家里调查分析的情况来看，我确实很难认为是辛仁杀害了蒲敏，但现实证据又都指明他是凶手，这就是最大的矛盾。"

"我们姑且把现实证据丢在一边，先从情理上分析一下如何？"向律师提出建议。

"从情理上分析，蒲敏绝非辛仁所杀，"华医师振振有词地说，"雷队长说辛仁为了自己的仕途，不得已杀了蒲敏，这是经不起推敲的。对辛仁来说，蒲敏对他可称得上是恩深如海，并不是什么婚外恋。为了她，我看辛仁连自己的性命都可以搭上，怎么会为了一个什么市政协副主席的职位而下手杀人呢！"

"华医师的话有理。我还可以提出一个论据，如果辛仁为了仕途而不得已要除去蒲敏，他可以采取更方便的办法，例如在饮食中下点儿毒，这是举手之劳，不会约她到橡胶树下用匕首刺杀她的。"小王摆脱了现实证据的羁绊后，已成为辛仁的辩护人了。

"对极了。我们还应注意一点，验尸报告说，凶手对蒲敏是连刺三刀，用力之猛，把刀尖都折断在里面，而且还用刀毁了蒲敏的脸。这表明凶手与她有切齿之恨，这无论如何拉不到辛仁身上。所以从上面的分析，我们可以肯定辛仁不会是凶手，小王，你同意吗？"

"可是凶手是谁呢？"小王迷惑地问。

"让我们继续推理下去。蓄谋杀人，无非是为钱、为权、为情、为仇，或者是其组合。对于为钱、为权而杀人的案子，我们不妨研究一下人死后对谁最有利；对于因情、因仇杀人，那就要研究一下谁最恨死者。蒲敏之死，显然属于仇杀，起因就是那段婚外情，你们说对吗？"

"效福，根据你这套逻辑，凶手只能是鲍甫了，看上去也很像。他对妻子的死亡，没有半点悲哀伤痛，当然也没流半滴眼泪。这个人的特性是粗暴、骄傲、自尊。我这样推想，鲍甫当年花了很多钱和心血，娶了蒲敏为妻，但后来发现蒲敏的心始终向着辛仁，而且还与辛仁'幽会'，给他戴'绿帽子'，他的愤怒可想而知，屡次发生家庭暴力也与此有关。但他又不甘心离婚，便宜了蒲敏，他想用暴力、用恫吓来阻止蒲敏与辛仁的接近。当这一切归于无效时，他就愤而杀人了。"思恩发挥了一通。

"那把匕首怎么解释？"小王问。

"我认为这是一件蓄谋已久、精心设计的谋杀案。我设想，鲍甫早已获悉蒲敏和辛仁在橡树庄园见面的，而且发现了蒲敏身边的钥匙，他不动声色地复制了一把，并在某一天进入了庄园。他原本想去捉奸，但两人并不在。鲍甫在客厅中发现这两把匕首，触物起心，便盗取一把，预备将来作案时嫁祸之用。在现场没找到凶器，估计他弃于远处或带回家了。效福，我这样的设想合乎逻辑吗？"

"太符合了！"向律师赞许地说，"至于凶器的下落，我在橡胶林中寻找过，没有发现。如果鲍甫把凶器带回了家，我甚至还有希望找到它。我在庄园里仔细研究过另一把匕首，这是少数民族的护身武器，是用钛钢锻成的。我测了一下，它的自振主频是66赫兹。刃尖折断后，据我计算应该变为66.5赫兹。"向律师从百宝箱中取出一只小仪器交给小王："小王，这是一只精密的发射和接收振动波的仪器。我已把发射频率调在66.5了。你不妨找个理由去一次鲍甫的家，按下这只发射键，只要匕首在附近百米以内，就会感应共振，反馈回来，仪器上会自动显示振源的距离和方向。你们带一张检查证去，只要证实匕首在他家里，就把它找出来，这可是重要

187

证物。"小工听说，高兴地把仪器收好。

华医师喝了一口咖啡，继续发挥："现在我们可以把故事从头到尾演绎一下——鲍甫发现蒲敏常和辛仁在橡树庄园私会，怒不可遏。他复制了钥匙，曾去庄园捉奸，但没抓到人，盗来一把匕首，设计了一个杀人嫁祸的计划。他故意毒打蒲敏一顿，然后出差离家，蒲敏果然如他预计，又在庄园和辛仁见面。27日两人分手后，鲍甫假冒蒲敏口气，要辛仁在28日早晨在橡胶树下见面。其实这时蒲敏早被他拘禁了。辛仁如约赶到橡胶树下，不见蒲敏。在他失望归去后，鲍甫再把蒲敏拖到树下杀死，实现他杀人嫁祸的计划。这就是合乎逻辑的过程。"

小王瞪大眼睛听着，摇了摇头说："华医师你编的故事在逻辑上顺了，在事实上却差得太远了。鲍甫这几天都在B市开会，29日晚上才回来，这是有确切证据的。他怎么能一面在B市开会，一面在庄园杀人？其他的小矛盾也太多，他一个大男人怎么能模仿蒲敏的声音骗过辛仁？他怎么拘禁蒲敏，拘禁在哪里？再说，像鲍甫这样的大老粗，我看他也制定不出这么复杂的计谋。"

"小王说的矛盾，有一些是容易解决的。譬如说，鲍甫可以让鲍柔模仿蒲敏的口气与辛仁通话，小王告诉我那个电话是从北郊一个投币电话亭打的，我已查清那个电话亭在长安路上音乐厅门口，鲍柔又在那晚去过音乐厅，多巧呀。另外，现在有一种VTT，可以模仿出任何一个人的语音，能达到乱真的程度。鲍甫只要录下蒲敏平常的谈话，再找一位行家里手，把要讲的话录在一只录放机里，带进电话亭，就完全能假冒蒲敏去和辛仁通话。更巧的是，鲍柔正是这个领域的专家，我在访问她家时，就注意到书架中有不少关于VTT的书刊，书柜中还堆着一些电话送话器般的零件，花了些时间，我还在《科学文献》上找到她写的一篇有关VTT的大作呢。

"至于说鲍甫是个大老粗，设计不出这么复杂的杀人嫁祸计谋，确是如此。可是如果大老粗能找到一位高参，情况就完全不同了。而鲍柔正当此选。她精明细致，阴沉老辣，实在是个出色的师爷！她又是位高明而危险的科技专家，对蒲敏又痛恨入骨，他们两人合谋作案，真是再自然不过的事。"

"向律师，看起来鲍柔对蒲敏确无好感，但你凭什么断定她对蒲敏已痛恨入骨呢？""这是我在她房间的字纸篓中拣出来的一张纸。"向律师取出一张皱纸，放在手上展开。纸上画着一个女人的脸，显然是蒲敏的像，上面戳满了尖的刀孔。向律师道："她书房中挂着个飞镖盘，看来她闲时在玩飞镖。她把蒲敏的头像画在盘纸上，可看出她恨这个女人之深了。"

"从来姑嫂不和是常有的事，但积怨如此之深倒是少见！何况蒲敏并不是一个难处的人。"小王慨叹说。

"此中道理我也想过。反正在我们的神仙会上什么都可以大胆设想、小心求证。哎，你们注意到没有，鲍甫和鲍柔像一对同胞兄妹吗？"

"这一点我倒也注意到了，我觉得他们两人的面貌、性格无一丝一毫相同处，令人怀疑，不过俗语说'一娘生九子，子子不相同'，也许是遗传中的变异吧。"思恩说。

"对于同胞手足来说，不论怎么变异，他们间总有某些共同点。但我冷静比较过这两个人的面貌，找不到丝毫相似之处。相反，某些重要特征，如颧骨高低、两眼间距等等可说是完全不同。我敢说他们不但不是一母所生的同胞，根本没有血缘关系，甚至两个人的口音也有所差异。鲍甫说的是地道的北方音，jin和jing都分得很清楚，而鲍柔虽然也说北方话，却夹着一些未消磨干净的南方音，有时s和sh也不分。我看鲍柔极可能是他们父母在南方领养的。小王，你如果花些时间，查查他们的血型、DNA，或档案就可以证实这点。"

"这个不难，但这又说明什么呢？"

"神仙会上不是允许大胆假设吗？我就再假设一下。鲍甫和鲍柔本来不是亲兄妹，两人是心知肚明的。自幼一块儿长大，逐渐产生了感情，也许当时他们的父母也有这种意思。鲍甫的思想后来怎么变化不敢说，但鲍柔显然把全副心意都寄托在'哥哥'身上，以鲍夫人自居的。你们回忆一下我们去探访时看到的情况，想想鲍柔对鲍甫的样子，哪有妹妹这样对哥哥着迷的？所以当最后鲍甫决定追求和娶蒲敏为妻子后，鲍柔的失落和愤恨是可想而知了。她对这个闯入她家庭、毁掉她理想的女人能不恨之入骨吗？我想象得出她在鲍甫夫妻中所起的挑拨离间的作用。天如人愿，鲍甫和蒲敏间又有了嫌隙，她当然要发挥密探和师爷的作用，为哥哥策划除去蒲敏的大计了。她可是个内向、阴沉、聪明又拥有高技术知识的女子啊！"

"向律师、华医生，你们的想象力确实丰富，所编的故事也好像天衣无缝。可惜存在一个致命问题：蒲敏是在28日上午被害的，那时只有辛仁在她身边，而鲍氏兄妹拥有铁的证据，可以证明他们不在场。鲍甫出差在B市，这天正和朋友们在游园。鲍柔这天正和女友们搓麻将，玩了一天。所以你们的故事就像建造在淤泥上的大厦，禁不起一推就倒塌了。"小王肯定地说。

"小王，你说的确实是个大矛盾。但是，鲍甫兄妹俩在这一天的活动十分反常，值得我们深思。"

"什么反常？"

"我和金嫂闲扯过，知道鲍柔平日不爱搓麻将，这一天她死乞白赖地拉着朋友打麻将，而且对输赢毫不在意，似乎只要把人拖住就达到目的了。鲍甫约朋友游园，也有类似味道。这说明他们这么做，是急于要有许多人证明这一天他们没有作案的机会。其实，他们没有必要这么做作，也能够提出他们不在现场的证据。做过了头就露出马脚，引人怀疑，这叫'聪明反被聪明误'呀！"

小王怔了一下："不论他们是不是做作，但总之他们28日上午不在橡树庄园。你总不能设想他们能像剑仙一样，在百里之外，口吐飞剑，把蒲敏刺死吧？"

华思恩冷静地说："要解决这个矛盾也不难，他们可以雇用杀手来杀死蒲敏的。"

"雇凶杀人？"小王沉吟一下，马上反驳，"这毫无证据，也绝不容易。自从去年本市大扫黑后，黑势力可说摧毁已尽，即使有个别漏网分子也远逃外地，不敢在这个时候露面杀人。再说，鲍氏兄妹从来没有和黑帮结交的前科，他们上哪儿去找杀人凶手？要知道与黑帮打交道是十分危险的，引鬼上门，一辈子摆脱不了的。鲍甫兄妹会冒这么大的风险吗？"

"我也不赞成鲍甫雇人行凶的想法，理由很简单，受雇杀人，只要把人杀死取得报酬就可以达到目的。受雇之人一定会采取最简单方式，例如一枪毙命，哪会一刀连一刀地连捅三刀，还要划破被害人的脸，这只能是绝对的仇杀！我还在现场模拟过，按鲍甫的身材，他把蒲敏逼到树边再进刀后，刺入的位置和验尸报告十分相符。如果让小个子的辛仁来杀，他还得把手抬高一些才能刺到那个部位，这样，还能有那么大的劲、刺得那么深，甚至把刀尖都折断吗？我真不懂你们为什么不做个模型比试比试，就急于下结论呢？"

"可从尸体上的伤痕看，匕首是用左手刺入的，而辛仁正是个左撇子。"

"小王，你注意到没有，鲍甫家院子里那株樟树背阴面上伤痕累累，这是有人在练左手使刀的证据啊。鲍甫可是个健壮的运动员呀。"

"可你还没有回答我鲍甫当天并不在场、又怎么挥刀杀人的问题呢！"

"这确实是本案最大之谜。现在我还不能解开，但是一定能找到答案，解决这一对矛盾方程式。小王、华生，我建议我们明天再去一次现场，从头到尾再把案情演绎一遍。"

橡胶树的秘密

　　第二天，三个人又去了橡树庄园，并在那里逗留了很长时间，进行调查。这次他们先来到离庄园进口处不远的管理室。管理员老李是个50多岁的老头，和他的老伴多年来孤寂地住在这幢小楼里，行使"管理"的职权。向律师在管理室中购买了不少庄园的纪念品和画册，还送给老李一包精致的高级烟，立刻调动了老李舌头的积极性，他滔滔不绝地向客人们介绍庄园的历史和他的贡献及所受的委屈。

　　据老李讲，橡胶研究所原来想在全省推广橡胶产业，所以在这里购下了大块荒地，种植了试验林。但不知什么缘故，效果不理想，变成了一个"鸡肋"。后来就利用四周环境清幽的优点，盖起十几幢小别墅租给大款们消暑度假之用，多少收回一些租金。曾经有人建议把试验林都砍了改植鲜花，更可招徕租户，幸亏有几位事业心强的研究员坚决不同意。他们认为试验林出胶量少，一定受到某种尚未弄清的因素影响。他们要求继续试验研究，弄清、解决问题后，全面发展橡胶种植仍有希望，这样才算把试验基地保了下来。

　　"你们看到有的橡胶树上，粘贴着许多像'知了'一样的小黑盒子的，就是专门的试验树，"老李神气地介绍，"我们的监测试验手段是国际领先的。数据都是自动测试、播发和接收的。研究人员只在每周三来巡视一下。哦，今天正是他们来检查的日子。山丘上那幢灰色两层楼，就是他们的办公室。"

话题不免又转到命案上去。老李对此极其懊丧，他认为近来庄园的出租率本已不高，这个事件更起了雪上加霜的作用。特别是那几幢A字头的别墅更难租出："我不相信有什么冤鬼，但是谁愿意住到附近杀过人的房子里面去？"

"老李，听说你在那天还听到过叫喊声？"华医师试探地问。老李爽快地承认了。他说在28日清晨，约莫7时15分，确实听到一个女人的叫声，他也开门出去看了一下，却什么也没有看到，当时认为是自己的幻觉，就未注意。他现在想，这绝不是幻觉，因为他的老伴也隐约听到的，不可能两个人同时发生幻觉。

三个人出来后，站在高地上深深透了几口气。小王问道："向律师，根据老李的说法，我们是否可以认为命案是在28日早晨7时15分左右发生的？"

"我不这么认为。相反，我比过去更相信命案绝不是28日清晨发生的！"

"什么根据呢？"

向律师遥指远处的橡胶林："小王，你想想，物体发出声音，向四周传播时，声音的强度是随距离的立方而衰减的。这里离命案现场有多远啊，即使在那里放个大爆竹，这边也不一定能听到。蒲敏叫喊能有多大音量，管理室的门又是紧闭的。李老头和他老伴怎么可能听到蒲敏的呼救声呢？而且我和他们说话好生费劲，他们都有些重听！"

"那么是李老头在说谎了。要真是这样，老头一定知道更多的东西——只是我总觉得老头不像是个说谎的人，我们要不要带上测谎仪再找他谈一次？"

"我也觉得老头是诚实的人，测谎仪好像也暂时用不上。我们能不能换一种想法呢？就是有人录制了女人呼叫的声音，然后在28日清晨到管理室附近播放，或者把放音机隐蔽在附近，定时开启，有意让老头模糊地听到。其用意正和他制造许多迹象、要证明自己当时不在现场一样，其实，这也是聪明反被聪明误。"

"说来说去你又怀疑是鲍甫兄妹的计谋了，你会不会太主观了？"

"条条证据都指向他们啊！再说，鲍柔又是个VTT和电子专家，要骗李老头和他老婆上当，可真是小菜一碟了。现在我们是不是到那幢试验中心的办公室去看看，也许在那里可以找到像李老头那样对我们有用的人。"

他们在办公室果然遇到了一位十分有用的人——彭达蒙教授，他正是被李老头称为坚持要进行研究试验的科学家之一。

开始时这位书卷气十足的科学家似乎不太欢迎这些不速之客，这时向律师表现了他那近乎完美的公关本领。他声称他们都是爱好研究植物生理的人，打听到彭达蒙教授在这个领域中锲而不舍地钻研数十载，造诣极深，特来求教。这使教授顿有天涯遇知音之感，马上亲切起来。好在向律师拥有足够的分子化学知识，着实可以和彭教授聊上半天，各取所需。特别当彭教授询问向律师是否知道他所提出的彭氏理论，以及对植物是否有感觉、环境与植物遗传的关系的见解时，向律师表现出他完全是教授一派的人。他甚至声称他在四五岁时就服膺彭氏理论了，因为他外婆曾在屋前房后都种过黄瓜，屋前有狗舍，黄狗经常吠叫，房后是猫窝，群猫终日戏要。结果屋前的黄瓜结成狗头模样，而房后的黄瓜长成猫脸形状，足以证明植物感知本领之强，道理之深，远非当前科学水平所能穷尽，引得彭教授详问"狗头猫脸瓜"的细情，也使华医师不断向他丢眼色，防止他说出更荒唐的话来。好在向律师终于把话题拉上轨道：

"教授，你们在这里一共有多少株监测树呀？"

"我们对每株树的出胶量都有测录，另外选择了五株树进行全面重点监测，我们一般都叫它们为试验树。"

"试验树上粘贴的那些小黑盒子就是传感器吧，看样子十分先进哩！"

"我的十年心血！绝对的国际领先水平！"教授几乎是大声吼叫，"传感器是非接触和无损测定的，它放射出各种探测波，让植物吸收和反馈，又由它记录和自动播送到这间中心处理室来。我在省城也能接收到，这样我们就全部掌握植物各种性能的动态变化过程，再配合外界各种因素的记录，就可以研究环境因子对植物生长的影响了。这不是十分科学的吗？"

向律师频频点头，认为这是十二分科学的做法，又问："你们研究了哪些环境影响，探测植物的哪些性能呢？"

"环境影响包括：气温、气压、湿度、风力、风向、雨量、阳光照射量、月亮圆缺……乃至打雷、地震，至于探测的植物性能更是无所不包，有些项目已深入细胞以至分子领域。"教授指着柜子中一堆一堆的资料和光盘。他随手取过一张光盘插进计算机里，屏幕上立刻显示出一条无比复杂、杂乱无章的曲线："这是树皮细胞膜电位的震颤过程，多么神秘，我们还远远不能解译！伟大的大自然！"他又换上一张盘："请看，这是出胶口处细胞中的钙离子浓度变化曲线，变幅这么大，说明植物有多强的吸收、反映外界因素变化的能耐啊！"

向律师对屏幕观测了良久，问道："彭教授，恕我冒昧提个问题，经过这么多年的监测分析，你们是否已总结出各类环境因素对橡胶树生态影响的规律了呢？"

一丝阴影从彭教授的脸上升起，他承认经过这么长期的观测分析，各种曲线的反映仍显得杂乱无章，变量和因变量间的相关情况很不理想。不少人据此认为不存在或不可能找到规律，反对继续花钱做研究工作，现在这些见解甚至渐占上风。但一些研究人员仍没有死心，希望能继续探索下去。讲到这里，彭教授诚恳地征求起向律师的看法。向律师沉吟良久，认为客观规律一定存在，监测数据又十分精确，之所以找不到结论，一定是在某些原则上和技术路线上有缺陷。例如，对于各种因子的分离，对本底值的确定和扣除就值得商榷。他鼓励彭教授们再从头检查一下整个计划的技术路线和基本数据，不要去钻研个别资料的匹配问题。"因为，个别数据的失误不可能产生全盘错乱的后果。"他说。

向律师的话使彭教授十分信服，他决心从头检查整个计划，并试探地问，他们是否可以作为外援力量参与研究。向律师反问，你不怕多年所得的技术资料泄密吗？彭教授苦笑一下，指着柜子说："眼看科研计划要下马，这许多资料都将变成废纸，还有什么泄密问题。向律师如果需要，柜子里的任何资料都可以复制带走。"他还说："其实，你只要有一台精密的电子信号接收仪，加上一本'通道编码'，就可以自由收取和识别这里所有的信号。"他取出一本小书赠给向律师。向律师闻言，欣然收下，并精心挑选了一些光盘带走，包括那张树皮细胞膜电位的颤振记录和细胞钙离子浓度的变化记录，还和彭教授互留了通讯联系方式。

最后他们又来到了一号试验树下——就是发案现场。警方已用绳子围了个圈保护现场。三个人小心地进入圈内，再次研究留在地上的脚印。向律师端详良久，忽然吁了一口气说："温故而知新，真不错，这次再来看一次，就有了重大新发现！华生、小王，你们有什么新的启发吗？"

"脚印明显有两种，"小王回答，"一种是女性高跟鞋的，玛丽亚牌，从那边过来，到橡胶树下，这显然是蒲敏的脚印了。另外一种是男人的皮鞋，常见的耐克底，是辛仁的脚印了。那双皮鞋还留在别墅里，我检查过，是双旧鞋，已脱了线，鞋底上还粘着些泥。辛仁说，蒲敏约他在树下见面，他来了后蒲敏失约未来，他就离开了。这和现场脚印不符，不知是他撒谎，还是蒲敏是在他离开后才到的？"

"小王，你的分析很好，但是我建议你再仔细看看，这几个脚印正在告诉我们一些重要情节呢！譬如说，你注意到它们的深浅不同吗？我也是今天才注意到的。"

小王和思恩呆呆地研究起脚印的深浅来。半晌，思恩哦了一声："效福，你是指树根周围的耐克鞋印比其他的脚印稍微深一些吗？这又意味着什么？"

"这意味着一个重大情节，"向律师显得特别郑重，"要注意到28日清晨下过一场细雨，地面较湿。这些印痕较深的脚印说明辛仁确实在28日上午到树下来过，如果蒲敏也在这个时候到来而且被害，她的脚印也应该较深——应该更深一些，因为高跟鞋底的面积小，应力集中。但树根旁的高跟鞋印很浅，这不是清清楚楚告诉我们，蒲敏是在其后另一天、地面较干燥时来的吗？"

小王沉吟起来："那么他们是什么时候来的？第二天？第二天辛仁在开会，不可能来树下呀！"

"这说明有另外一个穿着耐克鞋的男人到过这里并杀害了蒲敏。小王，你还可以注意，耐克鞋的鞋印有深浅两类，但并不是同一双鞋。这里有个特别深的鞋印，可以看出轮廓新鲜，是双很新的鞋，就是辛仁从会场中出来所穿的那双新鞋，他根本没有必要去别墅换穿一双鞋再到这里。而较浅的鞋印，鞋底已有些磨损，这是凶手穿了别墅中那双鞋来嫁祸的。他的脚比辛仁大，所以把鞋子都撑破了。小王，你不妨用石灰粉把这些较深的脚印勾画出来，看看是个什么情况。"

小王欣然依言行事，大家就看清这些较深的脚印从附近的卵石路开始，走向橡胶树，在树下逗留了一会儿，然后走到树边一块大石旁，显然辛仁是坐在石上休息等候。最后则走回小路去。剩下那些较浅的耐克鞋印则和高跟鞋印混杂在一起，暗示两人有过纠缠或搏斗。

"请大家再注意这里，"向律师像个魔术师似的指着地上的一摊血迹说，"这里有一个特别深和清楚的高跟鞋印，为什么它特别深，因为它踩在血上，血又把草地渗软了，这个脚印的鞋跟是很圆很尖的，而蒲敏的鞋跟折断过，她削了根木块儿钉上，鞋跟的底比较粗、不太圆的，请比比这边的浅脚印。这又说明，在蒲敏倒地死亡后，有另外一个穿着玛丽亚牌高跟鞋的女人踏到过这里，她虽然穿了同样牌子和尺码的高跟鞋，但她不知道蒲敏鞋跟已经补过，所以还是露出了马脚。"

经过向律师这样抽丝剥茧式的剖析，大家已信服蒲敏不是在28日清晨被害的了。

小王皱着眉喃喃自语："蒲敏究竟是哪一天到树下来的？验尸报告明明说死亡时间在27日下午到28日上午之间呀！又是被谁杀害的？凶手用什么方式骗蒲敏来的？唉，作案时如果有个人看到就好啦！"

"恐怕没有人看到，"向律师遗憾地说，"不过，总有证据留下，至少，橡胶树是了解这一切的。"

"可惜橡胶树没有感觉，没有智慧，蠢物一个，它不能告诉我们什么。"

"谁说它没有感觉和智慧，你难道没有听到彭教授的话。我看有时它比动物还聪明和识大体呢！"向律师提出抗议。

"植物比动物聪明，这倒是闻所未闻。请问大律师，它没有眼睛、耳朵、大脑，不能动、不能说话，它怎么个发挥聪明才智呀？"小王讥讽地反驳。

"这就看你对智慧下的定义了。如果植物能感受到外界变化，能记忆、会决策，从而采取相应的措施，这就是有智慧，而不在乎它能不能走动和说话。"向律师用手点了点橡胶树，"你们看，这棵橡胶树生长在这里，后面的小坡挡住阳光，它就调整体形，主要枝干伸向朝阳一面。还有，这里有株杂树，长在它旁边，影响它吸收阳光雨露，它就伸一条枝条过去，压在杂树上面，抢占有利地形，又多么聪明！还有更惊人的情况呢，据我所知，外国有人在园子里栽了一株树，照顾得很周到，那树就对主人有了感情啦。后来主人娶了妻子，就不再理会那树，那树对主人的移情别恋大为恼火，吃上醋啦。而且它查明罪魁祸首是那位新娘，决心报复，就释放出一种能单使新娘过敏的气味，从此新娘就不断得病，怎么也治不好。最后还是主人有心灵感应，把那树移植到别处，新娘才得痊愈。这树和人相比，有什么逊色呀？"

"好家伙，树吃人的醋！请问大侦探，这没有感官的树是怎么看见新娘和主人在亲吻，怎么听见他们的绵绵情话，从而知道新娘是它的死对头的？"

"小王说树没有感觉，不，它有，它能感知光线、声音、温度、湿度、气压、振动和化学物质微小变化的信息，并存储起来，进行分析，然后做出决策。"

"那么这株橡胶树一定听到和看到那天发生在它身边的凶杀案了？"

"那还用问！而且我相信它听见蒲敏凄厉的呼救声时一定感到恐惧。"

"请问它是用哪只耳朵听的？"

"它是高等生物，一个非常复杂的系统。声波传达到树干后，会引起它的无数个细胞很多因素的变化，例如细胞膜电位或钙离子浓度的变化，还能进行传递，以供判断和分析用。"

"亲爱的大律师，这么说它有大脑了，请你指一下它的大脑在哪里？"

"我估计它没有一个集中的大脑，而是一套分散的调节体系。这是个百万年进化适应过程中形成的奇妙系统。我还不清楚橡胶树爱听哪一类乐曲，但我敢肯定它对刺耳的尖叫声是很反感的。"

"不管你说得多么天花乱坠，我只请您让它开开口，把那天的情况告诉我们，做一个证人。就算它行动不便，我们可以说服法庭到树下来审讯！"小王有些按捺不住了。

向律师沉默了一会儿，自言自语地说："关键是要弄清哪些因子对声波最敏感，再找出转换关系。有了！"他忽然兴奋起来，叫道："思恩，请过来。"他把华思恩拖了过来，让他面对大树站好，又从百宝箱中取出一台仪器，摆弄了一下，问思恩说："亲爱的思恩，你能背诵《长恨歌》吗？"

思恩目瞪口呆，好一会儿才点点头。向律师高兴了："我真没有找错对象，小苏就说过你能背很多古诗呢。现在请你面对这棵树，大声朗诵一下这篇催人泪下的名作吧。你的普通话很标准，橡胶树一定爱听，而且会被感动的。"

华思恩和小王愣住了。华思恩想了一下，真的向橡胶树朗诵起这首长诗了。亏他真能从头到尾一字不漏地背了出来，而且抑扬顿挫，甚是动听，念到"上穷碧落下黄泉，两处茫茫皆不见""昭阳殿里恩爱绝，蓬莱宫中日月长"这些名句时，更是动人。姑且不说橡胶树有没有听懂，小王真有些感动了，以致他停了好一会儿才开口说：

"向律师，你是个疯子，我们也陪你发了一次疯，向橡胶树朗诵情诗！不过，虽然华医师念得非常动听，我可看不出橡胶树有什么感动。"

华思恩用手指了一下蹲在地上摆弄仪器的向律师："效福，我理解你的意思了，你认为声波传到树干后，会引起某些因素的变化，你在我朗诵时，用仪器录下了所有传感器发出的信息，然后回去筛选分析，确定哪个因子对声波最敏感，最后从它的变化过程和《长恨歌》的语音对照，找出相关关系，也就是说建立了一个翻译机——橡胶树语翻译程序，这样就可以破译橡胶树记忆里的声音了，对吗？"

"知我者华生也！"向律师高兴地在思恩的肩上捶了一拳，"给我一点儿时间，我会叫橡胶树开口的。现在，橡胶树能否说出真相，而且让大家听懂，就看华生的普通话讲得够不够标准了！"

最后的矛盾

小王把向律师的想法和行动向雷队长做了详细汇报，雷队长皱着眉头听完后，骂了一句："精神病！我们不去理他，按照原定程序移送检察院。"小王迟疑了片刻才答应一声，正待离开，雷队长又叫住他，犹犹豫豫地说：

"小王，这个精神病有时也会瞎猫逮住死耗子地猜中一些案子。如果蒲敏一案真出现什么意外，对我队信誉可是个重大打击，而成就了他。以防万一，这样吧，你就索性盯住他，配合他工作，就算是我派你去指导和协助他的。我们得留个后手。"

小王听说要他去当钦差大臣并指导向律师工作，脸上不免红了一下，但还是高高兴兴地接受了任务。有了雷队长的指示，他立刻理直气壮地来到白克路。华医师听小王说明来意后，表示热烈欢迎，接着又皱了皱眉头说："我们的福尔摩斯那天回来后，就废寝忘食地在破译'橡胶语'，看上去并不顺利呢。我们不妨去干扰他一下，也让他休息片刻，以利再战。"

两人轻轻地走到向律师的工作室门口，看见他正聚精会神地坐在计算机台前调试着机器，桌上和地面上堆满废弃的纸张，上面全是鬼画符般的曲线。华医师正想敲敲门示意，忽听得向律师长吁了一声："又不对头，到底是我疯了，还是橡胶树疯了！"

"老向，我和小王看你来了。雷队长也向你致意。研究有困难吧！不要紧，休息放松一下，迟早会攻克的。我建议你和我们到客厅去喝一杯咖啡，交换一下意见，可能对你的研究有好处呢。来来来……"华医师自作主张地把向律师拉了起来，拖着他走向客厅。向律师也就顺从地跟着出来了。

三个人在客厅里坐了下来，等"管家"给他们端上了香气扑鼻的咖啡和色彩鲜艳的点心后，就开始议论起来。"听说你的研究有很大进展，也遇到了困难，是吗？"小王先打开话题，这就引起向律师的滔滔发言：

"一点儿不错，既有收获，也遇到障碍，我正想找你们聊聊呢，'三个臭皮匠抵个诸葛亮'嘛！"

"只怕我们不是诸葛亮，是马谡一样的货色，给你出馊主意呢。"思恩笑着说。

"亲爱的华生，您过谦了，而且马谡也是个人才。告诉你们吧，我从试验树下回来后，就分析了华生在朗诵时我录下的所有传感器反应曲线，很快就查清只有一条曲线对华生的讲话有明显关系，这就是细胞膜的电位水平，其他传感器的反应都不明显。"

"啊，这么说你很快就找到橡胶树的耳朵了，真了不起呀，向律师，应该祝贺你！"小王不失时机地拍上一句。

向律师谦虚地欠欠身子，但马上皱起眉头说："小王，开始时我也十分兴奋，但马上发现橡胶树的'耳朵'似乎有严重故障，以至没有办法从它的反应中反馈出原来的声音。"他从抽屉中取出几张记录纸："你们看，这是思恩朗诵《长恨歌》时的声波振动过程，而这是相应的细胞膜电位水平的变化曲线，两者间完全没有相似性，也找不到任何规律，我采取过多种匹配方式进行试探，一无成果。也就是说我没有办法把'橡胶语'翻译成人能听懂的话。我陷入与彭教授相同的处境，难道橡胶树真是冥顽不灵的蠢物吗？"他失望地敲打着烟斗。

思恩和小王仔细地比较起两条曲线来，那确实是毫不相干的形状。小王想了一想嗫嚅着说："向律师，汉语是一个字一个音节，很规矩的。你是不是可以一个字一个字地加以比较，舍繁就简，也许容易找出眉目。"

"小王，我也想到这点。汉语不计音调变化，有410个音节，我把《长恨歌》中出现的音节都分离出来进行对比，也找不出头绪。你们看，这是华医师发'汉'字的语音曲线，这是相应的橡胶树细胞膜电位水平曲线，你能找出它们的关系吗？"

思恩静静地望着纸面，考虑良久："老向，任何曲线都可以分解为一组基频的组合，你何不把它们都分解成基频，看看其间有什么关系？"

向律师怔了一下，突然跳了起来："华生，这是个好主意，我马上去试……"他话未讲完就奔向书房，又回头招呼："你们等我一下，冰箱里有上好的饮料，自己拿呀！"

思恩望着他的背影一笑："这个人就是这么个脾气。来，小王，让我们看看冰箱中有什么新的饮料品种。"

两人从冰箱里找到一种巴西生产的名为"古拉那"的饮料，津津有味地品尝起来。

但还未喝完，书房中传来一声尖叫，几乎把两人吓了一跳。向律师以每秒10米的速度冲了出来，手中挥舞着一张纸片："成功了，成功了，思恩，真有你的。把两条曲线都分解为基频后，电脑很快就找到了它们的关系。原来橡胶树把每个基频的频率和振幅分别乘上一个系数u和v畸变了。而u、v又都是频率的函数。只要把细胞膜电位曲线按音节分解为基频，各自乘上u与v的倒数后重新组合，就可以复原为原来的声音，我已编好一个复原程序，也就是翻译'橡胶语'的翻译程序。来，让我们看看橡胶树能不能朗诵白居易的《长恨歌》。"

他们都来到书房。向律师把"翻译程序"装进电脑，再把录有"细胞膜电位水平"的光盘也插进去，启动后，话筒中传来轻微的沙沙声，接着，就传出了一个男人的声音："汉皇重色思倾国，御宇多年求不得……"声音虽然有些走样，不像华医师朗诵时那么珠圆玉润，但毕竟是橡胶树开了口，而且让人听懂了它的话。三个人都激动得跳了起来。向律师倒了三小杯红酒，大家热烈碰杯，庆祝这个伟大时刻的到来。

小王把酒一饮而尽，有些迫不及待："向律师，有了这个翻译机，就能让橡胶树把它听到过的话都说出来了！快让我们听听案发时它听到些什么，我急于知道蒲敏一案的真相呀！"

"小王，我比你还急呢，我仔细对比过细胞膜电位水平记录的变动情况，发现在31日上午7点到7点半之间的曲线有不寻常的波动。我敢肯定这是凶手作案的时间，我把这段记录复制在光盘上了。现在让我们试试，看橡胶树肯不肯说出当时的真情。"向律师把一张光盘放进电脑，启动"翻译程序"，大家紧张地等着橡胶树开口。出乎意料的是，话筒中传出的是一大堆杂乱的噪声，又似狗吠，又像牛吼。众人顿时傻了眼。如果说上次成功带来意外之喜，那么这次失败带来的是极端失望了。

当向律师确信话筒中已不可能播出人话后，关上了机器，面无表情地坐了下来。"这是怎么回事，翻译机分明已把华医师的朗诵复原出来了，怎么到了关键时刻又不灵了？"小王咕噜着。

半晌，向律师忽然在案上猛击一拳："对了，这细胞膜的电位值不仅受声波影响，还受到其他因素影响。华生朗诵时离发案时已有不少天了，得考虑两个时间内其他因素的变化，进行校正才行。只是因素太多，从头研究分析需要很长时间啊，这是件伤脑筋的事。"

"老向，那位彭教授对橡胶树已研究几十年了，我们是否向他请教请教，兴许有所启发。"华医师建议说。

"好主意，思恩，你总是在我最困难的时候提出金点子来。"向律师立刻拿起电话。两个人在电话上谈了很久，向律师把真实情况向彭教授和盘托出，最后谈到他目前遇到的困难。彭教授听到他多年搜集和研究的成果已有实用意义，显得十分激动。他应诺全力相助，将立刻分析问题，并约定次日再去橡胶树下现场测试。

第二天，四个人在试验树下会齐，彭教授兴奋地告诉大家，经过他连夜研究，细胞膜电位水平和其他因素关系不大，主要受声波及地磁的影响。而另一项因素——细胞钙离子浓度受地磁影响尤大，他已分离出地磁对钙离子浓度的影响关系，并带来有关的地磁记录，下面就看如何校正了。

向律师思索一下，认为这一校正相当容易。他可以在翻译程序中增加一个地磁影响项，并利用彭教授提供的资料和7月31日的地磁值，在电位水平记录中调整地磁影响就可以了。他一面在手提电脑中修改翻译程序，一面诚恳地向彭教授致谢。后者摇摇手打断他的话："不，应该是我谢谢你，我多少年来记录了无数资料，一直没有摸清规律和找到用途，是你们的研究启发了我。现在我信心百倍，要破译橡胶树的所有秘密，要开创一个橡胶开发和'植物电子生态学'的新纪元。"

向律师调好程序，列入地磁影响项，而且把地磁值调到31日早晨的水平，几经核对无误后，按下启动钮，嘴里自言自语："这是最后一搏，如果还是失败，只能认为橡胶树是冥顽不灵的蠢物了，我就放弃努力，任凭桑辛仁去被注射死亡剂吧。"

大家鸦雀无声地等待着，挨过了难熬的十多秒钟的静场，话筒中传出轻微的脚步声，众人的心似乎都涌到喉咙口，接着就听到一个女人的叹息声："辛仁应该来了啊。"这确实是蒲敏的口音，大家互望一眼，流露出按捺不住的兴奋之情。

"哼！等你的姘头吧！告诉你，他不会来了，是我来了，很失望吧！"这是一个粗暴的男人口气。

"啊！（惊呼声）鲍甫，是你？你怎么来了，呀，鲍柔也来了。"

"你这个贱货，没想到吧，我们已掌握了你们的一切无耻勾当，你的姘头正在开他的会呢，你永远等不到他了，死了这条心吧。"

"不会的，是他约我今天来商量事情的。"

"哈哈哈，对不起了，那电话是我们冒打的，怎么样，口音还像吗？你这个贱货，听见姘头的声音就神魂颠倒，乖乖地来了。"

"鲍甫，你、你要干什么？"

"干什么？和你算总账！我花了多大代价娶了你，你却迷恋早年的姘头，一次又一次跟他幽会，给我戴绿帽子，置我的警告于不顾。你说，这笔账该怎么算！"

"啊，鲍甫，你想错了，事情不是你想的那样，你听我解释。我承认我们的夫妻关系难以持续，那是你的拳头引起的，和辛仁无关，我们还是好好谈一谈，好聚好散……"

"跟这个贱货还有什么好说的，哥哥，动手吧"（这是另外一个女子的声音）

"你们要干什么？杀人了，救命呀，救命呀……"（尖锐凄厉的叫声）

"哈哈，除了这株树，没有人会听到的，你认命吧，现在我要杀掉你，然后再叫你的姘头抵命，你们到阴间里去做一对野鸳鸯吧！"

"救命啊！"（更尖锐的叫声和搏斗声，接着是一声令人毛骨悚然的惨号声）

"哥，完事了吗？"

"想不到这个贱货临死前有这么大的劲，差一点儿被她夺去了匕首，把老子的手臂都划破了。柔，替我包扎一下。"

"好，你先把匕首给我，我要在她脸上再划几刀，让她死后也没脸见

人。”（静默了片刻）

“行啦，好妹妹，现在怎么办？”

“你赶快先回别墅，把鞋换掉，我还要在这贱货身上打几针，再给她种上些种子，哈哈。”

“这把匕首怎么办？丢到那边林子里去吧？”

“那不好，匕首暂时拿回家去，别人绝对怀疑不到我们身上，慢慢处理。”

“好吧，那我先走了，这双鞋害苦我的脚了，连袜子都撕破了，你也快点儿来。柔，这件事要没有你的精心设计，绝做不到这么完美。两个混蛋的一举一动，全在你监控之下。你先冒充蒲敏，让桑辛仁在28日清晨到树下，又冒充桑辛仁让蒲敏躲在西郊不准露面，要她31日到树下来。这两个狗男女都乖乖地听命行事，哈哈哈，一箭双雕。来，让我好好亲亲你，庆祝一下大功告成。”（话筒中传出窸窸窣窣的声音，然后是女方的娇嗔声）

“瞧你，这么粗暴，把我的嘴唇都咬破了。现在还不是庆功的时候，快走，被人看到就一切都完了。”

……

向律师关上电脑，四个人面面相觑，说不出话。最后还是彭教授先开口：“案情大明，祝贺你们。这个女子就是在31日上午7点多被一男一女合谋杀害的，再无疑义，橡胶树可不会做伪证，它的话就是铁证。看来今后一草一木、一猫一狗都能提供证据，坏人要作案，将是愈来愈难逃脱法办的命运了，我希望随着科技进步，犯罪会越来越少。”

“这当然是好，只是我们的福尔摩斯的‘嘴巴里又要淡出鸟来了’，甚至会失业呢！”思恩朝向律师投去一笑。

向律师并不在意，兴奋地拍了拍小王的肩：“小王，神仙会上的分析完全正确，怎么，你不高兴吗？你还不相信吗？"

小王为难地说："但是，如果蒲敏是31日清晨被害，下午就发现了，遗体怎么会腐烂得这么厉害，身上满是好几代的蛆虫，法医明确鉴定她是在三天前死亡的呢？"

小王的话引起大家沉思，向律师又把电脑打开聆听，他站起身来，在附近草丛中徘徊观察，最后在一堆草根里捡起一些玻璃碎片，仔细看了看，递给了彭教授："这好像是一根注射管的碎片，上面隐约有些字迹，教授，您能看清这是什么注射液吗？"

"SCA-P60？SCA似乎是一种强力催化剂，P60是什么我不清楚，反正这不是正式的产品……"

"这就对了，你们记得鲍柔说的话吗？她要在蒲敏的身上打针，还要'种下种子'，这一定是一种生物化学制剂，注射在生物体内能使之高速腐烂。她一定还在尸体上注射过处理后的蛆虫卵，能以空前速度繁殖，造成人是在三天前死亡的假象。高度腐烂的尸体，迷惑了法医，法医没有深究，就做出了结论。在科技高度发达的时代，会出现许多超常规的事，我们还真的得谨慎一些，多想一些。"

"原来如此！这对狗男女真是太阴险毒辣、丧失人性了，应该迅速绳之以法！"彭教授愤怒起来。但小王还是犹豫："逮捕他们？我怀疑雷队长能不能做这个决定。当然，我现在对案情已完全信服，但还缺少法律认可的证据啊，这橡胶树的话有人信吗？经得起律师的质询吗？会不会被人说是用电子技术制造出来的假证据？法庭能以此定案吗？蒲敏的遗体也已火化，无据可查了。"

彭教授还想争辩什么，向律师打断了他："小王说得不错，要对付这两条毒蛇得谨慎一些，我们需要一些常规证据。小王，从橡胶树录下的话中，我们知道鲍甫当时没有丢掉匕首，很可能还在他家里，你要尽快设法把它查到。其次，蒲敏死前奋力抵抗，夺取匕首，把鲍甫的臂膀割伤，出过不少血，这草地上的许多血痕中也有鲍甫的血，要多取样化验。再者，鲍甫在换皮鞋时，由于鞋小脚大，把皮鞋都撑开了缝，那鞋子里可能留有鲍甫袜子上的丝线。另外，你们要搜查鲍柔的房间，把其中所有的化学品封存，里面可能有SCA-P60的药剂，可以做些试验令法医们折服。她的高跟鞋底里可能还留着未洗干净的蒲敏的血迹，也许还能找到她伪制蒲敏呼救的音带……"

"啊，我想起来了，"小王叫道，"鲍甫是在玄关里换鞋的，这种别墅很高级，玄关里装有针孔摄像机，可以记录长达一个月的人们进出的影像。我要去庄园把摄像记录取出来，如果有31日早晨鲍甫进入别墅换鞋的影像，就多了一道证据。"

尾声

流光如水，岁月飞度，又到桃红柳绿的清明节了。

向律师和华医师接受辛仁的邀请，同去扫蒲敏的墓。他们和辛仁一家（辛仁夫妇及他们的一对孪生孩子：忆敏、思蒲兄妹）坐在面包车中，驶向幽静的翠柏公墓。

辛仁为蒲敏修了一座十分考究的墓，埋葬着她的骨灰——就在离辛仁母亲墓不远的地方。周围松柏环抱，杜鹃怒放，树顶鸟语和远处泉韵合奏着一曲幽怨的哀歌。墓碑上贴着蒲敏的烧瓷像，那么清秀、娴静，带着三分委屈。沈静在墓前供上一些水果和鲜花，拉着小兄妹们行礼，而且嘱咐他们："这是你们爸爸妈妈最好的朋友、最大的恩人，蒲敏阿姨。没有她的牺牲，就没有爸爸妈妈，也没有你们。你们永远不要忘记她！"她带着孩子们行过礼后，把头靠在墓碑上沉默致哀。向律师和华医师也严肃地向这位不幸而可敬的女子低头行礼。

这边，辛仁已双腿一屈，长跪在墓碑旁，捶胸号哭起来："蒲敏，我和沈静及孩子们又来看你了。蒲敏，我亲爱的姐妹，我永生难忘的恩人，你为了我，牺牲了一切，直至自己的生命！我无法报答你天高地厚的深恩。所幸靠了向律师的大力，你的沉冤已经得到昭雪，残害你的凶徒已经伏法。蒲敏啊，你泉下有知请含笑安息吧，和我妈妈为伴吧。老天爷，你为什么这么苛待一个神圣高洁的灵魂呀！"他说到这里，放声大恸，泪尽血继。沈静和孩子们也都哭了起来。思恩的嘴唇动了一下，似要劝慰，向律师却拉了他一下："让他们哭一下，蒲敏值得他们的这些眼泪。唉，这就叫'天长地久有时尽，此恨绵绵无绝期'！"

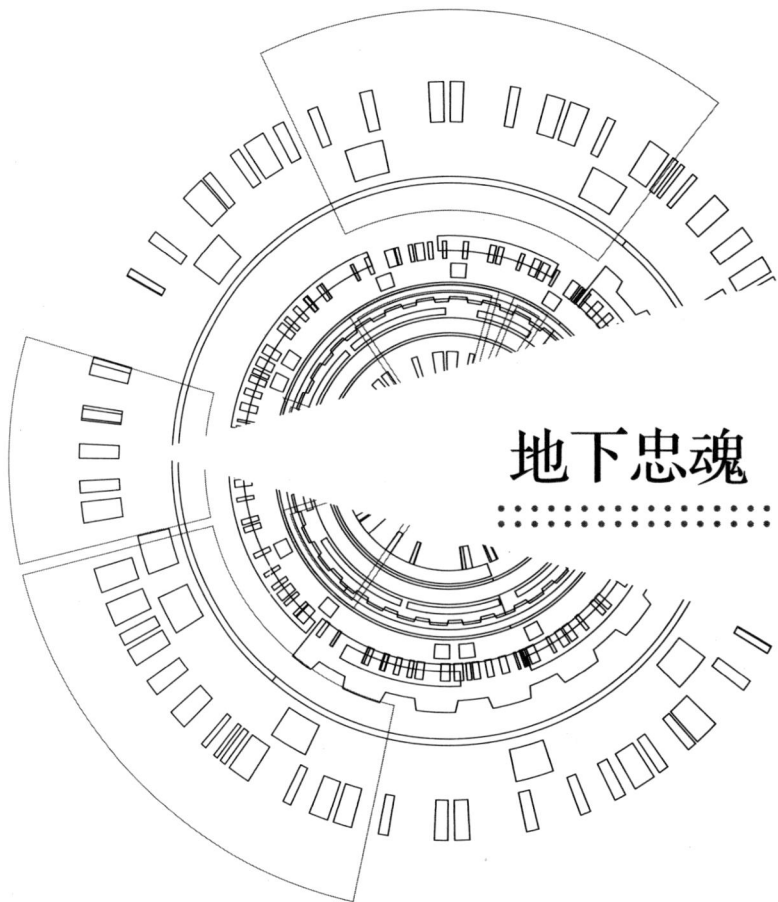

地下忠魂
· · · · · · · · · · · · · · · ·

航地神梭

　　"震旦号"航地神梭已经安装就绪，通过了各种试车考核，即将开始它的处女航。全体乘员进行着最后的准备。正在紧张工作中，神梭计划的总负责人爱华博士忽然接到命令，要她随郭副总理陪一位尊贵的外宾——萨玛首相参观神梭工程。此刻，他们正站在位于峭壁旁的装配现场，遥望着数十米长的航地梭。航地梭在阳光下闪闪发光，宛若一条银色的长龙。

　　爱华穿着一套合身的航地服，显得英姿飒爽。她伸出一只手臂指向航地梭，向贵宾详细介绍："我们先在这里看看航地梭的外形。它的结构分为三部分。前面子弹头形状的那部分是前舱，也叫梭头，里面设有驾驶舱。它将首先钻入地层。中间这段是工作舱，各种实验室和生活室都在里面。它基本上是圆筒形，但外壁留了数十条半圆形的纵向凹槽，可让熔化的岩浆流向后面。最后部是尾舱，内装5台射流推进机，推动神梭前进。"

　　爱华边说边领着客人走近前舱，首相踮起脚摸摸光滑的舱壁，怀疑地问道："这舱壁看来是十分坚固的，但怎么能钻进坚硬的岩石中去呢？又怎么能把岩石化成岩浆呢？"

　　"航地梭和通常的掘进机完全不同。它不是依靠机械破碎而穿过岩体的。首相，你看到梭头上的那些小孔吗？神梭启动后，从小孔中喷出AR流，将岩石化为流体，神梭就可以前进了。"

　　"据我所知，任何强酸、强碱、激光、烈焰、电流，甚至等离子流，都不能使岩石顷刻熔化。如果允许的话，我能知道这AR是什么东西吗？"首相曾获得工学博士学位，对AR流十分感兴趣。

爱华向郭副总理看了一眼，副总理微笑地点点头。爱华说："首相，AR就是反岩石，也就是用反物质组成的岩石，我们把反岩石熔成岩浆，储存在梭头里，根据指令喷射出去。"

"反岩石？反物质？"首相吃惊匪浅。

"对。您一定知道，任何物质都由原子组成，而每个原子都像一个小太阳系，中心是原子核，由带正电的质子和不带电的中子组成，外面是绕原子核运行的带负电的电子。反物质的组成和正物质是一样的，不过电子带正电而质子带负电罢了，我们叫它们为阳电子和负质子。

"这反岩石一接触到正岩石，首先是阴阳电子接触而湮灭，化成一对光子。接着正反原子核相遇，质量湮灭而转化为能量，产生巨大的高温、强光和各种形式的微粒和能量，其变化十分剧烈，只要少量反物质，足以熔化大量的正岩石，梭尖不断喷出AR流，岩石不断熔为流体，神梭就可以像水中的鱼一样入地无阻了。"

首相愕然，片刻又问道："但是你们用什么容器来盛装这反岩石浆呢？你不是说，任何物质与反物质相遇都将湮灭吗？"

"您问的正是关键问题。我们在实验室中早就产生了阳电子和负质子，并组成各种反物质，但它们只能存在于实验室的特殊条件下，无法实用。直到最后我们能在容器表面镀上纯中子保护层并施加强大的高频交变磁场，才解决了问题。"爱华又用手指着神梭的外壳，"这外壳也涂上具有稳定性的中子镀层，它的抗高温、抗压、抗磨能力，一般物质无法望其项背。否则，要使神梭在熔岩中运动简直难以想象。"

在征得同意后，首相摸出一把锋利的钢刀在外壁上用力划了一下，那壳上连痕迹都不留一点儿，而钢刀却卷了刃。首相露出惊奇羡慕之色，反复摸着外壳好像舍不得放。

"那边堆放的白色小方块儿，就是用剩的镀有中子层的块体。中子是不稳定的，但我们采取了特殊措施，已稳定化了。"爱华又指指场上一堆银白色的材料，每块儿像小香皂那么大小，"可惜太重，不然您可以带一块回去做纪念品。"

首相的兴趣顿时上来了："如果你们允许，我拼命也要搬一块回去。"说完就走向料场，动手去拿一块。谁知他用尽吃奶的力气，脸涨得通红，那"香皂"却纹丝不动。郭副总理笑了："这种中子块的质量密度极高，比水重几十万倍，所以这一小块有几十吨重，得用起重机呢。"

三个人又走到梭尾部，爱华介绍说："我们在梭尾安装了5台射流发动机，其工作原理和航空喷气发动机一样，不过所用的'燃料'为正氢和反氢，两种液氢喷出混合后，立刻消失而化为巨大的动力，推动神梭在熔岩中前进，平均时速为50千米。"

"50千米！"首相惊叹，"那么打通一条10千米长的洞只要12分钟！我还有个问题，流到神梭后面的熔岩又怎么处理呢？"

"如果是利用神梭打隧洞，我们就将洞子做成个斜坡，让熔岩流出洞外。如果是进入地内考察，那就封堵洞口，熔岩在凝固后仍填满洞体。凝固后的物质已不是原来的围岩，它含有多余的中子，可以说是一种'同位素岩石，中子还会渗入岩壁，形成坚固的衬护圈。如果神梭沿一条断层行驶，那就会在断层内出现一道非常坚固的'钢铁长城'，把它锚固住。这大大有利于修建地下工程和大坝。首相，现在让我们进神梭内部看看吧。"

首航任务

　　三个人先进入前舱，参观驾驶室和导航系统；再进入工作舱，这里像一所综合实验室，装有各种测量、实验和分析研究的设备；最后从尾舱出来时，郭副总理邀请贵宾到接待厅休息、喝咖啡，并听取意见。

　　"这真是了不起的成就！"首相钦佩地说，"反物质和稳定的中子物质的出现，可能将改写人类的文明史，这方面贵国远远走在前面。我只是有些担心，如果有人利用反物质制造武器，恐怕将具有空前巨大的破坏力。"

　　"任何科技成就如果掌握在坏人手中都会给人类带来灾难。"郭副总理面色严肃，"炸药可以开山筑路，也可以做炸弹轰炸杀人；原子能可以提供动力，也可以做成核弹。如果用反物质制造子弹，任何装甲都挡不住它；而如果做成大当量反物质炸弹，不仅可以毁灭城市和国家，还能穿透地壳，形成人造火山，后果极其严重。但是，我们也不能因此而停止发展科技。我们制定了严密措施，确保反物质只能用于和平目的。航地梭第一次航行就是探索代号为P的环形大断裂带的活动，是造福于人类的。"

　　"哦，我正要请教你们的首航计划呢。"

　　"我们制造航地梭的目的，本来想在喜马拉雅山脉中穿数百个大隧洞，使印度洋暖流能像穿堂风一样源源进入我国干旱的西北地区。您知道，我国西部有广袤的土地资源，缺的只是水。喜马拉雅屏障被穿透后，这一带年降雨量可达1000毫米以上，我们至少可以开垦50亿亩高产耕地，相当于现在全国耕地的3倍。"

"伟大的造福人民的计划！但为什么又改为勘测环形断裂带了呢？"

"爱华，请把情况介绍给贵宾听。"

"首相，您一定注意到最近几年来沿P带不断发生大地震，且愈来愈稠密。根据精密测量，地壳有不断积累的变形，加上许多异常先兆，似乎这条大断裂带有不稳定迹象，但无法确认。如果P带真的失稳，周围板块猛烈碰撞，引发地震、火山喷发和海啸，那将对周围国家许多城市造成毁灭性后果。航地梭可以进入P带深部，测量地应力积蓄和释放情况，考察大断裂带是否在发展和如何发展，做出判断和预报，及时通知有关国家，做好减灾应变工作。我们觉得此乃当务之急，比开发我国西北更为紧要，所以政府决定改变首航计划。"

"啊，你们正在进行关系全球人类安全的伟大研究，也包括我国在内。我在此代表我的国家和人民向你们致谢。"

"这是我们应该做的事。"郭副总理谦虚地说，"爱华，把乘务员们请来和首相见面吧。"

爱华答应了一声。一会儿，她带来四位学者，依次介绍给贵宾："构造地质专家笪宝魁院士，地应力和地震预报专家戴英利研究员，计算机和断裂力学专家段昶教授以及航地梭副设计师、驾驶员孔芝纶高工。"

"不是还有艾莉吗？她怎么没有来？"郭副总理问。

"对的，艾莉强烈要求参加首航。但我们上星期开了核心组会，一致决定不让她参加。一是，这次首航有相当大的风险，艾莉还小，不能让她去冒险；二则，她是神梭计划负责人之一，也不宜让两个主要负责人参与同一次航行。"

郭副总理点点头，还来不及答话，贵宾忽然开了口："副总理，我有个冒昧的请求。如果你们神梭的乘务员还有空缺，是否可以让我女儿参加？她是位优秀的护理员，身体很好，又十分醉心于自然科学，我想她对乘务组会有帮助的。"

"这个，"郭副总理犹豫起来，"乘航地梭对身体方面的要求倒不像乘航天梭那么严格，但这一次航地，有一定的风险，不是为了事关P带周围国家安危，我也不会让爱华她们入地。所以，对于国际人士我们很难考虑……"

"务请考虑我的请求。"首相紧握郭副总理的手，"你们为了大家的安全，可以派出最优秀的科学家进入地狱勘查探险，作为受益国之一，我们的人为什么不能参加呢？副总理先生，务请考虑！"

"震旦号"的两大缺陷

两个月后，经过精心准备，航地梭终于开航了，还举行了一个简单而隆重的仪式。

6名航地员身着黑色紧身航地服，矫健地绕场一周，向站成一排送行的领导告别，然后走向舱门。走在最后的那位乘员显得特别激动。此人正是首相的女儿，她为参加航地活动，已来中国一个多月，进行了各种培训。她聪明活泼，调皮热情，大家都喜欢她。爱华给她取了个绰号"小公主"。这个绰号立刻流传开来，真名倒没有人叫了。此刻她正向以私人身份前来送行的父亲挥手送吻道别。

六名乘员进舱后，舱门被封上。5分钟后梭尾闪出红色信号，要求启动。得到控制台许可后，梭尾的发动机隆隆作响，射管中喷出正反氢流，它在反应室中剧烈"燃烧"，射出闪电似的强光。航地梭缓缓前进，当梭头接近峭壁时，突然响起尖锐的喷发声，只见梭头射出光芒夺目的反岩石流，简直像一颗小太阳钻进了山体，熔化的岩浆立刻滚滚流出，航地梭稳稳地进了山，顷刻不见踪影。只有血红色的岩浆不断外排，接触冷空气后，慢慢凝成含有超量中子的同位素岩石，坚硬无比。半小时后航地梭的声音已听不到了，洞口也已封死，众人才恋恋不舍地回到休息厅。

航地梭沿着微倾的坡度平稳而快速地在地下行驶着。几位乘员分别坐在各自的工作小舱内专心地监测、分析和研究，舱内一片寂静。小公主也卖力地执行着她的任务。她拿了一只人体健康遥测仪，像穿花蝴蝶似的在工作舱内进进出出，时而给这位院士测血压，时而又给那位教授量体温，还不断摸出一些药片塞进别人的嘴里，强要人们服下，弄得大家又气又笑。4小时后，她又钻进配餐室，准备了一顿可口的快餐。她拿了一只玻璃杯，用叉子敲得当当响，像主持大会的主席一样庄严宣布：

"女士们，先生们，现在是下午茶的时间了，请都停止工作准备进餐，这对保持各位的旺盛体力和精神是绝对不可少的。午茶的配置是：重型三明治1份、鸡蛋2只、甜点1份、水果1份、咖啡1杯、牛奶和白糖自加。烹调质量如有问题，欢迎提出意见。"

大家都望着她笑，爱华觉得有些饿了，便笑着说："多谢小公主对我们的体贴照顾。这样吧，大家把操纵装置调到自动挡上，先品尝一下小公主的手艺吧。"她一说，小公主更来了劲，把一份份午茶送到每人座位上。小公主把最后一份午茶送到驾驶舱内的孔工手中，便挨着孔工坐下，目不转睛地盯着孔工看。

孔工似乎是最忙碌的一位乘员了，他左手握着杯喝咖啡，右手还不时旋动一些转钮。小公主推推他的肩膀问道："孔工，你这是在干什么呀？"

"向中心站报告航地梭的运行情况呗，并且把测量到的数据传回地面呀。"

"哦，原来你还是位优秀的无线电发报员啦！"

"小公主，我们现在是在地下，无线电通信可是不适用的。"

"那么我们怎么和地面联系呢？"

孔工皱皱眉头："你问得好，航地梭和地面的联系问题一直困扰着我们。后来爱华发现航地梭钻进地壳前进时，周围地层发生强烈振动，振动波可以传达到全球地表。这样，我们就可以采取载波的方式，把信息搭载在振动波上传达到中心站。他们接收到振动波后，经过解调、解译就可以获取我们发去的数据、信息，可以重组为文字、声音和照片。过两天，我给你摄个像、录段音，发送给你爸爸看看、听听，好吗？"

"啊，那敢情好！"小公主雀跃起来，"爸爸看到我的模样，听到我的声音，一定会十分高兴。他一定会传话回来，夸我是好样的。"

"很遗憾，"孔工的面色有些阴沉，"目前，地面上还不能发信息给我们，所以我们只能是单向联系，只能汇报，不能请示。后来爱华提出利用能够穿透地球的中微子射线进行反向联系，但由于首航任务紧急，来不及改装了。第二艘航地梭'复旦号'也许可以用上它，这是'震旦号'的主要不足之一。"

"你说这是主要不足之一，还有之二吗？"小公主调皮地问，还伸出两个指头示意。

"嗯，还有一个缺点。当初设计时，我们不该把梭身设计成刚性的。所以'震旦号'只能沿直线水平前进，或者沿很小的坡度行驶，要拐弯也需要较大的半径，好像一台笨拙的火车头，很不灵便啦。如果把结构做成连锁形，像毛毛虫一样，那就方便多了。"

"还有之三吗？"小公主又伸出一个指头。

"哦，没有了，但这两个缺陷影响已很大了。在航地中，我们接不到地面的指示，有意外也不能迅速爬出地面，好像一个深入地穴的独立小分队，一切要自行做主，爱华就是我们的司令员呀。所以这次航地是有点儿风险的。小公主，你害怕吗？现在回去还来得及。"

小公主噘了噘嘴："我才不怕呢，我跟定你们了，现在就是用反物质火箭也休想把我轰回去！"

漂浮的大地

转眼"震旦号"航地梭已经在地下度过了两个昼夜。小公主对自己的工作可谓恪尽职守，每天为大家检查身体——从头发查到脚跟，还准备两顿正餐、三顿小点，又为大家唱歌跳舞，现在每个人都感到离不开她了。她又很虚心好学，一有空就钻到工作舱去，学她从来未听说过的种种知识。

这天下午她又缠住笪院士不放。她挤坐在院士身旁，瞪着一双秀眼看他忙碌，半晌问道："院士，这屏幕上的数字是什么？"

"小公主，这是我测定的地壳厚度。你看，航地梭现在位于地表以下16千米，这儿的地壳厚度是68千米。"

"地壳只有68千米厚？那么地壳下面是什么呢？总不会是空的吧？"

"说地壳下面是空的，里面有比地中海还大的海洋，有蘑菇林和怪兽，甚至还有个黯淡的小太阳，那只是科幻小说家的幻想。"笪院士从餐盘中拿起一个熟鸡蛋，用小刀将它切开，"地球的断面和这个鸡蛋相像。地壳就像鸡蛋壳，地壳下是地幔，好比是鸡蛋的蛋白，最里面叫地核，好比蛋黄。你知道，地球半径将近6400千米，这几十千米的地壳，连同地幔表层的岩石圈，照比例算，比鸡蛋壳还薄呢！"

"那所有的人类都生活在蛋壳上？真可怕！我想蛋壳一定很完整坚硬吧，地幔和地核一定更坚硬了。"

"不是的！"笪院士用刀柄把蛋壳敲碎，"地壳不但薄，而且被大断裂切割得四分五裂，像这个碎蛋壳一样。这些碎块儿就是板块了。至于说地幔，由于高温，在岩石圈以下全是胶体一样的东西。火山喷发时的岩浆不就是从地底下喷出的吗？所以我们生活着的大陆，实际上是漂在地幔上的碎蛋壳罢了。这些板块还不稳定，有的下沉，有的上升，磕磕碰碰的。"

"漂浮的薄片！那多有意思呀。我想一定是有高山的板块沉下去，薄的板块升上来了。各块大陆漂来浮去，碰碰撞撞，多么好玩！"小公主高兴地说。她想起在迪斯尼乐园中玩过的碰碰车。

"我倒希望最好不要碰碰撞撞！"院士冷冷地说，"几万、几十万平方千米的板块相撞，这里有多大的能量，会引起多大的灾难哪！你说有高山的板块沉下去，薄的板块浮上来，事实却又相反，是薄的沉了下去，把厚的抬起来，喜马拉雅山就是地壳被抬起来而形成的。"

"那又是为什么？"小公主瞪大了眼睛，大惑不解。

"不能只看表层的厚度，要考虑整个几十千米厚硬圈的总体平衡条件，"笪院士咕哝了一句，说了些费解的术语，接着又道，"其实，板块的运动动力和规律至今还无定论，各派学说都有一定道理，也都存在矛盾。但只要是板块出现不稳的征兆，就预示着要发生沧桑巨变。我们这次航地的原因，正是发现我们所处的板块有些不好的征兆，可能N块要插到R块底下去。它们的交界面就是P带。如果板块失稳，一定是因切穿这条大断裂带而发生的。航地梭正穿行在P带中。你瞧，段教授和戴研究员正在努力量取一切重要的数据呢。"

　　小公主顺着院士的手指向段教授和戴研究员望了一眼，又悄声问院士："笪院士，您认为板块真会失稳吗？后果真的很严重吗？"

　　"我只能说希望它们不致失稳，或至少可以再维持几百年时间，让人们有足够时间采取措施。要不然的话，这两个板块上真将出现翻天覆地的变化，恐怕你这条小命也难保了。"院士伸出手指，戳戳她的额角。

　　"啊哟，好厉害呀！"小公主做了个鬼脸，又问，"那么那个'蛋黄'又是什么样子呢？"

　　"从地球的平均容重来推算，地核应该是由极重的物质组成。人们目前估计它主要由铁质组成，这真是个巨大的铁球。地核处的温度更高，但受到的压力也更大，所以不可能是流质，也许是个赤热而坚固的铁核吧。我们航地梭最终的计划也是要钻进地核去遨游考察。小公主，你也想去地核里玩玩吗？"

　　"我是多么希望能到地核甚至到地心中去看看呀！"小公主无限神往地说。

地底炸药库

　　戴研究员和段教授弯着腰正在窃窃私语，小公主又挤了进来，大惊小怪地叫道："戴研究员，你是怎么啦，满头大汗的，来，我替你揩去。"她不等回话，取出一方小手帕擦掉研究员额上的汗，还递给两人各一张香水纸。

　　戴研究员感激地向她点点头，仍指着工作台上的一张曲线图与教授用小公主听不懂的语言在交谈。小公主有些生气，并撒娇地说："你们怎么不理睬我呀，看这种乱七八糟的曲线干什么！"她用手盖住了图纸。

研究员和教授几乎同声叫道："小公主，别调皮，这是我们测到的地应力和地应变能，要利用它们判断地壳的稳定性呢！"

"你们说的话真难懂，什么应力不应力的，难道不能讲得通俗点吗？"

研究员听了，就伸出一只手在她肩上用力一按，小公主出乎意外，"啊哟"一声几乎站不稳。原来戴研究员是位业余运动员，臂力很大。

"戴叔叔，你怎么压我？我差一点儿要跌倒了。"小公主娇嗔起来。戴研究员呵呵一笑："你不是问我什么叫应力吗？瞧，我在你肩上这么一压，你的身体内就发生了应力——压应力。应力种类很多，还有拉应力、剪应力等等。在压应力作用下，你身体中每一点都有些压缩，这就是应变，应变积累起来，你的腰就弯曲了。现在懂了吗？"

"懂是懂了，只是肩膀上还有些疼呢。戴叔叔，你的力气真大，你大概是个举重运动员吧？"

"我这么轻轻压了你一下，你就吃不消了。假使有座高山永远压在你身上，又怎么办呢？"

"哪里会有这样的事？"小公主咯咯地笑了起来，"我知道中国有许多关于天地的传说，什么大地是由四只大乌龟驮着的，或者是压在鳌鱼背上的，鳌鱼动一动就发生地震。但那不过是美丽的神话罢了，不是吗？"

"大乌龟虽然没有，但地球上的高山大海，在地心引力作用下，总是要把重量向下传递吧。这样一层一层往下传，传到几十千米深的岩石圈深部，你想，那地方承受的应力该有多大！还不止如此，这地壳不是死的、静止的，而是破裂成大小板块，浮在地幔上，你挤我，我压你，这里下沉，那边上抬，无休止地斗争着。你想，这么大的板块相互碰撞挤压，有多么可怕的能量。所以，地壳深处，积蓄着巨大的应变能，而且不断地变化，不断积累，不断爆发释放，永远不会安宁……"

小公主聚精会神地听着，听到这里她又打断戴研究员的话问道："戴叔叔，你又要讲'行话'了。什么叫应变能，又是怎么释放的？"

研究员沉吟了一下，从桌子上拿起一个小弹簧给小公主看。"你瞧，这个弹簧现在没有受什么力的作用，弹簧里没有应力，它自由自在，轻轻松松，也不会伤人。现在，你再看一下，"研究员将弹簧竖放在桌上，用一块铜镇纸压上，弹簧立刻缩短了，"小公主，你说现在这个弹簧和原来的比，有什么不同呢？"

"它被压短了……它受到了压力。"小公主嗫嚅地回答，生怕讲错。

"对，它受到压力，缩短了，这是外表现象。你还要注意，它在压缩的过程中，积蓄了能量，这叫应变能。所以在这种状态下的弹簧和原来的相比，本质上的区别就在于它已积累了一定能量。在一定条件下，这能量会释放出来，可以为人类做事，也可以像炸弹一样伤人。"研究员一面说，一面用一根竹筷冷不防拨开了铜镇纸，小弹簧立刻跳了起来，一直弹到天花板然后坠落在小公主脚边，还在滴溜打转，小公主几乎又吓了一跳。

研究员开导她："一个小弹簧，它的应变能突然释放出来就这么厉害。你想，在地底下积蓄了多么巨大的应变能，一旦突然集中释放出来，将有多么巨大的破坏力！地震就是地下应变能突然释放的过程。一场大地震就能使山河变形，使一座巨大的城市顷刻间灰飞烟灭。15世纪的我国中原大地震，死了七八十万人。1976年唐山地震，几分钟内就把唐山市化成废墟，死了24万多人。2004年苏门答腊的海底大地震，引发的海啸横扫印度洋，夺走10多万人的生命。所以我们是生活在地底炸药库的上面呀！我们这次航地，就是要直接测定地底的应变能已经积累到什么量级了，会不会已到了爆发的边缘——我们称为临界点；还要预测什么时候爆发，在哪里爆发，这样才能心中有数，可以提前准备，抗灾减灾呀。"研究员一面说，一面用手指点屏幕上那些杂乱无章的曲线簇和不断变化着的颜色圈：

"你瞧，按下这些键，航地梭中就发出一些射线，穿入周围岩体的深部，而且不断反射回来，当岩体各部位受到不同的地应力作用时，这些反射回来的射线的波形和波速都会起变化。我们将它们接收下来，输入计算机进行分析，就可以了解岩体中地应力和应变能的分布及变化情况了，它们在显示屏幕上一清二楚。瞧，这是地应力等值线。啊，这区域的地应力够高啦。我们将它与岩石能承受的能力相比——我们称为'强度'，就可以分析出各部位的安全程度，并用不同颜色显示在这个屏幕上，颜色愈深，危险性愈高，这些紫红色的部位就最危险。小公主，现在你该知道我们航行的伟大意义了吧。"

突破口在哪儿

小公主呆呆地听着。这些天来，她勤学好问，有关地壳的知识猛增，感到奥妙无穷，兴味也无穷。她又喜欢开动脑筋，东猜西想，问题也特别多。此刻，她闭着眼睛，喃喃自语："我过去做梦也没想到过，这厚实无垠的地底下竟有那么多的学问！"她眼珠转动了几下，忽然又提出一个问题："戴叔叔，我现在有些理解了，貌似坚实的地壳不是太平无事，而是在不断变化，隐藏着足以毁灭一些地区人类文明的祸根。航地梭入地航行的目的就是要查明地底下分布的炸药库，预警可能发生的爆炸。可是，地底下渺渺茫茫、无边无际，航地梭在地下穿来穿去，要寻找最危险的破裂区，不是像大海捞针吗？你们怎么就能确定那巨大的应变能会在什么地方喷发出来呢？是不是也有个'火山口'？"

研究员向小公主的脸上端详了良久，伸手拍拍她的肩膀："好姑娘，你真是个聪明的女孩。能提出这个问题，就说明你已经'进入角色'啦。你如果来搞我们的研究工作，一定会是一位出色的女科学家。你提的问题，我想段教授会给你满意的答复。"研究员指指身边的教授。原来段教授早已站在他们身边，饶有兴趣地听着他们对话。

段教授把桌子上的一根竹筷拿起，用刀片在筷子中部切了一条细缝，然后双手将筷子扳弯，面带笑容地问："小公主，你看我把这根筷子扳弯了，筷子内产生了应力，积蓄了应变能。我用力愈大，筷子内积累的能量也愈多，到它最后承受不了时，将发生什么事呢？"教授边说边使劲，筷子吱吱嘎嘎发出了声响。

"它就要折断了。"

"对，但是它断在哪里呢？"

"当然断在你用刀片割过的地方。"

"为什么？"

"为什么？这不是明摆着的事，还有什么可怀疑的。"

小公主还未说完，筷子嘣的一声在切口处折断了。教授把断筷子交给小公主看："它断了，能量释放了，现在又变成平直的。为什么断在切口处？因为这地方是几何条件不连续的点，我们称为'奇点'。在奇点处应力最大——这叫应力集中，而且筷子被切了一刀，强度也低了，所以当应力增大到它承受不了时，就在切口处折断。"

"筷子是这样，地壳也是这样，"教授指着屏幕上的一条条痕迹说，"这些都是地壳中大大小小的断裂。你看，断裂端部的地应力多大，这些部位附近全是深红色，表示抵抗力已快达到极限了，这个地方就会成为突破口，也就是你说的'火山口'。"

似乎在给教授的话做验证，屏幕上那条断裂端部的颜色不断加深，不断延长。突然断裂口撕开了，两侧的岩体发生错动，地应力线和颜色带剧烈紊乱地变动着，监测的仪表上发出轻微的警报声，打印机自动启动，滴滴答答打印出许多数据。教授望了一眼说：

"这条小断裂终于错动了。它原来长2.5千米，现在扩展到3.2千米，释放出1018尔格的能量，相当于4级地震。规模不大，但它离地表不远，我怕在震中区会产生一些影响的。"

"所以，小公主，你现在可以明白，我们并非在大海中捞针，而是掌握着线索在追捕罪犯。我们只需查找大断裂端部的情况，就能预测出灾害可能发生在哪里。最近几年来，不论是卫星遥感还是地表监视都发现P带有显著的不稳定迹象。航地梭正沿着这条巨大的断裂带行驶，全面检查险情。"教授指着许多屏幕上都有的一条大黑影，"这就是P带，航地梭目前位于这个地方。这些是附近大大小小的断裂，有的已和P带贯通了。P带在1亿年前发生过大错动，以后陆续活动过多次，1000万年前已经沉寂下来，断裂带也重新胶结起来——当然不如岩石那么坚硬。现在，许多计算机正在对它进行分区自动监视，我们几个人则不时进行复核。小公主，你如果有兴趣，可以坐在这张备用工作台前和我们一同值班，主要是检查断裂带上的颜色变化，特别是当粗大断裂带上出现紫红色条带而且不断加深延展时要特别注意。"

小公主简单地学习了检测的方法后，兴致勃勃地坐在工作台前研究起千变万化的地下影像来了。她妩媚端庄，风姿翩翩，像一位白衣天使在给病人号脉，全神贯注，煞有介事。有她的参与，舱内添增了不少乐趣。爱华进来过两次，看到这种情况，微笑地点点头，还向几位专家做了个鬼脸。

下午的监测都很正常，有一些小断裂不断扩展、破坏，但规模都不大。到了5点钟，航地梭驶入P带的环形段，据笪院士讲，这属于最关键的部位。小公主仍为大家准备了精美可口的晚餐。餐后，她急不可待地又坐

227

到台前监视着。

半小时后，她忽然回头向教授说："教授，你看，P带在这里出现了大块黑色条带，还不断射出红光，这意味着什么呀？"

教授走了过来，脸上有些变色。他开动一些开关，顿时发出吱吱的响声，打印机也迅速启动画出曲线来。教授看了一会儿，皱起眉头，又把院士、研究员和爱华都招呼过去。他们用小公主听不懂的语言交谈着，争辩着，完全忘记了身边小公主的存在。小公主等了很久，一句话也插不进去，不禁打了个哈欠，这才引起专家们的注意。

"小公主，你忙了一整天了，很累了吧？这里没什么事，你还是回舱去休息吧，明天一早还得给我们准备早点呢。"爱华和蔼地对她说，并指指舱门。

拯救板块的行动

激动和新奇，使小公主一直处在精神亢奋的状态中，她丝毫未感到疲倦，现在被爱华一说，倒真的倦意来了，哈欠不断。爱华不由分说，把她拉到卧室，强迫她睡下。小公主一闭上眼就沉沉睡去。当她醒来时，神梭内一片漆黑和安静，只听到沙沙的行驶声，好像在搭乘一趟晚间客车匆匆夜行。

她擦了下眼睛，赶紧翻身下地，走到前舱，看到爱华和笪院士等围坐在桌边沉默不语。从面容上看，他们都一夜未睡。小公主正要开口打招呼，爱华忽然用钢笔敲敲桌子，沉着地说：

"情况清楚了，现在该做出决定了。孔工，请你启动自动驾驶仪。段教授，请你也过来。呵，小公主也来了，真巧，来参加我们的会议吧。"

"你们要讨论高深的科学问题，我可不懂，我还是给你们准备早餐去吧。"

"哦，不，这次会议将决定全体乘员的……命运，你也得参加。"

小公主呆了一下，顺从地挨着爱华坐下。

"同志们！"爱华清了清沙哑的喉咙，似乎一下子苍老了10年，"大家知道这次航地的任务是查清P带的情况，搜集有关数据和资料带回地面，研究我们所在板壳的稳定性。原来预计，即使板块将活动，也在若干年以后，我们有足够时间来应付灾变。但开航以来，量测到的数据都很严峻，特别在最后这5小时内发现大量紧急和异常的情况，显示出有一场大灾难正在逼近，我们必须为地面上的人们赢得一些时间，所以召开这次紧急全体会议。

"简单说来，我们接近和进入P带后，就立刻发现地应力和应变能的积蓄已达临界状态。最近5小时内，我们又发现地壳将发生大折断的许多前兆：很多大断裂正在复活，新的断裂正在形成和扩展，它们已在P带范围内汇合成一条新的大断裂，不断延伸，势将切穿最后的一些咬合部位。P带彻底切断、错动并引起M板块的活动似迫在眉睫。笪院士，请你解释一下板块碰撞的后果。"

笪院士站起身来，用指示杆点点墙上的挂图："经过仿真分析，板块碰撞的后果不堪设想。这部分洋底将上升，这部分大陆将下沉变为浅海，它上面的城市和田野当然都毁灭了，而这部分又隆起为山冈，整个地貌都发生沧海桑田的巨变。碰撞中还将发生一系列强地震和滞后效应，有许多后果现在还难以估计。"

爱华双眉紧锁，两手紧握："经过反复核实，情况已不容置疑。半小时前已请孔工将这个噩耗发回地面指挥中心，转报中国政府并通知有关各国紧急动员应变，但恐怕已来不及了。这一次灾难带来的损失将难以估量。"

　　小公主呆呆坐在椅子上，乘员中只她一人首次知道情况竟如此严重，而她的祖国正位于严重破坏区内。她惊呆了，半晌才说出一句话："爱华姐，还有什么办法可想吗？我相信你们这几位哥哥姐姐都是世界上最有能力、最伟大的科学家，你们不会眼看我的国家被毁灭的，请快快想办法拯救这个世界……"她说到最后不禁倒在爱华怀中失声痛哭起来。

　　爱华将她扶起坐好："我已考虑很久，摆在我们面前有两条路可以选择：一条路是迅速将航地梭驶回地面，我们现在位于地下50千米深处，按2%的坡度爬升，在两天后可以回到地面，这样我们也许能逃命，但对这场浩劫毫无帮助。

　　"另外一条路是这样：我们不回去，继续在地下沿大断裂带以全速来回穿行。在航地梭驶过的地方，重新凝固的同位素岩石具有极高的强度，而且熔岩和中子流还向四周辐射渗透，加固的影响范围达100米，这就相当于在断裂带内设置了半径100米的坚固岩柱。以我们携带的反物质燃料计算，我们可以在地下行驶7500千米，我们要爬高一些，尽量在离新断裂带尖端不远处驶过，这将对断裂的扩展起强烈的遏制作用。据我计算，由于P带现在刚处在突破临界值的初始阶段，在地下出现这7500千米长的中流砥柱后，天平就会向另一方向倾斜，P带暂时不会被切穿，大规模的板块碰撞惨剧可以避免，已积累的应变能将分化为几十处的大地震释放出来，这些就是可能的'震中'位置，当然也将带来巨大破坏，但只要事先预警和躲避，不会造成毁灭性的灾祸。"

　　"那太好了，爱华姐，你快下令执行吧！"小公主如绝处逢生，拍手欢呼起来。

　　"可是，"爱华的面色十分苍白，"这样一来，我们就回不到地面了。航地梭在燃料告罄后，将永远冻结在地底，在氧气和食物告罄后，我们将变成地底僵尸。这个后果，大家一定要想清楚。"

死一样的沉默。最后戴研究员先表了态："我没有问题，能够牺牲自己而拯救世界，我愿意干。"接着笪院士和段教授也举手响应。

"我们是没有问题的，"孔工沉吟地说，"可是小公主怎么办？她是邻邦首相的爱女，我们的贵宾；她年轻，就像一朵待放的鲜花。我们怎能让她葬身地下，怎么向邻邦交代？我们的政府能同意这么做吗？我们也没有条件取得指示。我们是单向联系呀！"

大家又陷入沉默之中，小公主奋身站了起来："亲爱的哥哥姐姐，如果为了我这一条微不足道的性命而影响大局，那我真是罪孽深重了。即使我逃了命，面对着毁灭了的祖国和人民，我还怎么能活下去？我跟定你们了，这是我的决心，我的誓言，请把我的话告诉全世界人民和我的爸爸。一个多月的相处，你们使我从一个不懂事的女孩变成能分辨是非的人，这是我一生中最美好的日子。我能参与神梭的首航，能与你们永远留在地下，是我最大的幸福。爱华姐，快快执行大家的公意吧。"

"好妹妹！"爱华眼角滚下晶莹的泪珠，把小公主紧紧搂在怀中。大家的眼都红起来。半晌，爱华转身向孔芝纶下达了命令："请立刻把我们的决定向北京发报。段教授，请立刻设计航地梭的最优穿梭路线交给我审定后行驶。笪院士请立刻再次确认可能产生大地震的震中，也报回地面。另外，大家有什么话要向家属交代的也写出来，汇总后拍发。"

地下忠魂

地面上已陷入万分紧张的状态。

郭副总理在接到航地梭不断发来的紧急报告后震惊万分。经过科学院的研究和监测资料的印证，确认情况属实。后来卫星遥感也发来大地变形急剧加速的警告，中国政府已将紧急情况通报有关国家，引起了全球性震撼。

郭副总理受命组织全面抗灾行动，组织最危险地区的撤退。这时，又接到航地梭发来的全体乘员决心书，说他们将牺牲自己在地底筑起一道万里钢铁长城。副总理又惊喜又悲痛，惊喜的是空前大灾可得转化，悲痛的是一代英杰将埋身地穴。经过不同层次的研究讨论，都觉得舍此别无他途，而且即使不同意他们这么做，也无法下达命令，所以只能强忍悲痛，迅速将抗灾工作转为减轻某些地区强烈地震灾害的减灾行动，这就好办多了。他一面组织救灾，一面通知友邦首相，还研究如何拯救航地梭的问题。

万分忙碌中，艾莉忽然闯了进来，拖住副总理大哭大叫："副总理，你怎么还坐在这里？快快去救爱华姐他们呀！我们决不能失去他们。副总理，求求您啦，我宁愿自己死10次，也一定要换爱华姐回来。"

副总理把她拉到沙发上，让她安静下来："冷静一点儿，小艾莉。爱华他们是为了拯救广大人民而献身的，他们的光辉形象将屹立天地永垂不朽。要营救他们，机会已经很少，但哪怕只有万分之一的可能，我们也决不放弃努力。我已经思考过无数次了，奇迹只能由你来创造。因为你是神梭计划的副总负责人，看来爱华不让你参加首航确有先见之明。现在我命令你立刻回研究所，以最快速度完成第二艘航地梭'复旦号'的调试工作，并立即集中第二梯队乘员加紧集训，做好一切准备。'复旦号'中尽量多装反物质燃料和氧气、水及食品。另外，我已命令所有监测站严密接收'震旦号'前进中发出的地震波及一切讯号，精确测定它的位置。一经准备就绪，'复旦号'立即启动，驶入地壳内以最高速度与'震旦号'会合对接，入舱抢救。看来只有很小的机会，但我们要尽最大努力，使万分之一变成百分之百。艾莉，听清楚了吗？"

艾莉站起身来，揩干眼泪，向副总理敬了个礼："明白了，我这就走，一秒钟也不能耽搁了。"

5天后，艾莉和第二组乘员以惊人的效率完成了准备工作——这本来需要两个月的时间。他们请求郭副总理下令起航，郭副总理又一次来到现场检查一应工作。监测中心送来了最后一次讯息："震旦号"现在离北京4800千米、地面下44千米的地方，已经停止行驶。看来乘员们为了尽量多在地下建造长城，几乎把全部动力用于行驶上了，留给乘员活命的能源极为有限。"震旦号"在停驶前发回最后一次报告，上面说：

亲爱的领导和同胞、亲爱的全世界人民：

"震旦号"的反物质即将耗尽，很快要停驶。停驶后我们和地面的联系也将中止，这是我们的最后一次呼叫。我们非常高兴地测到P带的断裂活动已经暂时中止，转化为一系列的分散性大地震。我们相信，在各国政府的组织下，利用我们发布过的信息，危险地区的人民可以及时疏散，损害将减到最低限度。

"震旦号"的试航，证明航地梭的设计、制造和操纵是成功的。不足之处是它只能作近似水平的航行和单向联系。地下有许多重大的问题有待查清，建议抓紧"复旦号"改进型航地梭的制造工作，一定要彻底弄清地底奥秘，为人类服务。我们建议请艾莉博士为首席科学家，承担起今后的工作。

现在我们即将关闭电源，只留下一盏5瓦的灯泡，我们的氧气、水和食品也将告罄，但小公主还是为大家准备了一顿最后的晚餐。我们在停电以前摄下了最后一张照片，也发送给你们，作为纪念。

在最后一刻来临时，我们将打开R号阀，让中子玻璃液流入舱内，使我们在纯洁的中子液中安静地迎接我们生命的终止。

我们的心情非常平静愉快，让我们用微笑向你们道别。世界是美好的，人类的前景光辉灿烂。

照片上六位乘员英姿焕发，微笑地站在舱内，小公主依在爱华的胸前，还伸出一只手，似乎在向地面上的人道别。

艾莉的眼泪扑簌簌地滚了下来，她向照片高呼："爱华姐、同志们，请坚持一下，你们的艾莉马上来了。副总理，请下开航令吧。"

郭副总理点了点头，他俯下身贴着艾莉的耳朵低语：

"艾莉，你们和'震旦号'会合后，如果发现舱内已被中子玻璃冻结了，就不要再扰动他们的遗体了，尽早返航吧。现在你们可以走了。"

"绝不会是这样的，等着我们的好消息吧！"艾莉斩钉截铁地说。她率领乘员快步登上"复旦号"。几分钟后，在刺人眼目的闪光和震天动地的爆炸声中，第二艘航地神梭"复旦号"以闪电似的速度，冲进了山中，驶向地底深处。

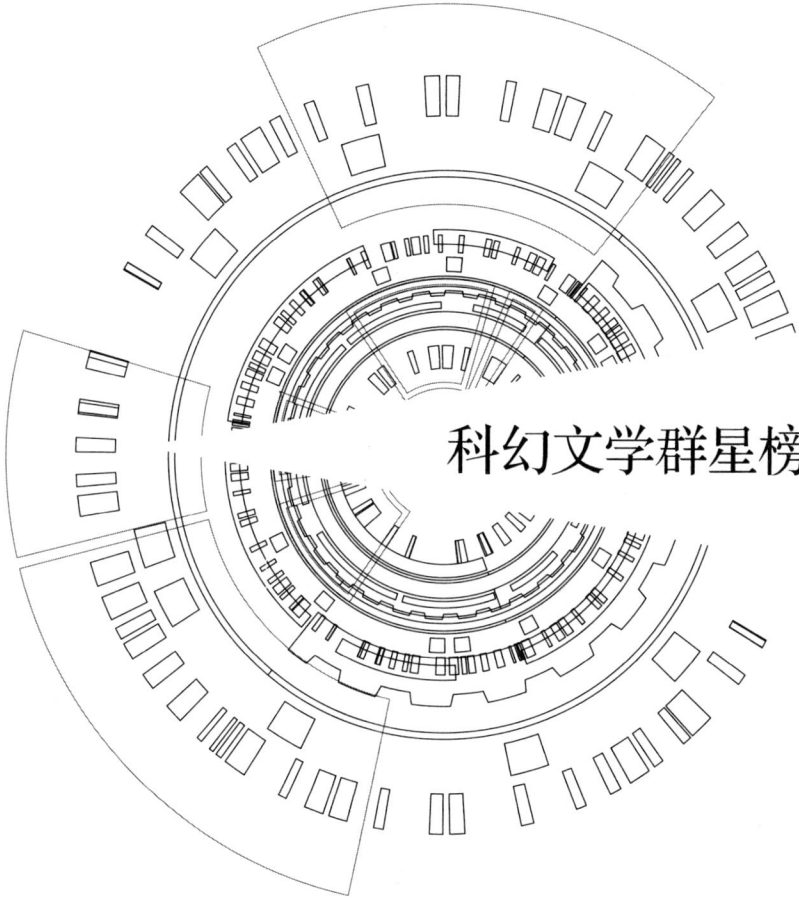

科幻文学群星榜

序号	作者	书名
1	郑文光	侏罗纪
2	萧建亨	梦
3	刘兴诗	美洲来的哥伦布
4	童恩正	在时间的铅幕后面
5	张静	K星寻父探险记
6	程嘉梓	古星图之谜
7	金涛	月光岛
8	王晋康	生死平衡
9	刘慈欣	纤维
10	潘家铮	子虚峡大坝兴亡记
11	韩松	青春的跌宕
12	星河	白令桥横
13	凌晨	猫
14	何夕	异域
15	杨鹏	校园三剑客
16	杨平	神经冒险
17	刘维佳	使命：拯救人类
18	潘海天	饿塔
19	拉拉	永不消逝的电波
20	赵海虹	月涌大江流
21	江波	自由战士
22	宝树	人人都爱查尔斯
23	罗隆翔	朕是猫
24	陈楸帆	动物观察者
25	张冉	灰城
26	梁清散	欢迎光临烤肉星
27	七月	撬动世界的人于此长眠
28	杨晚晴	天上的风
29	飞氘	讲故事的机器人
30	程婧波	第七种可能
31	万象峰年	点亮时间的人
32	长铗	674号公路
33	迟卉	蛹唱
34	顾适	为了生命的诗与远方
35	陈茜	量产超人
36	刘洋	单孔衍射
37	双翅目	智能的面具
38	石黑曜	仿生屋
39	阿缺	收割童年
40	王诺诺	故乡明
41	孙望路	重燃
42	滕野	回归原点